# 문사<br>문학

## 1·2025·창간호

문사문학회

## 문사 | 소설



## 문사 리뷰

# 처음의 마음으로 다시

　　'문사문학회'와 『문사문학』의 문학적 고향이자 모지인 『문학사상』은 1972년 10월에 창간되었다. 발행인 김봉규, 주간 이어령 선생의 놀라운 식견과 감각으로 우리 문단을 긴장시키며 새롭게 출발한 문예지 『문학사상』은, 매호마다 판을 거듭하며 선풍적인 인기를 끌면서 당시 문학에 뜻을 둔 젊은이들에게 크나큰 희망과 용기를 북돋아 주기에 충분했다. 1974년 신인상에 소설 「근根」, 「오픈게임」이 당선되어 등단한 강석경 작가와, 1975년 남도풍의 한이 서린 어조와 굵직한 톤의 시로 등단한 송수권 시인, 그리고 1976년 헨리 제임스Henry James의 문학이론을 발표하여 등단한 이태동 문학비평가의 등장이 한국 문단에 일으킨 반향을 우리는 익히 들어 잘 알고 있다.

　　이후 많은 신진들이 뒤를 이으며 『문학사상』 신인상을 통해 우리 문단에 발을 들여놓았다. 1980년대와 1990년대를 지나 2000년대에 이르기까지 『문학사상』은 풍성한 문인들로 이어지며 빛을 발하고 있다. 시류에 얽매이지 않고 작품성을 기준으로 문인을 발굴해온 『문학사상』 신인상의 전통은 아직도 독자들의 가슴에 깊고 굵게 각인되어 있다. 그 사이에 세간의 흐름도 많이 바뀌었으며 더구나 코로나19 펜데믹으로 이어지는 4년여의 혼란 속에서, 우리는 사회적 거리 두기로 인한 단절과 서로 간 괴리감을 키우기에 급급한 실정이었음을 부인할 수 없다. 그러한 결과로 문학이 지향해야 할 인간 사랑과 생명에 대한 신뢰가 흔들리게 되었으며 이를 돌아보는 일이 시급한 과제가 아닐 수 없다.

　　1990년대 초반부터 우리는 '문사문학회'라는 이름 아래 함께 만나 문학을 나누고 지역을 순회하며 서로를 격려해왔었다. 그러나 이 모임은 2000년대 초반을 넘어서면서 갑자기 소강상태로 들어간 듯하다. 그동안 우리가 간직해왔던 『문학사상』의 동료의식은 색다른 것이 아니라, 함께 하기 위한 출발의 의미가 깊다고 생각한다. 새삼 '문사문학회'의 다정한 이름들이 큰 그리움으로 다가온 것은 그동안 우리가 잊고 살아온 시간이 너무 아쉽다는 생각이 떠올랐기 때문이다.

그 사이에 『문학사상』으로 등단한 문인 중에 송수권 선생과 원희석 시인 등은 유명을 달리하였고, 아쉽게도 생활에 바쁜 나머지 펜을 놓아버린 이들도 있다. 그러나 많은 문인들이 각자 삶의 위치에서 외롭게 문학을 지키기 위해 뼈를 깎는 고독한 작업을 이어오고 있음은 자명하다. 그동안 『문학사상』을 통한 인연과 동질감이 어느 때보다 약화되고 서서히 잊혀져가는 것은 매우 안타까운 일이다. 이번 『문사문학』 발간을 동력으로 삼아 『문학사상』을 통해 문인으로 등장했던 첫 순간의 감격을 되새기고, 그때 처음의 마음으로 돌아가 다시 함께 할 수 있는 따뜻한 시작을 모색해보고자 하는 것이다. 아울러 『문사문학』의 창간을 계기로 우리는 모지 『문학사상』을 넘어서 더 큰 비상을 꿈꾸며 나아가기 위해 함께 노력하고자 한다.

『문사문학』 창간을 위해 음으로 양으로 도와준 많은 회원들과 편집에 한마음으로 힘을 모아준 정이랑, 박해람, 문혜진, 김지윤, 손미, 김학중, 안채영, 권박, 전수오 시인에게 깊은 감사를 전한다.


연전에 우리는 너무나도 소중한 두 분을 떠나보내야 했습니다. 이 분들이 『문학사상』을 열고 이끌어 주지 않았다면 오늘의 『문사문학』과 '문사문학회'는 기대하기 어려웠을 것입니다. 『문사문학』 창간호를 2022년 2월 26일 하늘문을 열고 오르신 이어령 선생님과, 2023년 1월 2일에 작고하신 임홍빈 회장님께 바치고자 합니다.


2025년 10월, 문사문학회 회장 김완하

『문사문학』창간 기념 시 콘서트

# 13인의 아해들, 문학을 노래하다

전수오
시인

2025년 4월 25일, 문예지『문학사상』과 인연을 맺은 13인의 시인이 한자리에 모였다.『문학사상』으로 등단한 문인들의 모임인 '문사문학회'는 1990년에 창립되었다. 이후 '문사문학회'라는 이름으로 지역을 순회하며 시를 나누고 서로의 문학 활동을 격려해왔으나 2000년대 초반을 지나며 문인들 간의 인연과 유대가 약화되는 시절을 겪었다. 그렇기에 이번에 개최된 '문학사상 출신 시인 13인의 대전 콘서트'는 '문사문학회' 창립 이후 '문학사상 신인상'으로 출발하여 문학 활동을 이어가는 많은 문인들이 한자리에 모여 오랜만에 그 존재를 되새기는 뜻깊은 행사였다. 또한 2022년에 창간 50주년을 맞이한 유서 깊은 문예지『문학사상』이 이룬 문학 발전의 맥을 이어가기 위해 문인들이 함께 뜻을 도모하는 첫걸음이기도 했다.

이상(李箱, 1910~1937)의 시「13인의 아해들」에서 따 와 기획된 이번 대전 콘서트는, 1972년『문학사상』창간호를 장식했던 표지화가 '40년 만에 밝혀진 화가 구본웅이 그린 시인 이상의 초상화'였다는 점에서 의미가 깊었다.

『문학사상』은 1972년 10월에 창간되어, 많은 신인들을 발굴하고 문단의 중심을 형성해온 전통 있는 문예지다. 발행인 김봉규, 주간 이

2025년 4월 25일 대전문학관에서 열린
「문학사상 출신 시인 13인의 대전 콘서트」 포스터

어령 선생의 식견과 감각으로 문학에 뜻을 둔 젊은이들이 문단에 데뷔할 수 있는 기회를 제공하여 문학도들이 작가로서의 꿈을 실현하도록 돕고, 그들을 통해 당대의 새롭고 가치 있는 많은 문학 작품들을 선사했다.

1975년에 『문학사상』의 첫 시인으로 송수권 선생이 등장한 이후 많은 신진이 뒤를 이었다. 그리하여 1980년대와 1990년대를 거쳐 2000년대에 이르기까지 『문학사상』은 많은 신예 시인들로 이어지며 독자들 가슴에 깊고 굵게 각인되었다. 따라서 이번 모임은 단순한 문학 행사를 넘어 '문사문학회'의 역사적 깊이를 간직하면서도 새로운 문학 공동체의 출현을 예고하는 자리였다.

## 행사 전 설렘과 만남

「문학사상 출신 시인 13인의 대전 콘서트」 행사가 시작되기 전, 대전문학관 로비는 오후부터 하나둘 모여든 시인들과 독자들의 이야기 소리로 차츰 활기를 띠었다. 오랜만에 만난 문우들은 반가움에 서로의 어깨를 두드렸고, 몇몇 시인은 오늘 낭송할 원고를 다시 펼쳐 보며 호

행사에 앞서 인사를 하는 회장 김완하 시인.

흡을 가다듬었다. 행사가 시작되기 직전, 객석에는 대학 문예창작학과 학생에서부터 동료 시인들, 성숙한 시 애호가들까지 다양한 연령층이 자리했다. 무대에는 간결한 조명과 또렷한 음향을 위한 마이크가 준비되어 있었고, 이날의 무대를 기다리는 모든 이들의 표정에는 약간의 긴장과 설렘이 섞여 있었다.

행사는 대전문학관 조성남 관장의 환영사와 문사문학회 회장 김완하 시인의 개회사 '문학사상의 어제와 오늘'로 문을 열었다. 『문학사상』이라는 문예지의 흐름과 함께해 온 기억을 되새기고, 새롭게 출발하는 이 공동체의 비전을 밝히는 김완하 회장의 따뜻한 인사였다.

사회를 맡은 손미 시인을 포함한 13명의 시인이 출연하여 다양하고도 개성 있는 이야기로 풍요롭게 꾸려졌다. 청중으로 함께해준 시민들 앞에서, 『문학사상』 출신 시인들의 시세계와 다양한 관심사에 대한 이야기가 오갔다. 시 낭송과 집필 계획, 질의 응답, 시인들의 근황에 대한 이야기, 퍼포먼스를 가미한 시 낭송, 영상 콘텐츠로서의 시와 텍스트로서의 시, 시작詩作에 대한 시인들의 생각, 젊은 시인들의 시집 발간 담화 등 12명의 개성이 고스란히 담긴 다양한 무대가 한자리에서 펼쳐졌다. 그렇기에 청중들 또한 이번 문학 행사에서 이례적으로 많은 시인들과 소통하는 풍성한 문학 콘서트를 함께 즐길 수 있었다. 시인

임명장을 들고 환하게 웃음 짓는 김완하 회장과 이영식 시인.

의 수만큼 다양한 시도와 이야기가 어우러진 이번 무대는 그 자체로 다층적인 '시의 장르 실험' 같기도 하였다.

### 시인들의 다채로운 무대

첫 무대를 장식한 장욱 시인은 전통의 리듬과 서정을 품은 농악 시조를 낭송하며, 사라져가는 농촌 문화의 언어적 계승을 보여주었다. 시인은 말한다.

"원초적 힘은 토지에서 나온다. 그 농토에서 농사를 짓고, 양식을 마련하고, 자식들 공부시키고, 가문을 보전하고, 국력을 모았다. 그 곳에 농악이 있었다."

바로 이것이 그가 호남우도 정읍농악을 '시조'라는 문학의 그릇에 담고자 하는 이유다. 그는 자신의 문학이 농악이라고 하는 전통 민속예술의 넓이와 깊이를 다할 수 없겠지만, 문화 계승의 한 축이 될 수 있을 것이라고 했다. 그가 낭송한 「아버지는 상쇠였다」라는 시의 제목처럼, 그는 전통의 기억을 다시 울리는 북소리를 청중들에게 새겼다. 풍물굿은 우리 민족의 역사와 함께 하며 종합예술적 형태(歌·舞·樂·劇)를 갖춘 대표적인 공연예술이다. 그는 그 안의 각 절차와 가락과 놀이와

박해람, 손미, 김지윤 시인(왼쪽부터).

개인의 예기에 들어 있는 우리 민족 민중들의 정서와 존재 의미와 역사의식을 성찰하고 사유하여, 농악이라는 대서사시를 한 권의 시집으로 완성할 계획이다.

**김지윤** 시인은 '프로젝트 보라'라는 영상시 동인을 결성하여 만든 영화 스타일의 시네포엠 「스미는 숨」을 발표하며, 젊은 시인이 현대 영상 매체와 어떻게 호흡하고 있는지를 보여주었다. 젊은 영화인들과 협업해 만든 그녀의 영상시는 이미지와 사운드, 낭독의 경계를 넘나들며 '시의 새로운 매체적 감각'을 보여주었다. 그녀는 생태문학에 대한 관심, 영상과 사진 등 시각 예술과의 융합으로 시를 더 다채롭게 향유할 수 있는 방식에 대하여 관심을 가지고 있었다. "김지윤 시인은 어디에서 영감을 받나요?"라는 독자의 질문에 그녀는 롤랑바르트의 사랑의 단상 중에 '나는 사랑하고 있는 걸까? 그래, 기다리고 있으니까'라는 문장이 자신 삶에 깊게 새겨진 문장이라며, "시적 영감은 찾는 것이 아니라 다가오는 것"이라고 말했다. 그녀의 발언은 시와 삶의 관계를 다시 떠올리게 했다. 김지윤 시인은 '시'라는 장르의 현대화에 대한 작가적 고민과 함께 일상에서 영감을 길어 올리는 성실한 시인의 면모를 보여주었다.

김학중, 김완하, 정이랑 시인(왼쪽부터).

**고영민** 시인은 "소설가가 되고 싶었지만, 시인이 되었다"라고 말하며 소설이 아닌 시인으로 등단을 하게 된 재미있는 에피소드와 그 소회를 전했다. 작가는 자신이 시를 열망한 것이 아니라 시가 자신을 찾아왔다고 표현했다. 2002년 봄, 『문학사상』에 응모하기 위한 소설을 준비하다가 큰 기대나 생각 없이 써서 보낸 10여 편의 시가 소설보다 먼저 채택되면서 신인상을 받게 되었다고 전했다. 같은 해 6월 어느 날 『문학사상』으로부터 한 통의 축하 전화 전화를 받고, 시인은 드디어 소설가가 된 줄 알고 기뻐했으나 정작 담당자는 "소설도 내셨어요?"라고 되물었고, 결국 당선된 작품은 시였다고 말했다. 그는 이러한 우여곡절 끝에 『악어』, 『공손한 손』, 『사슴공원에서』 등 여러 권의 시집을 출간했다. 등단하던 해부터 거의 그는 매일 새벽 시간에 일어나 시를 끄적인다. 그의 말처럼 문학은 그렇게, 미처 의식하지 못한 틈으로 스며들어 한 사람의 인생을 바꾸기도 한다.

**이영식** 시인은 독특한 차림으로 서정주의 「서시」를 낭송하며, '시는 낭독의 예술'이라는 점을 강조했다. 시인은 "시 쓰기가 내면의 심상을 문자로 피워낸 꽃이라면 시 낭속은 활자 속에 녹아있던 시의 향기를 육성으로 관객에게 전달하는 행위"라고 말했다. 시를 창작하고 향유한다

김학중 장욱 이영식(왼쪽부터).

는 것은 단순히 문자를 쓰고 읽는 것에서 끝나는 것이 아니라, 낭독과 그 표현까지 놓치지 않아야 한다는 점을 강조하며 시가 '소리의 예술'임을 환기했다. 또한 시를 암송하는 행위와, 문장의 운율과 리듬을 살려서 표현하는 것도 분명한 시적 표현임을 지적했다. 그리고 시는 자신만의 독자적인 색깔이 중요하다고 밝혔다. "시를 소리 내어 읽으면 어느 부분이 어색한지 금세 드러난다"는 그의 말처럼, 그는 시를 '소리의 기록'으로 다시 정의했다. 산문시와 텍스트가 강조되는 요즘 문단에서 '낭독'이라는 시의 근본적인 특성을 다시 생각하게 하는 자리였다.

**박해람** 시인은 짧은 등단 에피소드 발표와 함께 시 「철봉 냄새」를 낭송했다. 강원도라는 지리적 뿌리와 서정적 감각이 결합된 그의 시는, 한 지역의 체취를 시로 복원하는 작업처럼 느껴졌다. 그에게는 어린 시절 고향 강릉이 자신에게 가장 큰 여름으로 기억된다고 했다. 이른 아침 해변에서 끊어진 기타 줄을 주웠던 기억, 해변에서 친구들과 하던 축구 등 여름 강릉 바다의 낭만과 쓸쓸함을 어린 시절의 기억으로 간직한 채 어른이 된 시인이 바로 박해람이다. 여름이면 바다에 붐비던 인파와 그들이 돌아간 뒤의 쓸쓸함이 남은 바다에서 그는 자연스레 수영을 익혔고, 시를 익혔다. 그는 낭독한 시에 대해 "인간을 유지하게 하기 위해

권박, 전수오, 최백규(왼쪽부터).

한 행동들 그 뒤에 남는 냄새들에 대해 쓴 시"라고 말했다. 오래 앓고, 오래 안간힘을 쓰며 살아온 사람들을 철봉에 매달린 후 손바닥의 냄새로 표현한 시인의 개성 있는 은유가 돋보였다. 아마 어린 시절의 여름 바다는 시인에게 후각을 자극하는 강렬한 기억이었을 것이다.

**권박** 시인은 논문을 쓰며 학문 탐구에 매진해 왔다는 근황을 전했다. 그녀는 "AI를 시에 활용하는가?"라는 독자의 질문에 AI가 쓴 작품들이 인간에게 감동을 주지 못하는 이유는 인간 특유의 스토리가 부재하기 때문이라고도 이야기했다. 권박 시인은 자신이 대학에서 강의를 할 때에도, 학생들에게 '가수든 아이돌이든 작가든 모든 예술가는 그 사람만의 특유의 기운이나 이야기가 있기에 그것을 인공지능이 따라가긴 어렵다'고 가르친다고 했다. 그녀는 "AI는 시를 쓸 수 있지만, 예술의 진정성과 인간의 이야기는 아직 인간만의 것"이라는 발언으로 문학의 본질을 환기했다. 또한 그녀는 "AI는 시를 쓸 수는 있어도, 인간적 감동은 아직 인간만의 것"이라고 말했다. 논문 정리를 AI에게 맡겨본 경험을 나누며, 창작이 아닌 일은 인공지능이 더 뛰어나지만 인간 작가만이 가질 수 있는 창작의 힘과 감각의 가치는 여전하다고 발언했다. 이 시대에 시인의 존재 이유를 생각하게 하는 흥미로운 이야기였다.

박해람 고영민 정이랑 안채영(왼쪽부터).

**최백규** 시인은 '인간의 결핍을 새로운 서정으로 승화시킨 젊은 시인이 좋아하는 음악 장르가 무엇인지' 묻는 전수오 시인의 재치 있는 질문에 힙합과 아이돌 음악을 즐겨 들으며, 요즘에는 아이브의 음악을 즐겨 듣는다고 말했다. 그는 어린 시절에 부모님이 즐겨 듣던 김광석의 노래를 들으며 자라서 그 시절의 노래도 좋아한다고 답하기도 했다. 또한 창작동인 '뿔'에 대해 궁금해 하는 독자들을 위해, 창작 동인 '뿔'의 활동을 소개하며, "힙합 가수나 아이돌이 팀을 이루고 문학의 역사에도 구인회와 청록파 같은 동인 활동이 있었기 때문에 자연스럽게 동인 활동을 하고 싶었다"고 말했다. 또한 새로운 시집을 준비하며 열심히 일하고 쓰는 삶을 살고 있다고도 했다. 그의 발언은 시를 창작하는 젊은 시인의 흥미로운 방식을 엿볼 수 있게 하였다.

**전수오** 시인은 즉흥 사회자처럼 함께 무대에 선 권박 시인과 최백규 시인에게 시인들의 근황이나 취향 등을 묻는 가볍고 재미있는 질문을 해서 계속되는 진지한 이야기에 자칫 무거워질 수 있는 북토크 분위기를 새롭게 반전시켰다. "시인에게 시란 무엇인가?"라는 독자의 질문에 "정보 전달을 위해 사용하는 일상의 기능적인 언어에서는 감정과 감각이 탈락된다. 그러나 시는 아이러니하게도 그 빈자리에서 인간

시인의 말에 귀 기울이는 객석의 청중들.

의 감정과 감각을 온전하게 복원해내는 언어"라며, 시는 "목적을 가지고 완성되어야 할 예술"이라기보다는 "인간 본질이자 정서적 고향"이라는 철학적 정의를 남겼다. 또한 시의 외연을 확장하기 위한 새로운 형식 실험과 연구에 몰두하고 있음을 밝혔다. 2023년에 펴낸 첫 시집 『빛의 체인』을 들어보이며 자신의 시집을 소개하는 시간도 가졌다.

**오주리** 시인은 첫 시집 『장미릉』이 출간되자마자, 코로나19 팬데믹이 시작되어 출판기념회를 열 수 없었고, 그 후 독자와 만날 수 있는 기회를 갖기가 좀처럼 쉽지 않았다면서 아쉬운 마음을 표현했다. 그래서 '문학사상 출신 시인 북 콘서트'를 통해 처음으로 대전에서 독자들을 몸소 만난 데 기쁜 마음이라며 인사를 했다. 그녀는 시집의 표제작인 「장미릉」을 낭송했고, 낭랑한 목소리로 죽음과 고통의 정조를 풀어냈다. 짧은 낭송이었지만, 고통을 감각하는 언어의 농도가 깊은 울림을 남겼다. 오주리 시인은 백제문화권인 대전에 살 때, 무녕왕릉 등 여러 왕릉을 종종 찾았다고 한다. 그녀는 "시인이 죽음을 넘어 아름다운 시를 남긴다면, 그 시도 시인이 영원히 잠든 '릉'일 것"이라고 이야기했다. 오주리 시인은 이러한 정서를 바탕으로 생에 대한 비애와 죽음에 대한 사유를 표현한 시들로 첫 시집 『장미릉』을 꾸렸다고 전했다.

축하하는 조성남 대전문학관장(왼쪽)과 사회를 맡은 손미 시인.

**김학중** 시인은 영상시 「바탕색은 점점 예뻐진다」를 상영했다. 이 영상은 아이돌 그룹의 멤버가 그의 시를 낭독하는 영상이었으며, 이는 시단에서는 상당히 이례적인 협업이었다. 그는 아이돌과의 협업이라는 현재 시단에서는 낯선 콜라보 작업을 수행해 보았고, 이 협업 이후 작품이 영어로 번역되어 영국의 한국문학 웹진 『나빌리레』에 소개되었다. 또한 스페인어로도 번역되어 멕시코 신문에 소개될 기회를 얻게 되었다는 흥미로운 이야기도 전했다. 시각장애로 인한 편견을 극복하고 시를 써온 작가의 이야기는 듣는 이들에게 시인의 삶과 그 과정에 대해 깊은 인상을 남겼다. 또한 '시가 어렵다'는 독자들의 관점에 대해 "어려운 시들이 완성도와 가치를 존중받지 못하고 폄하되곤 하지만, 그 시들이 세계문학사의 관점에서 결국 문학이 나아가야 할 방향"이라고도 했다.

**정이랑** 시인은 대구시장에서 원단 가게를 운영하며 시를 써온 자신의 생애사를 들려주었다. 문창과에 진학할 수 없었던 소녀 시절, 도서관에서 시집을 읽으며 시인을 꿈꾸었던 시간, 시장 사람들의 일상 속에서 시어를 길어 올리는 감각까지, 그녀의 삶은 시 자체였다. 원단 가게 앞 벽에 시를 붙여두고, 그것을 읽고 웃는 손님을 보며 느꼈던 기쁨은 시가 삶에서 얼마나 가까이 존재할 수 있는지를 보여주는 이야기였다. 그

참여 시인과 독자들이 한자리에 모여.

녀는 시장에 드나드는 손님들과 매일 마주치는 상점 주인들의 일상 속에서 시적인 순간을 마주하곤 한다고 말했다. 그녀는 시장 골목과 모퉁이에 모인 사람들의 생생한 삶의 현장에서 여전히 시인으로서 그곳에 함께 존재했다. 마지막에 시 「청어」를 낭독하며, 여성으로서 시대적 현실로 인해 이루기 어려웠던 자신의 꿈을 시적으로 들려주었다. 아직도 시인의 '가슴 속 바다에 살고 있는 청어'는 '햇살을 통과하면서 벅차게 숨 쉬고' 있다. 그녀의 삶이 '바람 부는 방향으로만 살아갈 수밖에 없는 운명의 나뭇잎'이어도 여전히 그리고 분명히 그녀는 시인이었다.

**안채영** 시인은 경남 사천 문학 동인 '마루문학회'의 회장으로 활동하고 있다. 그녀는 2019년 『하루에 한 번 파자시』라는 책을 출간했다. 그녀는 한자를 분해한 '파자시'에 대해 이야기하며, 우리 모국어에 뿌리 깊이 배인 한자의 중요성에 대해 강조하였다. 한자를 깊이 이해하면 모국어를 훨씬 더 깊이 있게 이해할 수 있기에 『하루에 한 번 파자시』는 청소년들에게도 교육서로서 꾸준하게 널리 읽히고 있다. "한자를 알면 우리말의 깊이를 이해하게 된다. 아이들에게도 반드시 한자를 가르쳐야 한다"는 그녀의 말처럼, 한자의 자획을 풀어낸 파자破字는 단순한 언어적 놀이가 아닌 의식의 구조에 접근하는 독특하고도 실용적인 문학적 탐구였다. 발표의 마지막에는 시인의 어린 시절 동요대회에 나가고 싶었던 기억을 떠올리며 아름다운 목소리로 동요를 불렀고, 그 순간 안채영 시인의 동심 어린 밝은 에너지로 관객들과의 거리를 순식간에 좁혔다.

## 무대와 객석의 호흡

각 시인의 무대가 끝날 때마다 객석에서는 크고 작은 탄성이 흘러나왔다. 장욱 시인의 시에서 북소리가 울릴 때는, 어린 시절 시골 장터에서 들리던 소리를 떠올리듯 눈을 감는 관객도 있었다. 김지윤 시인의 영상시가 상영되자, 영상 속 이미지와 낭송이 맞물려 흐르는 순간마다 휴대폰으로 짧게 기록하는 젊은 관객들이 눈에 띄었다. 고영민 시인의 '시인이 된 사연'에는 객석에서 웃음이 터져 나왔고, 이영식 시인의 열정적인 낭독 시연에는 "브라보"라는 감탄이 무대 끝까지 전달되었다. 박해람 시인이 고향 바다의 냄새를 이야기할 때는 청중이 마치 그 바닷바람을 함께 마신 듯한 표정을 지었고, 김학중 시인의 사연과 시에 대한 이야기에서 관객들은 숨죽였다. 2010년대에 등단한 권박, 전수오, 최백규 시인의 발언에는 고개를 끄덕이며 눈을 반짝이는 문창과 학생들이 보였다. 정이랑 시인이 시장과 원단 가게의 일상을 들려줄 때, 그리고 안채영 시인의 노래 뒤에 긴 박수가 이어졌다.

## 문학의 초월성과 세대의 공존

시인들의 모든 발표는 단순한 낭독을 넘어, '문사문학'이라는 공통의 문학적 분모를 가진 작가들이 서로를 마주하고, 독자와 호흡하며 새로운 공동체를 예고하는 순간이었다. '문사문학회'의 부활은 단순한 재결집이 아니다. 한 시대를 품었던 문예지와, 그 안에서 자라난 시인들이 다시 '함께'라는 말을 꺼낸다는 것 자체가 문학의 실천이다. 손미 시인은 '이렇게 다양한 세대의 많은 시인이 한자리에서 독자를 만나는 경우를 자신도 처음 보았다며, 상당이 의미 있고 아름다운 행사였다' 는 소회를 밝혔다. 손미 시인의 말 대로 이렇게 다양한 시간선의 작가들이 한자리에 모인다는 것은 단순한 세대 교류가 아니라, 현실이라는 시간의 선형적 구조 속에서도 문학의 초월성을 사유하는 자리였다고 볼 수 있다.

앙리 베르그송Henri Bergson이 말한 '지속durée'의 개념처럼, 이 자리는 13인의 시인이 각자의 기억, 체험, 감각의 시간선을 지닌 채 한 자리에 머문 독특한 시간의 겹이었다. 문학은 종종 한 명의 시인이 자기 시간을 시어로 응축해내는 행위지만, 이날 무대는 그 '지속'들이 서로를 비추며 공존한, 드문 다양한 현재의 풍부한 겹이었다. 그들의 삶은 하나하나 살아 있는 문학사였고, 그 자체로 각기 다른 시대와 언어, 몸의 서사를 증언하는 목소리였다. 장욱 시인이 들려준 농악 시조의 리듬과 박해람 시인이 낭독한 강원도의 냄새, 정이랑 시인의 시장과 원단 가게에서 길어 올린 시어들에서 한국 문학의 삶과 역사를 엿볼 수 있었고, 각 시인들의 다양한 개인사 속에서 문학이 글 쓰는 이를 통해서 어떻게 피어나는지 구체적으로 살펴볼 수 있었다.

또한 여성의 삶이라는 고난 속에서도 끝까지 시를 놓지 않은 시인들의 이야기를 통해서 문학은 제도권 안팎을 넘나들며 자유롭게 살아남으며, 때론 침묵과 무관심을 넘어서 제 길을 스스로 만들어간다는 생각이 들었다. 그것은 단지 개인의 서사이자 삶이 아니라, 여성 작가들이 얼마나 자주, 얼마나 오래 문학의 중심에서 소외되어 왔는지를 증명하는 또 하나의 증언이었다. 그리고 여성들의 이야기는 결국 살아남았다.

시인들의 다양한 이야기를 되짚어보며 '목소리를 가질 권리'에 대해 생각하게 된다. 13인의 작가들은 개별 존재로서 필연적으로 갖게 되는 고유의 경험과 상처와 아픔 등 내면에 소외되었던 자리에서 자기만의 언어를 창조하고 새로운 시적 장르를 만들어냈다. 시대적 편견과 검열을 돌파해 만들어온 그들의 창작 과정은 이번 콘서트를 단순한 교류의 장이 아닌, 문학적 발언의 재위치화로 보게 되었다. 주디스 버틀러Judith Butler의 말처럼 소외되어 온 인간의 삶과 경험들이 문학을 통해 새롭게 목소리와 언어를 얻게 될 때 그 발화는 '기존의 현실을 재구성하는 경이로운 순간'이 된다.

이번 대전 콘서트는 단순한 시 낭송회가 아니라 대전 문학계와 지역 독자들에게 새로운 활력을 불어넣은 자리였다. 수도권 중심으로 흘러가는 문학 담론 속에서, 지역에서 활동하는 시인들이 한 무대에 서고, 지역 독자들과 직접 호흡하는 시간은 그 자체로 의미 있는 사건이었다. 무대에 선 13인의 시인은 각자 다른 언어와 호흡으로 '시의 미래'를 말했지만, 그 결은 한 방향을 향하고 있었다. 그것은 바로 문학이 여전히 사람과 사람을 잇는 살아 있는 예술이라는 믿음이었다.

세대 간 단절이 심각한 한국의 현대사회에서 각자 경험도 세대도 다른 시인들과 독자들이 함께 이야기를 나누며 서로를 이토록 환대할 수 있다는 사실. 그것이야말로 지금 우리가 새로 써야 할 문학사의 한 문단이 아닐까?

각자의 고유한 감각과 언어를 지닌 13인의 시인들. 그들이 『문학사상』의 이름 아래 모인 이 날은 시의 미래를 함께 쓰기 위한 첫 문장이었다. ::

| **전수오** 2018년 『문학사상』으로 등단. 시집 『빛의 체인』.

# 『문학사상』과
# 이어령을 생각한다

화가 구본웅이 그린
친구 이상의 초상화를
표지화로 장식한
『문학사상』 1972년 10월 창간호

# 인스피레이션과
# 열정으로 피어난 불멸의 언어

### 김승희
시인

이어령 선생님. 돌이켜 생각해보면 선생님은 내 문학과 인생의 주치의 같은 분이셨다는 생각이 든다. 그만큼 오십여 년이라는 긴 세월에 걸쳐 나에게 소중한 가르침을 주셨다. 그 가르침은 늘 불꽃처럼 뜨겁고 샘물처럼 신선한 생면 언어의 세계였다.

1973년 『경향신문』 신춘문예에 시 「그림 속의 물」이 당선되고, 그해 『문학사상』 11월호 신춘문예 당선자 특집에 나의 시가 실렸을 때, 나는 스물한 살의 나이로 험난한 문학의 길에 들어서고 있었다. 그때 이어령 선생님께서 관철동의 문학사상 주간실로 불러 내 시를 격려해주셔서, 나는 문학에 대한 흔들림 없는 열정을 가지게 되었던 것 같다. 엄마가 문학소녀 같은 분이라 늘 이어령 에세이, 박경리 소설책을 많이 샀기에 집에는 『흙 속에 저 바람 속에』, 『하나의 나뭇잎이 흔들릴 때』, 『거부하는 몸짓으로 이 젊음을』 등의 책이 있었다. 그 책을 통해 내가 유추한 이어령 선생님은 저항, 실존, 반항, 떠도는 자, 파괴적, 화전민, 사보텐 등의 프랑스 실존주의 철학자 같은 이미지였는데, 관철동 주간실에서 본 선생님은 단정한 차림의 단아한 교수의 모습이었다.

『문학사상』주간 시절의 이어령 선생 모습

　그날 소설 쓰는 선배와 일이 있어 귀거래다방에서 만났는데, 방금 문학사상사에 가서 이어령 선생님을 뵙고 오는 길이라 하자 그 선배는 "난 그분 싫더라. 너무 로션 냄새가 나"라고 말하는 것이었다. 나는 이해하지 못한 채로 어설프게 웃었다. '세련된 현대성 같은 것을 그렇게 말하는 것인가?' 그러면 그렇게 말하는 소설가의 모습이 뭔가 시니컬하고 멋져 보여서 '아, 나도 저런 멋진 말을 어디에 한번 써먹어 봐야지' 하고 속으로 생각했으니, 나는 얼마나 모자란 인간이었나? 나중에 다시 물어보니 선배의 말은 당시 한국적 상황에서 이어령 선생님의 에세이는 세련되고 멋있으며 레토릭rhetoric이 풍부하다는 뜻이었고, 외모나 옷 또한 세련되고 멋지다는 뜻이었다고 했다.

　대학을 졸업한 뒤 필동에 있는 작은 잡지사에 다니다가, 선생님의 부름에 당시 최고의 문예지 『문학사상』 편집부에 취직을 했다. 선생님이 주간을 맡았던 초기 『문학사상』은 한국에 처음 나타난 현대적인 문예지였고, 모더니티 사상과 언어를 산포하는 매력이 있었다. 이어령 선생님의 긴급 지시를 받으며 월간지를 만드는 일은 번갯불에 콩 구워 먹는 것과 같았다. 번갯불에 콩을 굽는 데도 조금이라도 반듯하지 않으면 불호령이 떨어졌다. 일을 허투루 하는 것을 용납하지 않으셨다. 한 달이 그렇게 빠를 줄이야.

선생님은 늘 새로운 것을 추구했고 세계적 문학 트렌드에 민감했다. 『25시』를 쓴 게오르규부터 이오네스코, 루이제 린저 등을 초청해서 문학 강연을 열고 에밀 아자르의 소설 같은 현대적 작품을 전격 출간했다. 또한 「인상파 화가들」에 관한 특집이 무척 기억에 남는다. 색채와 빛이 유난히 아름다운 그림이라고만 생각했던 인상파 화가들의 작품이 제도권 화단에 맞서는 아방가르드였다는 것도 처음 일았다. 호영송 작가가 쓴 이어령 평전의 제목이 『창조의 아이콘』인데, 그 창조성과 더불어 또 한 가지, 인스피레이션과 열정은 선생님 문학과 인생의 키워드였다.

에밀 아자르가 『자기 앞의 생』이라는 소설로 콩쿠르상을 받고 급히 번역을 해서 『문학사상』에 실었을 때 당시 독자들의 열광은 정말로 뜨거웠다. 날개 돋친 듯 책이 나갔다. 희망 없는 절망의 상황 속에서도 사랑을 포기하지 않는 모모와 로자 아줌마의 처절한 사랑 이야기에 가슴이 뛰었다. 나중에야 에밀 아자르가 로맹 가리라는 작가의 가명이었고, 그 당시 로맹 가리는 이미 콩쿠르상을 한 번 받은 적 있는 유명한 기성 소설가였다는 사실이 극적으로 밝혀졌다.

1970년대 초 파리의 20구역, 주로 이민자나 빈민이 사는 구역의 뒷골목에 사는 모모라는 열 살 아랍인 소년의 관점에서 쓰인 『자기 앞의 생』은 아우슈비츠에서 살아남아 트라우마에 시달리며 창녀 생활로 연명해 온 로자 아줌마가 다른 창녀의 사생아인 모모를 맡아 기르며 벌어지는 이야기다. 모모는 빈민가에서 파란만장한 불행의 역사를 가진 사람과 다른 창녀의 사생아들과 자라며 삶과 역사의 비극, 공포, 비애 속에서도 사랑을 배우며 살아간다. 모모는 하밀 할아버지에게 "사람은 사랑 없이 살아갈 수 없나요?"라고 묻는다. 하밀 할아버지는 대답해준다.

  

"사람은 사랑 없이는 살아갈 수 없단다."

로자 아줌마는 치매에 걸려 헛소리를 하면서도 요양 병원에 잡혀 갈까 두려워한다. 로자 아줌마가 치매 병원으로 가면 모모는 보호자 없는 미성년자가 되어 고아원으로 끌려가야 하기에, 모모 역시 로자 아줌마의 병과 죽음을 두려워하고 적극 숨기려 한다. 지하실에 숨어 살던 로자 아줌마가 죽음에 가까워지며 의식이 혼미해졌을 때, 모모는 촛불을 켜고 아줌마의 기괴하게 부풀어 오른 얼굴을 곱게 화장한다. 사람은 사랑 없이는 살 수가 없기에, 이어령 선생님은『자기 앞의 생』에서 그 장면을 가장 좋아하셨다. 그 장면을 이야기하다가 설핏 선생님의 눈가에 물기가 비치는 것을 본 것은 나의 착각이었을까? 그때 나는 이어령 선생님에게서 반항적, 실존주의적 투쟁의 프로메테우스적인 이미지와 더불어 약하고 가난한 것들을 향한 연민과 자비를 중요시하는 '어질 인仁'의 세계가 공존함을 느꼈다. 나의 아픔이 아니라 인류의 보편적 아픔에 슬퍼할 줄 아는 사람이 진정한 지식인, 문학인이 아니겠는가?

"이어령 선생님은 한마디로 말할 수 없지만, '르네상스적인 인간'이다. 교수, 평론가, 시인, 소설가, 문화부 장관, 지성과 영성 사이에서 고뇌하는 크리스천. 그 모든 걸 다 합친 사람이 현대에 있기 쉽지 않은데, 한국인으로는 드문 '르네상스적인 인간'이 아니었나? 그런 생각을 하게 된다. 앞으로 그런 창조적 인간형이 한국에서 나오기는 불가능하다. 우리 교육이 그러니까. 미켈란젤로, 레오나르도 다빈치, 단테 알리기에리 등을 합쳐 놓은 것 같은 그런 분이다."

베네치아에 머무르고 있을 때 대학가에 있는 한 성당에서 다빈치의 그림과 저작물과 노트들이 전시된 것을 보았다. 당시에 다빈치가 날아다니는 것들에 관심을 갖고 새 날개를 해부학적으로 드로잉해 놓은 것과 비행기나 날아다니는 도구들에 관심을 갖고 노트에 자신의 상상을 그려 놓은 것을 보고 고귀한 인간의 꿈이라는 것을 느꼈다. 그것은 훗날 비행기의 밑그림이 되었다고 한다. 천재의 꿈이란 모든 인간의 꿈을 대신하여 메마른 현실의 한계 끝까지 가서 새로운 것으로 비약하는 것이었다. 그 드넓은 도약, 드높은 비약이 인류의 지평선을 바꾸는 것이라고 느꼈다.

적선동 이층. 온실처럼 유리창이 많았던 편집부에서 일하며 나는 좋은 친구들을 많이 만났다. 우리는 뜨거운 청춘의 꿈에 괴로워했고 시대를 근심했다. 문학사상 자료실에서 열심히 한국 근대 문학 자료를 발굴했다. 그때 함께했고 후에 문학사상 편집장을 맡기도 한 이명자 시인이 있었다. 이채강이란 필명으로 활동하며 시집을 출간하기도 했다. 이명자 시인은 이후 고향인 대전에서 대학 강의를 했고 『신반야경』, 『등불소리』 등의 시집과 아들 하나를 남기고 2019년 3월 세상을 떠났다. 옛 인연을 소중하게 생각하는 이어령 선생님과 강인숙 선생님의 후의로 이명자 시인 추모 행사가 그해 5월 오전 11시 30분에 평창동 영인문학관에서 열렸다. 비가 내리는 일요일 날이었다. 선생님은 그날 얼굴이 잿빛일 정도로 컨디션이 좋지 않으셨음에도 불구하고 행사장에 나와서 이명자 시인에 대한 회고담을 들려주셨다.

이어령 선생님의 인스피레이션과 열정을 조금씩 나눠 가진 우리들은 각기 벅찬 자기 인생의 길을 걸어, 각자 자신들의 문학으로 나아갔다. 회사를 그만둔 뒤에도 나는 『문학사상』에 자전적 에세이 「33세의 팡세」를 연재했고, 「그는 누구인가—영혼은 외로운 소금밭」과 같은 본격적인 문학 인터뷰를 했고, 또 소소한 서평들과 인터뷰 기사들을 많이 썼다. 평생에 걸쳐 쓸 양의 글을 나는 그 당시에 거의 다 쓴 것 같다. 모든 것이 이어령 선생님의 기대와 애정에서 비롯된 것이었다. 그 시절을 무척 사랑한다. 그런데, 강석경 작가의 말을 빌려 '나(우리)는 정말 얼마나 멀리 온 것일까?' 아스라하게 그런 질문이 떠오른다.

대학원에 진학할 때도, 대학원에서 라캉의 이론(정신분석학적 기호학)으로 한국 시를 분석하는 박사학위 논문을 쓸 때도 당시 한국

에서는 구하기 어려웠던 원서들을 빌려주고 줄리아 크리스테바의
『Kristeva Reader』를 빌려준 것도 선생님이셨다. 나의 남편이 세상을
떠난 후에는 가끔 "박 교수가 세상을 떠나서 내가 플라톤과 희랍철학
에 대해 마땅히 물어볼 사람이 없네. 너무 아수워"라며 남편의 부재를
아쉬워하셨다. 선생님은 나이 들어갈수록 가슴이 따뜻한 인仁의 세계
를 마음속에 키워가고 있다고 나는 느꼈다. 어질 '인'이라는 글자 자체
를 사랑하셨다. 나의 딸의 이름을 해인으로 지어 주셨고, 선생님 손녀
딸의 이름을 다인이라고 지으셨다.

선생님은 장르를 초월하며 글쓰기를 사랑하셨고, 쓰기의 뗏목을
타고 인생과 우주의 다채로운 경계를 넘나들었다. 마르지 않는 샘물
이 불멸의 펜에서 넘쳐흘렀다. 선생님과 내가 주고받은 마지막 카카오
톡 메시지도 '쓰기'에 관한 것이었다. 1월 24일, 소천하시기 한 달 전
쯤에 탁낮한 스님이 쓴 좋은 시가 있어 선생님께 보내 드렸더니 "남이
쓴 시 말고 본인이 새로 쓴 시 있으면 보내줘요"라는 답장을 보내 오
셨다. 롤랑 바르트의 말대로 선생님은 늘 그렇게 새로운 것을 쓰는 행
동에 새로운 존재의 창조가 있다고 믿었고, '글쓰기는 행동이다'라는
명제를 온몸으로 실천하셨다. 그때는 새로 쓴 시가 없어서 못 보내드
렸는데 그로 인해 나는 선생님께 시 한 편의 빚을 졌다. 선생님께서 소
천하신 후 『중앙일보』의 청탁으로 「나는 사랑한다 하늘만큼 땅만큼—
이어령 선생님께 드리는 추모 시」를 썼는데, 그것으로 선생님께서 보
내 달라고 하신 새로운 시 한 편의 빚을 갚은 것인가? 참으로 슬픈 아
이러니라고 느껴진다.

"시간이 지나면 슬픔이 나아진다고? 아니다. 시간은 그저 슬픔을
받아들이는 예민함만을 사라지게 할 뿐이다. 예민함은 지나가지만 슬
픔은 늘 제자리다."

선생님의 영전에 담담히 롤랑 바르트의 『애도 일기』 중 이 말을
드리고 싶다. 선생님은 봄이 오면 가장 먼저 피는 샛노란 프리지아와

수선화를 특히 좋아하셨다. 노란 수선화가 피어나면 선생님의 소식으로 생각하고 싶다고 추모 시에 썼다. 영하 오십 도의 겨울을 뚫고 대지 여기저기에 환한 등불을 켜는, 노란 봄을 물들이며 피어나는 수선화. 수선화는 봄이 오면 영원히 이 땅에 피어날 것이고, 수선화가 핀 그만큼 우리의 세상도 환하고 향기로워질 것이라고 나는 생각한다. 선생님은 이제 하나의 불멸의 텍스트가 되었다. 선생님, 부디 하늘나라에서 평안하소서.  ::

**김승희** 광주광역시 출생. 1973년 《경향신문》 신춘문예로 등단. 시집 『왼손을 위한 협주곡』, 『달걀 속의 生』, 『냄비는 둥둥』 등. 소월시문학상, 만해문학상, 청마문학상 등 수상.

# 우리는 사랑할 시간을 놓쳐버렸어
## — 문학 에디터로서의 이어령에 관한 4년의 다큐

### 홍영철
시인

## 프롤로그—편집자의 길로 들어서다

이 글은 이어령 선생님과 『문학사상』에 관한 이야기다. 떠나간 이를 무작정 기리는 회고담이 아니다. 사람의 생에서 가장 숨가쁜 20대를 건너며 마주했던 특별한 날들의 기록이다. 문학인으로서, 또 에디터editor로서 함께 보냈던 시간들의 다큐멘터리다. 독했던 만큼 선명하기에 기억의 오류도 없을 터이다.

나는 그때 편집자로서 선생님과 만나 4년을 뜨겁게 지냈다. 그리고 지금까지 별난 재주가 없어 여러 매체 곁에서 살아왔다. 유수한 신문이고 잡지에서 그동안 나름 능력자도 더러 만났지만, 선생님 같은 이는 정말이지 반 명도 보지 못했다.

이어령 선생님을 알게 된 것은 김춘수 시인 덕분이었다. 그분의 천거로 『문학사상』 1978년 12월호 신인 발굴 시 부문에 당선됨으로써

---

• 이 글은 2025년 4월 이어령 3주기 추모전 때 영인문학관에서 펴낸 『에디터로서의 이어령』에 실린 것의 재수록입니다.

인연을 맺은 셈이었다. 이듬해 이른 봄, 나는 문학을 잘하고 싶은 마음에 무작정 서울로 올라왔다. 좋아하는 시인과 소설가 들이 죄다 서울에 있는 것 같았다. 친구들이 주로 모여 사는 신촌 일대를 무대로 두어 달 노닐다가 취직을 해야겠다는 생각을 했다. 알 만한 곳이라고는 『문학사상』밖에 없었다. 대학 졸업식 때 입은 양복 차림으로 종로구 적선동 101번지 골목 안의 회사로 갔다. ㄱ 자 한옥 옆에 2층 목조건물이 붙어 있었다. 선생님은 한옥 마루 소파에서 문인들에 둘러싸여 열변 중이었다. 모두 장안의 지가를 높이는 이른바 70년대 작가들이었다. 선생님은 나를 알아보셨다.

"어, 왔는가? 저기 앉지."

네모난 보조의자에 앉았다. 선생님의 이야기는 쉼 없이 이어졌다. 아무도 끼어들지 않았다. 이따금 웃음으로 추임새를 넣고는 했다. 취직 부탁을 하러 갔는데 입도 벙긋할 수 없었다. 토론이라는 것이 불가한 분이라는 것을 안 것은 한참 뒤였다. 선생님의 이야기꽃은 다른 스케줄이 임박해서야 끝났다.

"어이쿠, 나 약속이 있어서 이만…."

손님들이 먼저 나가고 선생님이 댓돌 위에서 구두를 신을 때였다. 차마 떨어지지 않는 입을 어렵사리 열었다.

"저어, 선생님, 여기 취직 좀 해야겠는데…."

경상도 사투리로 어눌하게 더듬거렸으나 금세 알아들으셨다.

"어, 그래? 음, 지금은 티오가 없으니까 좀 기다리지."

뭐가 없다는 것인지 알아듣지 못했다.

그로부터 얼마 뒤, 임시 편집장을 맡고 있던 서영은 작가로부터 연락을 받았다. 지금 바로 나오라는 것이었다. 서둘러 적선동 골목 안 목조건물 2층 편집실로 갔다.

"홍영철 씨, 자리는 저기예요."

의자에 앉자마자 교정지 한 묶음과 빨간색 모나미 볼펜을 건네주었다.

"그거 교정 좀 봐줘요."

당황스러웠다. 무슨 취직이 이래? 면접도 오리엔테이션도 아무것도 없었다. 아무튼 나는 교정을 보기 시작했다. 그런 거라면 자신 있었다. 고등학교와 대학교 내내 교지와 학보 편집만 한 나였다. 얼마 뒤 돌려준 교정지를 넘겨본 서영은 작가가 물었다.

"교정 어디서 배웠어요?"

이튿날, 강의가 없었는지 선생님이 아침 일찍 편집실로 올라왔다. 그리고는 느닷없는 말을 꺼냈다.

"자네는 한 석 달 수습이라 치고, 13만 원으로 시작하자고."

내 얼굴이 벌개졌다. 돈 때문이 아닌데, 문학 잘해보고 싶어서 온 건데…. 사람들이 듣는 데서 그러니 24세 열혈 청년은 몸둘 바를 몰랐다. 그렇게 나는 직업적 편집자의 길에 들어섰고, 선생님 밑에서 일하게 되었다. 속으로 다짐했다. 조금만 기다리시라. 소심하고 낯가림도 있어 시작은 미미하겠지만 나중은 창대할지 모르니.

어느 사이 가을이 왔을 때, 나는 인사이드가 되어 있었다.

## 날아간 화살 또는 엎질러진 물

이어령 선생님은 자신의 생을 돌아보면서 '존경은 받았으나 사랑은 못 받아서 외로웠다'라고 고백한 적이 있다. 문예지 에디터는 글을 모으고 가리고 다듬고 엮고 또 쓰는 일을 주로 한다. 저마다 개성 강한 문학 관련자들이 어울려 무엇을 하다보면 열받기가 다반사다. 감정이 버무려져 숙성될 시간까지 견디지 못하고 돌아서는 이도 있다. 관계는 그렇게 깨지고 우애도 날아가버린다. 그래서 또 외로웠을지 모르는 선생님을 위해 먼저 사람 이야기부터 해야겠다.

얼마 전 평창동 자택의 서재를 같이 돌아보던 부인 강인숙 여사가 엷게 미소 짓고 있는 커다란 이어령 선생님의 사진을 가리키며 "사람들이 왜 저 사진을 영정 사진으로 썼냐고 해…"라며 말끝을 흐렸다. 나는 그 말뜻이 무엇인지 금방 알아차렸다. 그리고 생각했다. 맞다, 그건 사람들이 모르고 하는 소리다. 어색한 듯 미소 짓고 있는 저 천진스런 얼굴이 진짜 모습이다. 예리한 비평가나 치밀한 지성인이 아니라 아내는 바로 그런 남편을 사랑한 거다. 내가 "선생님은 뒤끝이 없었던 것 같아요"라고 하자 여사가 받았다. "나한테도 막 그러다가 금방 미안해하셨어. 그리고 자신이 잘못했다는 생각이 들면 바로 사과하셨지." 선생님은 분명 내 곁에 온 매우 곱고 연한 인간이었다.

일을 시작한 지 반년 남짓한 1979년 10월 31일 저녁이었다. 오정희 작가의 제3회 이상문학상 시상식과 궁정동 사건이 있던 10월 26일이 닷새 지난 월급날이자 편집 마감 직전이었다. 경복궁과 청와대가 코앞인 회사 주변은 장갑차와 중무장한 군인들로 온통 살풍경이었다. 국가비상사태 아래 통행금지는 밤 10시로 앞당겨져 있었다. 새달 5일이면 12월호가 나와야 하기에 분초를 다툴 정도로 바쁜 때였다. 그런데 그날 밤 우리 두 남녀는 교정지를 끌어안고 경찰서 유치장에서 지내야 했다.

사연은 이랬다. 선생님의 제자, 그러니까 이화여대 국문학과를 한 학기 조기 졸업한 여성이 막 입사해 내 옆자리에서 일했다. 그날, 월급도 받았겠다 둘이 광화문 부근에서 한잔하다가 신촌 쪽으로 자리를 옮겼다. 놀다보니 통금 시각이 넘어가고 있었으나 거칠 것이 없었다. 캄캄한 골목을 돌아 나가는데 번들거리는 손전등 불빛과 함께 호각 소리가 날아왔다. 둘은 꼼짝없이 경찰에 붙들려 신촌기차역 앞 대현파출소로 갔다. 기다란 나무 의자에 앉아 있는데 온갖 잡범들이 줄줄이 끌려왔다. 그제야 술이 다 깼다. 이 교정지들을 어떻게 한다?

이윽고 닭장차에 실려 서대문경찰서로 갔다. 그리고 남녀가 유별하게 철창 안에 갇혔다. 나는 벽에 기대어 밤새도록 교정만 보았다. 이튿날 새벽 배급 받은 불어 터진 라면으로 속을 달랜 뒤 다시 닭장차를 타고 응암동 즉결재판소로 갔다. 재판을 받고 벌금을 내고 풀려나자 점심시간이 훌쩍 지나 있었다. 무슨 낯으로 들어가나? 얼마나 혼날까? 우리는 택시를 타고 세수도 못한 꾀죄죄한 몰골로 회사에 갔다. 2층 편집실에 들어서자 모두 반색했다. 두 젊은이가 설치다가 계엄군에 끌려간 줄 알았단다. 교정지를 건넨 뒤 선생님의 엄벌을 잔뜩 기대하고 있었다. 이윽고 인터폰이 울리고, 우리 둘은 주간실 마루에 올라섰다. 그런데 뜻밖이었다.

"어, 왔어? 어서 이리 와 앉아."

선생님은 소파에 자리를 권하며 커피를 부탁했다. 경리 겸 비서 일을 보는 이가 커피잔을 내려놓자 선생님은 이렇게 말했다.

"이 사람아, 그런 일이 있으면 나한테 먼저 연락을 했어야지."

그러고는 나에게 물었다.

"자네는 시 많이 쓰나?"

이어 제자인 여직원에게 물었다.

"요즘 집안 형편은 어때?"

그것으로 끝이었다.


『문학사상』은 창간호부터 국내외 문인의 초상화로 표지를 꾸몄다. 매호 인물과 화가는 선생님이 선정했다. 그때그때 이슈가 되고 내용과 관련 있는 인물이었다. 10여 번이면 모를까 100여 번을 다달이 그런 식으로 지속하기란 말같이 수월한 일이 아니다. 지식뿐만 아니라 애정까지 갖추어야 가능할까, 그렇지 않으면 몰라서도 못 하고 귀찮아서도 못 한다.

1981년 10월 통권 83호를 낼 때였다. 표지화는 변종하 화가가 그린 신소설 작가 이인직 초상화였다. 책이 다 나오고도 몰랐다. 표지 아

李人稙이 李仁稙으로
오자가 나서 은색 바탕
에 먹 글자를 다시 찍
은 1981년 10월 통권
83호 표지.

래쪽에 10포인트 고딕체로 문인의 이름이 들어가는데, 그게 잘못된
것이었다. '李人稙'이어야 하는 한자가 '李仁稙'으로 찍혀 있었다. 표지
담당자의 실수였으나 사전에 발견하지 못한 편집부 모두의 책임이었
다. 문제가 심각했다. 6만 부나 되는 책을 어쩌지? 난감해서 죽상들을
하고 있는데, 선생님이 나무 계단을 쿵쿵쿵 소리 나게 밟으며 2층 편
집실로 올라왔다. 그러고는 급히 수정 방법을 지시했다.

"표지 이름자 위에 네모나게 은색 바탕을 덧씌우고 그 위에 까만
잉크로 글자를 다시 찍도록 해!"

그것으로 끝이었다.


1981년 봄, 『축소 지향의 일본인』 집필 차 1년 동안 자리를 비우게
된 선생님이 떠나기 직전 나를 불러 당부했다. 문화공보부에서 문예지
별로 문인들의 해외 시찰을 계획 중인데, 그 자리에 선생님 대신 편집
차장인 내 이름을 올려놓았다는 것이었다. 사연인즉, 선생님이 못 가
시면 편집장 이름이 올라가야 하는데, 문공부에서 여성은 곤란하다고
밝혔기 때문이었다. 편집장은 이명자 시인이었다.

"자네는 업무가 바빠서 못 간다고 양해를 구해. 그러면 나중에 세
계 어디든 자네가 원하는 나라로 다 보내주겠어."

그리고 선생님은 도쿄로 떠났다. 곧바로 문공부 담당자로부터 연

락이 왔고, 해외 여행이 어렵던 시절이라 한번 나가보고 싶었다. 에라, 모르겠다. 나는 일을 모두 사랑하는 이명자 누님에게 떠넘기고 정부에서 챙겨준 단수여권과 여행자수표를 들고 7명의 문인을 인솔, 보름 동안 유럽과 중동과 동남아 등 몇 나라를 다녀왔다.

그해 가을, 일본에서 일시 귀국한 선생님이 말했다.

"내가 가지 말라고 했는데 말이야, 쯧."

그것으로 끝이었다.


그런 사람이었다. 사전에는 오만 간섭과 충고를 다하지만, 이미 날아간 화살 또는 엎질러진 물에 대해서는 어떤 꾸지람도 나무람도 하지 않았다. 이른바 뒤끝이라고는 하나도 없는, 선생님은 멋쩍은 듯 웃고 있는 영정 사진 속 모습 바로 그 사람이었다.

## 나는 사령관, 자네는 소대장

해가 바뀌고 모든 분위기가 만만해진 어느 날의 오후, 선생님이 인터폰으로 급히 나를 찾았다. 곧장 내려가 마당에 들어서자 이미 마루 문턱을 밟고 서 있었다.

"다 넘어갔나?"

손을 털고 잠시 한숨 돌리는 시간인데 뭔가 싸했다. 넘긴다는 말은 편집을 다 마치고 '책임 OK' 사인한 교정지를 인쇄소로 보낸다는 뜻이다.

"예, 벌써 다 넘겼는데……."

불안한 느낌에 말꼬리를 흐렸다. 역시나 그랬다. 선생님은 어떤 글의 제목을 좀 바꾸라고 했다. 황당해서 성질이 훅 올라왔다. 그즈음 이명자 시인이 나가버려서 내가 편집 책임을 맡아 하고 있었다. 정말이지 웬만한 깡다구가 아니고서는 버텨내기 힘든 구조였다.

책 만드는 일도 예전의 아날로그 방식과 지금의 디지털 방식은 완전 다르다. 1980년대 초만 해도 거의 활판인쇄로 책을 만들었다. 잡지와 단행본도 그 과정이 좀 달랐다. 단행본의 경우 미리 만들어둔 지형紙型을 이용하는 비교적 용이한 방식이지만, 잡지는 초판 한 번만 찍으면 그만이기에 그런 절차 없이 식자판을 그대로 인쇄기에 올렸다. 500쪽 잡지를 6만 부 발행하자면 찍는 데만 이틀 넘어 걸려서 두세 인쇄소에 나누어 맡기고는 했다. 식자판은 4쪽씩 나무 상자 위에 올려져 이동하는데, 하나만 해도 묵직했다. 만약 이동하다가 실로 동여맨 식자판의 납 활자가 흐트러지기라도 하면 바로 사고였다. 그런 과정 중에 글을 고친다는 것은 여간 번거로운 일이 아니었다.

"아이 참, 지금 그거 고쳐서 뭐하겠습니까?"

나도 모르게 미간을 모으고 말았다. 뭐 그리 결정적인 수정도 아닌 것 같았다. 그러자 곧바로 비음 섞인 고성이 날아와 내 이마에 꽂혔다.

"이 사람아, 나는 사령관이고 자네는 소대장이야. 전쟁을 치르는데 사령관이 소대장한테 '저 고지를 점령하라!'고 하면 그 고지를 무조건 점령해야지, 소대장이 사령관한테 '저 고지를 점령해서 뭐하겠습니까?'라고 하면 그 전쟁 이길 수 있겠어?"

맞다. 금방 이해가 갔다. 그러면 안 된다. 소대장이 사령관한테 '저 고지를 점령해서 뭐하겠습니까?'라고 따지는 것은 말도 안 되는 소리다.

"예, 알겠습니다."

나는 한마디 대꾸도 못 하고 돌아섰다. 인쇄기가 돌기 전에 빨리 가서 지시한 대로 고쳐야 했다. 편집실로 가는 계단의 때 묻어 검붉어진 인조 카펫에 발을 올리는 순간, 속았다 싶었다. 선생님은 사령관도 아니고 나는 소대장도 아니었다. 민간인으로서 잡지사의 주간과 편집자 사이였으며 더욱이 전시도 아니었다. 거기다가 우리는 모두 전투

훈련 경험도 없는 국외자였다.

선생님은 사소하다고 여길 법한 것 하나라도 마음에 걸리면 그냥 넘어가지 않았다. 이번 호 어디에 누구의 어떤 글이 들어가는지 훤히 꿰고 있었다. 글자 하나가 독자의 눈길을 붙들기도 하고 놓치기도 한다고 믿는 철저한 에디터였다.

미디어는 소비자의 입장에서 구성되어야 한다. 발상의 객관화가 편집자의 몸에 배어 있어야 그렇게 할 수 있다. 책은 독자가 만든다는 말도 있다. 사람들은 흔히 자신이 이해하기 어려운 것을 비웃어버리고 만다. 그러고는 사소한 것에 얽매이지 않는다고 스스로를 위무한다. 대부분의 어설픈 편집자가 그렇다.

## 필자 선정과 문단 정치 또는 문화 권력

선생님은 500쪽에 이르는 지면을 총지휘하는 마에스트로였다. 그러니까 섣부른 소리는 한 줄도 끼어들 수 없었다. 이는 오만과 편견 또는 독단과는 다른 개념이다. 독자의 눈은 평론가보다 맑고 밝아서 그 품질이 어떠한지 금방 알아차린다. 평론가는 직업적으로 글을 읽고 목적과 이해관계에 따라 때로는 칭찬도 하고 비난도 하지만 독자는 그럴 필요가 없기 때문이다. 지휘자에 따라 연주회의 위상이 달라지듯이 에디터에 따라 지면은 얼마든지 달라질 수 있다.

새 책이 나오고 네댓새 정도 여유가 있었다. 하지만 다음 호 소설과 시의 필자 선정이 급하기에 그마저도 맹탕 놀지는 못했다. 시와 소설의 경우 먼저 편집실에서 후보 명단을 작성했다. 각 5인의 작품을 싣는다면 각 10인의 이름을 편집 노트에 적었다. 그것을 선생님께 보이면 다음 호에 실어도 좋을 필자의 이름 앞에 동그라미로 표시했다. 특집이나 기획물은 테마에 따라 편집실에서 적절한 필자를 정해 청탁했다. 편집회의 같은 것은 따로 없었다. 수시로 묻고 답하는 만남이 곧

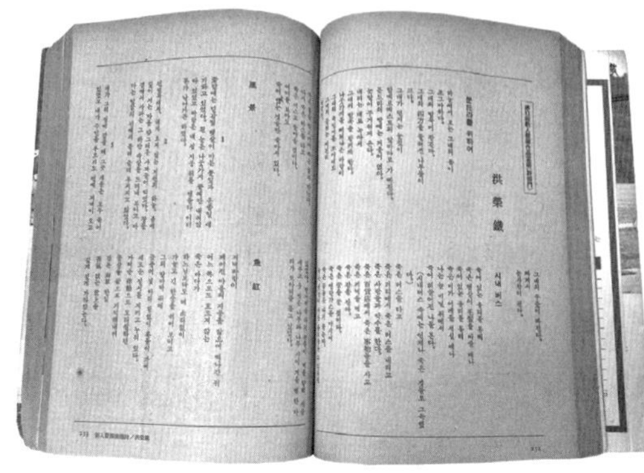

제11회 신인 발굴 작품 발표.
통권 75호
1978년 12월호.

편집회의였다.

선생님은 시와 시인에 관한 글을 많이 쓰면서도 잡지 구성에는 균형을 지켰다. 연재물 빼고 시와 소설 각 5~6편을 실었다. 연재소설만이 아니라 서정주 시인의 「서으로 가는 달처럼」과 「학이 울고 간 날들의 시」, 박두진 시인의 「수석연가」 같은 연재시도 있었다. 필자의 수는 비슷하나 쪽수는 소설이 월등히 많았다. 권말에 중편 또는 장편을 통째로 싣기도 했다. 독자의 손길을 붙잡는 것은 결국 시보다 소설이기 때문이었다.

베스트셀러 문예지의 파워는 컸다. 발표의 기회를 얻고 싶어하는 문인이 경향 각지에 많았다. 애써 쓴 작품을 내보이고 싶겠으나 이름이 알려지지 않은 이는 입장하기 어려웠다. 내게 무슨 권한이 있는 줄 알고 기대는 이도 없지 않았다. 이따금 독자에게 선보여도 좋을 젊은 작자는 편집 노트에 슬쩍 이름을 올리기도 했는데, 낙점을 찍어 나가다가 낯선 이름이 나오면 어김없었다.

"이 사람은 뭐야?"

미리 마음속에 준비해둔 프로필을 늘어놓으면 선생님은 마지못한 듯 동그라미를 치고는 충고를 덧붙였다.

"자네가 경계해야 하는 게 문단 정치라는 거야. 다들 그렇게 하더라도 자네는 그러면 안 돼. 편집자가 문단 정치에 휩쓸리면 그 잡지는 금방 망가진다고."

써야 하는 글은 안 쓰고 패거리 놀음이나 일삼는, 이른바 문단 정치 또는 문화 권력에 대한 경고였다. 사실 그랬다. 선생님은 대학생 때 보수와 진보를 가리지 않고 기성 문단을 혹독하게 비판하면서 혜성처럼 등장한 이후 일찍이 문학계의 거물이 되었으나 어떠한 파벌도 만들지 않고 비주류로서 자신의 자리를 지켜온 문학인이었다.

"우리 책은 사람을 키우는 데가 아냐. 스스로 다 커서 오는 사람을 받아주는 책이라고."

선생님은 지나가듯이 그렇게 흘렸다. 이는 곧 『문학사상』의 정체성을 뜻했다. 편집자로서 두루 생각하게 만드는 말이었다.

신인을 등단시키는 방식도 남달랐다. 정기적 또는 의례적으로 양산하지 않고 역량이 충만한 이를 엄선하고자 신중을 다했기에 문단과 독자의 관심도 그만큼 컸다. 선생님이 펴내던 10여 년 동안 시인 6명, 소설가 5명, 극작가 1명, 평론가 3명이 전부였다. 여느 문예지의 1년치보다 적은 수였다. 발굴된 신인에 대해서는 그의 문학이 자라날 수 있도록 지원을 아끼지 않았다.

## 교정지는 자꾸 주무르면 물러터진다

마감일은 정기간행물 발간에 있어서 꼭 지켜야 할 요소 중 하나다. 이게 어긋나면 문제가 복잡해진다. 발행 부수가 많은 경우는 그 정도가 더 심하다. 먼저 인쇄소와 제본소에 연쇄적으로 피해가 발생한다. 두 곳 다 사정을 잘 알기에 정기간행물은 우선적으로 관리된다. 발주 시간에 맞추어 기계를 비워두는데, 제때에 작업이 이어지지 않으면 모든 일정이 뒤엉켜버린다. 따라서 마감 시간이 가까워지면 편집자는 긴장하지 않을 수 없다.

그러나 편집자로서는 서두르다가 실수를 저지르지나 않을지 노심

초사하게 마련이다. 왠지 불안해서 얼른 손을 떼지 못한다. 붙들고 늘어지는 것이 완벽을 기하는 자세라고 여기기도 한다. 하지만 그것은 대개 진작에 했어야 하는 일이다. 내게는 교정지가 금쪽 같아 보일 때였다. 마감날 오후, 남은 꼭지들을 살펴보고 있는데 선생님이 편집실로 올라왔다.

"어떻게 됐어?"

최후의 일각까지 치밀하게 일하는 모습이고 싶었다.

"한 번 더 볼 게 좀 있어서……."

그러나 기대와 다르게 희한한 지적을 들었다.

"이제 그만 넘겨. 교정지는 자꾸 주무르면 물러터진다고."

치밀한 것도 좋지만 끝마칠 때는 과감할 필요가 있었다. 그날 이후 지금까지 어떤 일을 마무리할 때면 "자꾸 주무르면 물러터진다"는 그 말이 입속에 맴돈다. 선생님은 도대체 교정지는 오래 주무르면 물러터진다는 것을 어떻게 알았을까?

"하루 늦으면 그만큼 독자가 멀어지게 되어 있어. 꼭 그 잡지만 사러 서점에 가는 사람은 많지 않아. 마음먹고 서점에 들렀는데 찾는 게 없으면 그와 유사한 걸 집어 들게 되거든."

그래서 정기간행물의 발행일 지키기가 중요하다는 얘기였다. 물론 충성 고객도 없지 않지만 대개의 소비자는 무덤덤하다. 새 책이 나오는 날 일부러 서점까지 갔는데 있어야 할 것이 없으면 서운하고, 그런 일이 반복되면 마침내 등을 돌리고 만다. 판매만이 아니라 신뢰의 문제이기도 하다. 봐주면 좋고 안 봐줘도 어쩔 수 없다는 매체는 아무 상관없는 이야기다. 스스로 존재의 이유를 모르는 책은 나온들 안 나온들 무슨 상관 있으랴.

교정지 얘기가 나왔으니 떠오르는 장면이 있다. 인쇄 감리라는 과정이 있는데, 처음 인쇄기를 돌린 뒤 막 나온 전지를 꺼내 훑어보는 일이다. 한여름, 용산의 남영역 뒤편에 있는 인쇄소였다. 판을 갈고 나서 몇 차례 시운전을 한다. 그러면 어떤 종이는 구겨진 채 롤러 사이로 말려 들어가서 시커멓게 희한한 무늬로 찍혀 나오고는 했다. 마치 현대 작가의 판화 작품 같았다. 내가 사랑한 글자들이 삐뚤빼뚤 찍혀 있는, 나에게는 아름다운 파지였다. 그것을 주워 들고 내려다보고 있는데 기장이 그랬다.

"새 종이 많은데 헌 종이 들고 뭐해요? 버려요. 손에 잉크 묻어요."

## 제목 뽑기 대회의 1등과 2등

『문학사상』이 창간호부터 10여 년 동안 독자의 호응을 불러일으킬 수 있었던 데는 특집 또는 기획물이 큰 역할을 했다. 그때그때 적절한 문학적 이슈에 따라 테마가 정해졌다. 지금 꺼내 봐도 충분히 신선한 읽을거리들이었다. 선생님의 지식 안테나는 인공위성처럼 세상을 향해 늘 열려 있었다.

'피노키오 어린이가 100살이 되었다.'

잘 읽지 않는 단테의 「신곡」보다 누구나 아는 콜로디의 「피노키오」가 더 값지고 귀할 수 있다. 하루는 선생님이 어느 외서에서 뜯어낸 듯한 책장을 보여주었다. 그러고는 메모하라면서 그 내용을 우리말로 줄줄 읽어 내려갔다. 「피노키오」 출간 100년을 맞아 이탈리아에서 축제가 열리는데, 거기에 맞추어 글을 쓰라고 했다. 동화책을 다시 읽고, 자료도 찾아보고, 이탈리아어과 교수도 만나고 해서 글을 마무리한 뒤 나름 근사한 제목을 달아 원고를 건넸다. 단숨에 훑어본 선생님은 원고지 겉장에다 제목으로 '피노키오 어린이가 100살이 되었다'라고 휘날려 썼다. 뭔가 좀 유치한 것 같고 마음에 안 들어 그 말이 내내 잊히지 않았다. 시간이 흐르고 제목 짓기에 나름 도가 트일 즈음 깨달았다. 그 글의 제목은 '피노키오 어린이가 100살이 되었다'가 최선이었다. 다른 어떤 말도 사치요 사족이었다.

당시 『문학사상』 한 호에 60~70꼭지의 원고가 들어갔다. 꼭지는 각각의 교정쇄를 세는 단위를 말한다. 그중 시와 소설 같은 창작물을 제외하면 50여 꼭지가 되는데, 선생님은 매달 그 많은 원고의 제목을 일일이 체크했다. 대개의 필자는 에세이류의 제목에 그다지 신경 쓰지 않았다. 1차 수정이 끝난 교정지를 테마별로 모아 주간실로 가져가면 선생님은 빠르게 교정지를 넘기며 제목들을 손질했다. 그 모습이 흡사 수능을 치르는 수험생 같았다.

"사람들이 내용 보고 잡지를 살 것 같아? 제목 보고 사는 거라고."

둘만 있는 자리였는데 그 직설적인 표현에 좀 놀랐다. 내용이 아니라 제목이라니……. 못마땅한 그 말도 어중치기 편집자의 화두가 되었다. 맞았다. 독자는 먼저 제목을 보고 본문 읽기를 결정하기에 제목이 그만큼 중요하다는 것을 뒤늦게 알았다. 이는 표리부동, 과대 포장, 가짜 뉴스 같은 속임수와는 다른 이야기다. 같은 값이면 다홍치마라는 뜻이다. 그의 이름을 불러줄 때 그가 꽃이 되듯이, 누군가 그 빛깔과 향기에 알맞는 이름을 불러준다면 존재가 두드러질 수 있을 것이다. 그것이 에디터의 역할이다. 독자가 멀어진다고 아쉬워할 것이 아니라 그보다 먼저 다가오게 할 필요가 있다.

배열표를 작성한 뒤 최종적으로 점검하는 것이 목차다. 목차는 독자의 눈길이 가장 먼저 닿는 부분이다. 당시 『문학사상』의 목차는 4.5쪽를 접지해서 길게 펼쳐 볼 수 있도록 꾸몄다. 한 호의 내용을 한눈에 파악할 수 있는데, 요즘은 일손이 많이 가서 거의 쓰지 않는 방식이다. 국전지 가로 너비에 이르는 60센티미터가량의 기다란 대지가 주간실 책상 위에 놓이고, 선생님의 OK 사인이 떨어지면 한 호의 편집 일이 끝난다. 선생님은 강의하고, 강연하고, 칼럼과 책을 쓰면서 매번 그렇게 일했다. 13년 150여 달 동안 그랬다.

한번은 주간실 책상에서 검토를 마친 교정지를 내게 건네주고는 소파에서 기다리고 있는 작가들 쪽으로 가며 말했다.

"만약 세계 제목 뽑기 대회 같은 게 있으면 일등할 거야."

그런 분 밑에서 4년을 집중 수련했으니 솜씨가 늘지 않을 수 없었을 거다. 그것도 스폰지처럼 푹신한 흡수력을 지녔던 시절에.

힘들고도 즐거운 도제의 날들이 흘러간 어느 때, 선생님은 제목 손질하는 일을 조금씩 넘겨주었다. 아무도 알아주지 않고 아무런 이득도 없지만 뿌듯했다. 그렇게 해서 나는 2인자가 되었다. 1인자 밑에서 도를 닦았으니 2인자는 되고 나아가 1인자를 넘보아야 도리일 것이다. 이제는 선생님이 떠나버렸으니 내가 1등일 수도 있겠으나 그 자리는 영구 결번으로 비워두련다. 혹시나 다른 선수들은 오해 마시라. 선생님과 나, 두 사람을 두고 하는 소리다.

"학생들이 『문학사상』이 상업적이지 않냐고 해. 그래서 내가 그랬지. 상업적이 뭔대? 상업적이지 않은 잡지가 어디 있냐고. 전매청에서 나오는 홍보지 같은 것 말고 정가를 붙여 서점에 내놓는 모든 잡지는 다 상업적이야. 그런데도 아닌 척하는 게 잘못 아냐?"

주간실 사랑방에 모인 작가들에게 한 말이었다. 책이 잘 나가다 보니 이런저런 말도 있었다. 사건 사고가 터져도 선생님은 직접 나서서 해결하려 했다. 1979년 1월호에 실린 오영수 작가의 단편소설 「특질고」, 12월호에 실린 손장순 작가의 단편소설 「아치섬, 그 빈 가슴」이 구설수에 올랐을 때도 선생님 혼자 애를 많이 썼다. 명목상 발행인과 편집인이 따로 있어서 굳이 책임질 일도 없었다. 체면보다는 책의 위상이 우선이었다.

## 권두언과 편집후기, 명분과 실리

선생님이 특별하게 생각하는 꼭지가 있었다. 권두언과 편집후기, 모두 3쪽밖에 안 되지만 이것만큼은 무슨 일이 있어도 선생님이 직접 썼다. 도쿄에서 『축소 지향의 일본인』을 집필하던 1년 동안도 그 두 원고는 빠뜨리지 않고 우편으로 보내왔다. 잡지를 집어 든 이는 다른 글은 몰라도 권두언과 편집후기만은 꼭 보게 된다는 것이다.

'○월의 언어'라는 문패 아래 원고지 5매 분량의 권두언은 하나의 아포리즘이었다. 비유와 상징으로 가득한 시적 문장은 단행본으로 나와 베스트셀러가 되기도 했다. 매달 가장 늦게 들어오는 원고가 그 두 꼭지였다. 책의 중간 부분이 인쇄되고 있을 때 받은 적도 있었다. 한번은 급히 마무리한 원고를 건네주며 소파에서 기다리고 있는 작가들을 향해 농담처럼 말했다.

"요즘은 글 쓰는 게 마치 다 쓴 치약 짜내는 것 같아. 더 이상 안 나올 것 같다가도 이리저리 눌러보면 매번 한 번 닦을 만큼은 나오거든."

선생님은 평론가, 소설가, 극작가 등 문학과 관련된 타이틀을 다 갖고 있었으나 시인만큼은 아니었다. 그래서 그런지 글 속에서 유독 시와 시인을 즐겨 언급했다. '○월의 언어'도 시와 시인으로 채워진 적이 많았다. 마침내 시집을 펴낸 것은 2008년 74세 때였다. 좀 쑥스러웠던지 '산문의 갑옷으로 무장하여 속살을 지켜갈 수밖에 없는 딱정벌레이기에 시인이라 부르지 말라'는 작가의 말을 덧붙이고서.

선생님의 글을 두고 '뛰어난 말재주와 화려한 수사로 독자를 현혹한다'고 지적한 이도 있으나 그것은 비판을 위한 비판인 듯하다. '뛰어난 말재주'는 문인이 가져야 할 훌륭한 기술이 아닌가? '화려한 수사'가 부당하다면 비유와 상징은 문장에서 배제되어야 할 악덕이라는 뜻인가? 또 독자를 현혹해서 무엇을 어떻게 한다는 말인가? 다수의 독자가 독서를 통해 마음에 담고 싶어하는 것은 그런 문장이다. 신문에 실리는 스트레이트 기사를 문학이라 하지 않는다. 이른바 창조적 역할을 수행한다면서 전문가의 책꽂이에서 일생을 마치는 이론서나 연구서는 문학 독자에게 별 쓸모가 없다.

권두언은 그렇다 하더라도 '편집실 노트'라는 문패 아래의 편집후기를 선생님이 직접 썼다고 하면 사람들은 잘 믿지 않는다. 그런데 그

1991년 2월,
『문학사상』 100호 기념 증면호.

것을 대단히 중요하게 대우했다. 흔히 시답잖게 여겨도 실제로는 관심을 많이 가지는 글이라는 것이다. 명분과 실리의 차이 정도로 이해할 수 있겠다. 편집후기 쓰는 일은 의외로 까다롭다. 이번 호의 이유와 배경을 요약하고 테마별로 정리하려면 전체 파악은 물론 말을 맺는 솜씨도 따라야 한다. 통권 100호를 넘기면서 선생님은 편집후기를 슬며시 옆으로 밀었다. 그래도 반드시 읽고 손질하고는 했다. 목차를 훑고 권두언과 편집후기를 읽은 것으로 잡지 한 권을 다 보았다고 여기는 이도 있고, 책을 사서 품에 안은 것만으로 지적 위안을 받는 이도 있다. 그래도 아예 책과 담을 쌓은 사람보다는 훨씬 값지다.

사부 김춘수 시인 댁을 처음 방문한 대학 3학년 때의 일이다. 유명 문인이라면 책에 파묻혀 지낼 줄 알았는데 집 안 어디에도 책이 보이지 않았다. 조그만 장식장 안의 사전을 포함한 대여섯 권이 전부였다. 너무 궁금해서 책들은 어디에 있는가고 물었다. 그러자 독서량이 많기로 소문났던 시인이 대답했다.

"책은 다 읽고 버리지."

하루에도 여러 권씩 저자와 출판사로부터 책을 기증 받는 이어령 선생님은 목차만큼은 반드시 눈여겨본다고 했다.

"신간을 받으면 일일이 다 읽지 못하더라도 목차는 꼭 넘겨 봐. 그러면 내용을 담고 있는 중간 제목들이 머릿속에 남아서 나중에 무엇이 필요할 때 그 생각이 나거든. 그때 그 책을 찾아 보는 거지.”

명분을 내세우는 에디터는 읽히지 않는 딱딱한 책을 만들고, 실리를 중시하는 에디터는 읽히는 말랑말랑한 책을 만든다.

## 문예지가 독자를 위해 해야 하는 일

1980년 4월 초, 사르트르가 병원에 입원했는데 위독하다는 소식이 들어왔다. 워낙 유명인이기는 하지만 그 실존주의의 대표주자가 어디서 무엇을 하는지, 아직 살아는 있는지 아는 사람은 별로 없었다. 선생님의 순발력이 즉각 가동되었다. 파리에 있는 통신원에게 관련 자료들을 모아 보내달라고 요청했다. 우편은 얼마나 걸릴지 모르니 항공편이 나았다. 파리 통신원이 파리의 공항에 나가서 서울 가는 한국 사람을 찾아 자료 배달을 부탁하면 우리가 김포공항 입국장에서 이름표를 들고 기다리다가 건네받는 방식이었다. 그때 새벽에 나가 받은 봉투 속에는 『르몽드』, 『피가로』, 『파리마치』 등 사르트르에 관한 볼거리들이 가득했다. 그리고 얼마 안 있어 사르트르가 죽었다. 6월호 특집은 국내외 문인들의 추도 에세이 등 100쪽에 이르는 ‘사르트르가 남기고 간 모든 것’이었다.

우리 작가나 외국 문학 전공자가 어느 나라에 있는지, 어느 나라로 나가는지 파악하고 거기에 따라 대상을 찾아 대담 또는 인터뷰를 청탁했다. 해외 유명 지성인의 섭외가 생각처럼 어렵지 않다는 것을 선생님은 잘 알고 있었다.

“현재 잘나가는 젊은 작가나 만나기가 까다롭지, 우리에게 유명한 대가들은 그리 어렵지 않아. 자기한테 관심 가져주는 걸 오히려 고맙게 받아들이거든.”

그즈음 뉴욕주립대에서 유학 중이던 김성곤 교수가 미국 특파원 역할을 톡톡히 했다. 북미 전역을 다니며 현지 문인과 학자 들을 만나 나눈 대담 원고며 사진을 열심으로 보내주었다.

『문학사상』을 통해 우리 독자에게 처음 소개된 작가와 명작도 많았다. 카잔차키스의 「희랍인 조르바」(통권 2~26호, 안정효 역), 마르케스의 「백년 동안의 고독」(통권 28~52호, 안정효 역), 나중에 로맹 가리로 밝혀진 에밀 아자르의 「자기 앞의 생」(통권 42호, 전채린 역) 등이다. 프랑스의 공쿠르상을 국내에 처음 알린 것도 『문학사상』이었다. 특히 「자기 앞의 생」은 모모 신드롬을 일으키기도 했는데, 이 소설을 너무 사랑해서 새 판이 나올 때마다 수십 권을 사 모으는 마니아도 있었다. 「백년 동안의 고독」은 2년간의 연재 뒤 2권의 단행본으로 출간했으나 팔리지 않아 창고에 쌓여 있다가 1982년 10월 14일 느닷없이 노벨문학상을 받아 난리가 났다. 그날 저녁, 가브리엘 가르시아 마르케스를 알 리 없는 신문사와 방송국으로부터 전화가 쇄도했는데, 급히 마련한 사진과 자료를 나누어 주면서 "『문학사상』 제공이라고 밝혀달라"고 목에 힘을 주기도 했다.

노벨문학상 자체의 의미를 따지기보다 그것이 우리 독자에게 충분히 관심을 끌기에 문예지는 그에 응답하는 것이다. 노벨문학상이 발표되는 10월 둘째 목요일 저녁이면 편집실에서 대기했다. 선생님은 참 대단하다 싶었다. 듣도 보도 못한 이가 수상을 해도 그에 관한 자료가 어디에 있는지 알았다. 이튿날 아침 일찍 거기에 가면 진짜 그에 관한 자료를 구할 수 있었다. 전남 장흥에서 상경할 때마다 인사차 방문하던, 그즈음 서울로 이사해 우이동에 자리잡은 뒤 싸전을 열었던 한승원 작가의 딸 한강 작가에게 2024년 노벨문학상이 주어진 것을 알면 선생님이 얼마나 좋아하실는지…….

## 좋은 글이 책을 빛나게 한다

그때 『문학사상』의 장편 연재소설은 막강했다. 이병주의 「행복어

사전」, 박완서의 「도시의 흉년」, 최인호의 「지구인」, 김원일의 「불의
제전」 등 쟁쟁한 작가의 명작들이 동시에 연재되었다. 연재소설 읽는
재미에 책을 산다는 독자도 많았다.

이들 중 원고 받기가 가장 힘든 이가 최인호 작가였다. 워낙 연재
하는 작품이 많아 그랬을 테지만, 편집자로서는 달마다 여간 고역이
아니었다. 마감일이 가까워지면 일단 연락이 끊긴다. 집 전화밖에 없
어 애먼 가정부와 실랑이를 벌이는 수밖에 없었다. 원고 독촉이 한두
군데가 아닐 테니 그녀도 훈련이 되어 감정 없이 줄곧 모르쇠로 나왔
는데 그게 더 답답하게 했다. 한번은 하도 애가 타서 서초동 집으로 찾
아갔다. 초인종을 누르자 드문드문 줄장미가 얹힌 높다란 담장 너머로
가정부가 얼굴을 내밀었다.

"최인호 선생님 원고 받으러 왔는데요."

"예……."

"선생님 안 계세요?"

"안 계세요."

"어디 계시는지 몰라요?"

"몰라요."

"안에 계시는 거 아녜요?"

"안 계세요."

"어디 가셨는지도 몰라요?"

"몰라요."

담장 아래에서 열이 오를 대로 오른 내가 마지막으로 묻는다.

"그럼, 죽었는지 살았는지도 몰라요?"

"몰라요."

이 같은 상황을 선생님에게 이르면 "빨리 달라고 해"라는 말뿐이
었다. 형 동생처럼 가깝게 지낸 두 사람이었다. 승용차의 효용을 강조
해서 기사 딸린 포니를 장만케 하고 억지로 골프까지 전도한 사이였

다. 그러나 홍보에 실패한 것도 있었다. 워드프로세서였다. 원조 얼리
어답터인 선생님이 막 나온 문서 작성용 워드프로세서를 구입해서 만
나는 작가마다 강권했으나 최인호 작가는 한사코 마다했다. 글은 펜을
쥔 손끝의 감각에서 나온다는 것이었다.

편집실 식구 모두 기진맥진할 즈음 「지구인」이 들어온다. 그런데
워낙 악필이어서 알아볼 수가 없다. 그대로 인쇄소에 넘기면 절반이
까만 부호로 나온다. 모든 글자가 마치 개미 기어가는 듯 보였다. 원고
지를 네댓 갈래로 나누어 편집부 직원들이 옮겨 적었다. 거의 암호를
푸는 수준이어서 서로 물어가며 해독했다. 도저히 읽을 수 없는 낱말
이 있었다. 전화를 걸어 앞뒤를 설명하고는 무슨 글자냐고 물었다.

"글쎄, 나도 모르겠는데."

"예? 그럼 어떻게 해요? 아무렇게나 써요?"

"홍형 알아서 해. 내 손을 떠난 원고는 내 것이 아니야."

충격적이지만 멋있는 발언이었다. 그것이 전업 작가의 프로 정신
인가 싶었다. 글 쓰는 사람이 원고를 매체에 넘길 때는 더 이상 미련을
가져서는 안 되는 것이 옳다. 아쉬워서 자꾸 돌아보는 것은 미완의 글
을 넘긴다는 것과 다르지 않다.

이어령 선생님은 김승옥 작가를 무척 아꼈다. 「무진기행」, 「서울,
1964년 겨울」 등으로 서울대 불문학과에 다닐 때 스타로 떠오른 작가
였다. 이후 영화판을 돌아다니다가 소설에서 손을 놓아버린 그를 다시
일으키기 위해 선생님은 무던히 마음을 썼다. 서울대 국문학과 동기인
부인 강인숙 선생님도 "다들 학벌 가지고 자리 잡고 사는데 승옥이만
저렇게 떠돈다"고 안타까워한 적이 있었다. 그런 김승옥 작가를 여관
에 투숙시키고 감시인을 붙이면서 쓰게 한 것이 1977년 10월 통권 58
호에 발표된 「서울의 달빛 0장」이었다. 감시인이란 무슨 건달이 아니
고 불면 날아갈 듯한 서영은 작가, 김승희 시인이었다. 틈만 나면 어떻
게든 빠져나가려는 선배 작가를 붙들어 앉혀서 쓰게 하는 임무를 부

여받은 후배들이었다. 김승옥 작가가 몇 장을 써내면 새 원고지에 깨끗이 옮겨 적었다. 선생님은 애초에 이 소설을 연재할 계획이었다. 그러나 아무래도 무리일 것 같았던지 제목에다 '0장'이라고 붙였다. 후속 편이 이어지면 좋지만 그렇지 못하더라도 0의 의미는 독자 나름으로 상상할 터였다.

창간호의 표지를 구본웅 화가가 그린 이상 초상화로 꾸민 이상 전문가 이어령 선생님은 창간보다 5년 늦은 1977년에 이상문학상을 제정했다. 유족이나 스폰서의 지원 없이 독자적으로 마련한 문학상이었다. 그 첫 번째 상이 김승옥 작가에게 주어졌다. 2회 수상자는 김승옥과 같은 학번의 독문학과 출신 이청준 작가, 그리고 가장 친하게 지낸 최인호 작가는 5년 뒤인 1982년 6회 수상자가 되었다. 선정위원은 김동리, 백철, 유주현, 최정희 등 원로 작가들로 구성했다. 과거 비판의 대상이기도 했으나 사람을 대할 때는 깍듯했다. 오실 때면 대문 앞까지 나가 맞았고, 가실 때면 승용차로 모셨다. 선생님은 한국문학의 산 증인들에게 놀라울 정도로 예의를 갖추었다. 문학만이 최고의 가치여서 그럴 수 있었던 것이 아닌가 싶다. 문학에 대한 진심 어린 애정 없이는 나올 수 없는 행동으로 보였다.

좋은 글을 얻기 위해서는 무슨 짓이라도 하겠다는 사람만이 좋은 에디터가 될 수 있다. 그것을 자존심이며 자부심으로 여기는 이여야만 한다. 좋은 글만이 책을 빛나게 하기 때문이다.

### 소고기 짜장면이 거기 있었을까?

외국 문학이나 우리 고전을 소개하려면 번역 작업이 필요하다. 원문을 한글로 옮겨 월간지에 싣는 데는 문해력 못지않게 속도도 중요하다. 각 언어별로 믿고 맡길 전문 번역가들이 있는데, 하루에 원고지 100장 정도는 거뜬히 옮기는 분들이었다. 특히 소설가로 나서기 전의 안정효 작가는 영문을 하루에 원고지 300장씩 번역했다. 책상에 앉아서는 너무 힘들어 누워서 쓸 수 있는 장치를 고안해냈다. 추사 김정희의 한문 번역은 김구용 시인의 몫이었다. 한복을 즐기는 느긋한 성품이지만 추사의 글이라면 마다 않고 서둘러주었다.

월간지 일을 일간지처럼 할 때도 있었다. 화급을 요하는 원고가 있을 때는 길 건너 내자호텔에 객실을 잡고 필자 또는 번역자에게 부탁하기도 했다. 흘러간 시간 속에 묻혀 있는 작가와 작품을 찾아내는 데도 순발력이 필요했다. 머뭇거리는 사이 남의 손에 넘어가거나 더 깊이 숨어버리는 수도 있기 때문이다. 자료조사연구실은 그런 위기의 문학을 찾아내는 일을 해냈다. 실장 1명이 전부이기는 하나 개인이 운영하는 잡지사에 그런 부서가 있다는 것 자체가 대단한 일이었다. 자료를 구하는 데 비용이 따르면 기꺼이 지불했다. 그렇게 13년 동안 발굴해낸 것이 이상의 장편소설, 김소월의 시, 이광수의 시와 시론, 김시습의 편지, 추사의 한글 편지 등 수없이 많았다. 남겨진 사진 한 장 없는 김소월과 이장희 시인의 초상화를 고증을 통해 그려낸 것도 아무나 할 수 있는 일이 아니었다. 선생님이 손을 뗀 1985년 이후 그 같은 작업은 거의 맥이 끊기고 말았다.

일주일에 3일은 주간실 소파가 작가들로 그득했다. 화자는 선생님 혼자였고 다른 이들은 오직 청중이었다. 듣고 있으면 옳은 말밖에 없으므로 쉽사리 끼어들 수 없었다. 그러다가 점심때가 되면 앉은자리에서 식사를 시키고는 했다. 메뉴는 한결같았다.

"식사들 하자고! 짜장면, 짜장면 어때?"

감히 다른 메뉴를 내놓는 이는 없었다. 그런데 짜장면 앞에 꼭 붙는 수식어가 있었다. 소고기였다.

"여기 짜장면 좀 시켜. 소고기, 소고기 짜장면으로!"

선생님은 언제나 소고기 짜장면을 주문했다. 그것이 몹시 궁금했다. 간짜장도 아니고 짜장면인데, 짜장면이라면 소스를 한꺼번에 많이 만들어놓고 주문대로 면 위에 부어 주는 건데, 소고기 짜장면은 뭐지? 아무튼 짜장면이 오면 순식간에 그릇이 비워졌다. 모두 30~40대의 왕성한 작가들이었다. 얼마 뒤 금연을 했지만, 선생님은 스스로 체인스모커라고 하듯 심한 애연가였다. 커다란 유리 재떨이가 두어 번 비워질 무렵 모임은 끝이 났다.

2층 편집실 북쪽 아래 슬레트 지붕의 낡은 단층 건물이 그 짜장면을 만드는 중국집이었다. 여름이면 열린 창문 너머 청요리 냄새가 사정없이 밀려들었다. 기름지다 못해 속이 니글거릴 정도였다. 아직도 나는 그것이 궁금하다. 과연 그 중국집에 소고기 짜장면이 있었을까?

선생님을 자세히 모를 때는 왜 굳이 짜장면일까 의심스러웠다. 시간이 아까워서 그랬다는 것을 나중에야 알았다. 할 일이 많으니 음식으로 느긋하게 사치 부릴 여유가 없었다. 말까지 빨랐던 최인호 작가가 즐겨 찾던 메뉴도 짜장면이었다. 짬뽕처럼 맵지도, 칼국수처럼 뜨겁지도, 냉면처럼 질기지도 않아 딱이다. 게다가 국물이 없어 숟가락도 필요치 않으니 그보다 더 좋을 수 없다. 이후 내가 나를 보며 알아냈다. 워커홀릭이다보니 먹는 일이 귀찮았다. 한때는 우주인들이 먹을 법한, 한입에 툭 털어넣으면 식사 끝인 캡슐 같은 게 없을까 생각한 적도 있었다. 이상의 「날개」에 나오듯이, 육신은 흐느적거려도 정신은 은화처럼 맑으면 좋은 줄 알던 때였다.

가뜩이나 바빠 죽겠는데 국세청에서 세무조사를 나온 일이 있었다. 편집부야 관심도 상관도 없지만, 뭔가 뒤적거린다는 게 기분 좋은 일은 아니었다. 젊은 조사원이 편집실로 올라왔다. 아마도 조사 마지막 날인 듯했다. 그래도 손님이 왔으니 오렌지 주스를 건넸다.

"허, 이런 거 받아 먹으면 안 되는데……."

그러면서 그는 곳곳을 뒤졌다. 남동북 세 방향으로 나 있는 나무 창틀 아래 기다란 수납 공간이 있었는데, 거기에 지난 원고지들을 호수별로 묶어 보관했다. 오래된 목조건물 속이어서 먼지가 많았다. 최

대한 못마땅한 태도로 원고 뭉치들을 꺼내 주었다. 책하고 원고지하고 원고료 대장하고 일일이 대조하는 것 같았다. 한참을 그러더니 원고 뭉치 하나를 가리키며 이렇게 물었다.

"원고지는 588매인데 왜 책에는 600매 전재라고 되어 있나요?"

당황스러웠으나 대답은 해야 했다.

"음, 그야, 숫자가 딱 떨어져서 간결해 보이고, 좀 많게 광고하려고 그런 거 아니겠습니까?"

한참을 먼지 속에서 뒹굴던 그가 손을 비비며 일어나더니 전화기 좀 쓰자고 했다. 젊은 조사원이 전화기에 대고 말했다.

"털어도 먼지밖에 안 나옵니다."

## 영혼의 언어를 생각하는 사람들과 함께 13년

선생님은 책을 만드는 데 따르는 소프트웨어뿐만 아니라 하드웨어까지 모르는 게 없었다. 세로쓰기가 가로쓰기로, 활판인쇄에서 평판인쇄로, 호부장에서 무선철로 제작 방식이 크게 바뀌던 무렵이었다. 철커덕거리는 활판인쇄기로 매달 수만 부씩 찍어내는 것도, 오른쪽 가장자리에 철사를 박고 표지를 씌우는 호부장 제본도 여간 번거롭지 않았다. 책이 많이 두꺼울 때는 철사가 들어가지 않는다고 제본소에 비상이 걸린 일도 있었다.

당시 월간지의 본문 활자 크기가 8포인트였다. 지금은 사진 캡션으로 쓸 법하지만, 그때는 작은 글자가 대세였다. 가로쓰기로 바꾸자는 의견이 있었다. 가로쓰기 시험 조판을 해봤으나 눈에 익지 않아 그런지 어색했다. 국판 크기에 세로쓰기면 3단까지 가능했으나 가로쓰기를 하면 2단도 어중간했다. 가로쓰기로 바꾼다는 것은 혁신에 가까운 변화여서 용기가 필요했다. 어느 잡지나 신문도 먼저 깃대를 잡으려 하지 않았다. 선생님은 8.5포인트 활자가 있는 인쇄소를 알아보라고 했다. 지금은 컴퓨터 편집 프로그램으로 0.001포인트까지 확대 축소가 자유롭지만, 그때는 9포인트가 아니고 8.5포인트 활자가 있다는 것이 신기했다. 8.5포인트 자모가 있고 윤전기에서 자동 인쇄 뒤 접지까지 뽑아내는 인쇄소를 찾았다. 마침내 결단이 내려졌다.

"본문 8.5포인트 가로쓰기, 오프셋 윤전 인쇄에 제본은 좌철 무선철로 하자고!"

웬만한 사람은 알아듣지 못할 용어들이다. 영등포구 양평동에 있는 인쇄소와 계약을 맺었다. 먼저 납 활자로 조판하고 전사지에 깨끗이 밀어낸 다음 사진 찍은 필름으로 인쇄판을 구워 윤전기에 거는 오프셋 인쇄 방식이었다. 무선철은 철사 대신 접착제만으로 책을 붙여 매는 제본 방식이다. 그러한 변화의 내용을 신문 5단 통광고로 알렸다.

양평동 인쇄소 옆에 큰 과자 공장이 있었다. 인쇄소 교정실에 앉아 있노라면 너무 달콤한 사탕 냄새가 온몸을 뒤틀었다. 차라리 사무실 옆 중국집 기름 냄새가 더 나았다. 그러던 어느 여름 오후, 전사지가 나오기를 기다리면서 창밖을 내다보는데, 저 아래 도로 위에서 공사 중인 인부들이 눈에 들어왔다. 문득 나도 차라리 저 일을 하고 싶다는 생각이 스쳤다.

통권 100호가 넘어가고 그야말로 전쟁 같은 10년이 너무 힘들었던지 선생님도 그만 손을 떼고 싶어 했다. 한 잡지사와 인수인계 협상을 벌이다가 무산된 일이 있었다.

"우리나라 잡지 수명은 10년이야."

매체도 하나의 유기체 같아서 유효 기한이 있다는 것을 선생님은 잘 알고 있었다. 사회의 흐름에 따라 독자의 취향과 요구도 달라지기 때문이다. 교과서에 나오는 기념비적인 간행물들도 그리 오래 출간되지는 않았다. 『창조』9호, 『폐허』2호, 『백조』3호, 『문장』26호로 종간되었다. 천도교에서 펴낸 월간지 『개벽』만이 72호까지 장수했다.

시대는 늘 획기적으로 변하기에 지식산업도 달라지게 마련이다.

세상의 모든 잡지는 때가 되면 사라진다. 독자 없는 발행을 위한 발행은 적어도 나뭇가지 하나를 죽이고 그만큼 이산화탄소를 높여 지구 환경을 더럽힐 뿐이다.

그러면서 또 새로운 달들이 지나갔다. 드디어 그해 12월 31일, 주간실에서 조그맣게 종무식이 열렸다. 선생님은 지난해의 수고를 표하고 새해의 계획을 언급했다. 나로서는 무척 고맙고 파격적인 제안도 들어 있었다. 사흘만 지나면 시무식이 열리고 새날의 업무가 시작될 터였다. 그러나 나는 출근하지 않았다. 아무 말도 하지 않았다. 온다간다 소리도 없이 사라져버렸다. 내가 문학을 해야 하는데, 문학을 하는 사람들 뒤치다꺼리나 하는 것 같아 더 이상 싫었다. 그리고 한 달쯤 지나 생활비가 떨어졌을 무렵 찾아갔다. 선생님은 물이 엎질러진 뒤 늘 그랬듯이 눈조차 마주치지 않고 낮은 톤으로 말했다.

"이 사람아, 싫으면 말을 했어야지. 누가 자네를 코뚜레해서 일을 시킨댔나?"

그때는 그런 행동이 잘못인 줄 몰랐다. 두고두고 죄송한 무례가 될 거라고는 생각하지 못했다. 앞을 막는 무엇이 있다면 그가 신일지라도 칠 것처럼 겁도 없고 철도 없던 시절이었다.

그리고 선생님은 좀 더 이끌어오다가 마침내 크고 무거운 짐을 내려놓았다. 1985년 11월 통권 157호를 끝으로 『문학사상』을 모두 넘겨버린 것이다. 창간호를 펴내면서 밝힌 것처럼 '무기고나 식량 창고보다는 영혼의 언어가 담긴 한 줄의 시를 더 두렵게 생각하는 사람들을 위하여' 13년을 보낸 셈이었다.


## 에필로그―그 사랑 드리지 못했으니

40년 같은 20대의 후반 4년을 그렇게 지냈다. 언젠가의 말처럼, 선생님이니까 나를 데리고 있었던 것이 맞다. 보통의 사람이라면 그때 그 세월을 함께 보내기 어려웠을 것이다. 어쩌면 MBTI나 사상체질이 같은 직진형이어서 두리번거릴 틈이 없었기에 그럴 수 있지 않았을까 싶다.

하루는 선생님이 "문인이 아니라 군인이 되었으면 대단한 장수가 되었을 것"이라는 관상가의 말을 흘리며 웃었다. 그렇게 강인해야만 했던 이가 2022년 2월 26일 세상을 훌쩍 떠나버렸다. 죽음이 슬픈 것은 살아 있는 자의 몫이 되기 때문이다. 딸아이 결혼식 때 썼던 검은 양복을 꺼내 입고 서울대학교병원 장례식장으로 갔다. 처음으로 용돈 한 번 드리려는데 안내인이 가족들의 요청으로 사양한다고 해서 도로 집어넣었다.

다음날 국립중앙도서관 영결식장에 가서 꽃 한 송이 바쳤다. 하고 싶은 말은 많았으나 아무 말도 하지 않았다. 보랏빛 스웨터를 걸친 선생님이 나를 보며 빙긋이 웃었다.

"문학은 참 좋은 거야. 내가 좋아서 하는 일인데, 사람들이 존경해 주고 거기다가 돈까지 줘. 이보다 더 좋은 일이 어딨어?"

이어령 선생님은 문학에 진심이었던 최고의 에디터였다. 아마도 그런 사람은 다시 나타나지 않을 것 같다. 잃을 것 없던 시퍼런 시절에 내가 매일같이 부대끼며 겪어서 안다. 그러므로 제자이자 후배이자 동업자로서 적어도 나의 조그만 사랑만큼은 받았어야 했는데, 그 사랑 드리지 못해 마음이 아프다. 당신도 그럴지 모른다. 우리는 모두 사랑할 시간을 놓쳐버린 거다.

**홍영철** 1978년 《매일신문》 신춘문예와 『문학사상』으로 등단. 시집 『작아지는 너에게』, 『가슴속을 누가 걸어가고 있다』 등과 인문서 『고난이라는 가능성』 등.

# 아듀! 이어령
— 이어령이 남긴 '디지로그'와 '생명자본주의'를 애도하기

## 김학중
시인

### 1.

2022년 2월 26일, 이어령 선생(이후 이어령으로 표기함)은 세상을 떠났다. 그에 대한 세간의 평가는 일치하지 않는다. 하지만 적어도 우리는 그의 죽음을 통해 한 시대를 대표하는 문학평론가이자 문화비평가가 우리의 곁을 떠났다는 것에 대해서는 동의한다. 그에 대한 애도가 우리 사회에서 울림을 가졌던 이유도 거기에 있다.

그런데, 우리는 이 거목의 상실에 대하여 어떤 애도를 수행해야 할까? 단지 그가 떠난 빈 자리와 그가 남긴 유산의 가치를 비추는 언어들의 상찬을 차려 올리며, 그것을 그의 영전에 바치면 되는 것일까? 이에 대해 답하기 위해서 우리는 자크 데리다가 『아듀 레비나스』에서 레비나스를 애도하던 방식을 참고해 볼 필요가 있다. 데리다가 말했듯, "아듀adieu"란 단순한 작별 인사가 아니다. 그것은 신에게 돌아가는 주체에게 "안녕"을 고하는 행위이다. 죽음을 맞이한 주체는 신에게 돌아가고, 남겨진 우리는 그를 향해 마지막 인사를 건네는 것이다. 그 행위는 그가 신을 향해 올곧게 돌아가는 것을 기념하는 것에 다름 아

니다. 그리고 데리다는 이 "아듀"의 행위를 레비나스가 남긴 성취들과 연결시키는 작업을 통해 수행한다. 무엇보다 이 "아듀"의 올곧은 방식, 즉 타자와 마찬가지로 주체마저도 신에게 돌아가는 것을 피할 수 없음을 밝혀낸 이가 레비나스임을 드러낸다. 어떤 점에서 데리다의 "아듀"는 이미 "아듀"를 예비한 레비나스가 남겨 놓은 그 작별의 형식을 남아서 대신하는 것을 의미한다고 할 수 있다. 이 돌려줌은 레비나스적인 것의 추종이 아니라 "아듀"를 통해서 레비나스가 성취한 것들을 돌려주는 행위를 애도로 수행하는 것을 의미한다. 물론 이 독해에 대해서는 이론이 있을 수 있다. 그러나 나는 여기서 이 애도의 수행이 하나의 계기적 사건임을 말하고자 한다. 그것은 레비나스가 바라건 바라지 않든 간에 레비나스의 부재가 그의 유산이 다음 세대에게 다른 독해의 가능성을 열어주었다는 것을 의미한다. 이러한 의미에서 이어령에게 고하는 우리의 "아듀"는, 그가 남긴 개념들, 이를테면 여기서 중심적으로 살펴볼 그의 후기 사유의 유산인 '디지로그digilog'와 '생명자본주의' 라는 개념에 대한 "아듀"이자 이어령의 손에서 벗어난 그 개념들이 맞이할 재생산과 재창조의 맥락에 대한 고려를 통해 가능하다고 생각한다.

그러니까 나는 이 글에서 이어령의 여러 창조적 산물들, 그 글쓰기의 소산들에서 '디지로그'와 '생명자본주의'에만 주목하여 이어령에 대한 애도의 글쓰기를 수행하려고 한다. 그리고 나는 그 애도가 숨겨진 애도로써 2024년 12월부터 2025년 4월까지 '빛의 혁명' 속에서 수행되었다고 느낀다. 12월 3일, 비상계엄을 내린 윤석열 정권에 대항하여 이 땅의 국민들은 광장으로 쏟아져 나왔다. 그들은 각자 자신을 드러내는 깃발을 만들어 나오거나 자신이 좋아하는 K-pop 아이돌의 응원봉을 들고 나왔다. 그들은 각자이면서 여럿이고 온라인에 접속한 다중이면서 개별적으로 광장의 시민들과 접촉하는 구체적인 주체들이었다. 그들은 새로운 시대의 저항의 노래로

K-pop을 불렀으며, 몇몇은 개별적으로 들고 온 마이크를 들고 광장의 시민들에게 자신의 의견을 피력했다. 그들은 유해한 권력으로부터 다시 무해하고 정의로운 민주주의를 세우고자 광장에 나선 것이었다. '디지로그'를 통해 광장에 모인 사람들은 생명을 함부로 살상하려고 군의 무력을 움직이는 권력을 용서하지 않겠다고 외치고 있었다. 바야흐로 생명과 무해함, 창조적인 노래가 하나의 빛으로 나타나 다시 잃어버린 민주주의 일상 세계를 되찾겠다고 외치고 있었다. 누구도 그 중심에 생명자본주의가 있다고 외치지는 않았지만, 누구도 우리를 '빛의 혁명'으로 연대하게 만든 것이 '디지로그'라고 말하지 않았지만, 그것은 이어령이 그토록 역설했던 개념들의 현현에 다름 아니었다. 그리고 그것은 어떤 면에서 이 시대가 이미 우리 곁을 떠난 이어령에 대한 진정한 애도를 수행하는 드러나지 않은 애도 사건이었다. 애도 작업은 그렇게 드러나지 않으면서 진정한 애도 사건을 통해 수행된다. 그렇게 아듀, 이어령은 누구에게도 감지되지 않은 채 이뤄졌다.

## 2.

이어령을 기억하는 논자들에 의해서 여러 번 강조되었듯이 이어령의 문화비평가로서의 삶은 쉽게 정의내리기 힘들다. 몇 가지 주요한 언급들만 간단히 살펴보자. 방민호는 이어령이 평생에 걸쳐서 문화비평가로서 도달한 지점은 "포스트 콜로니얼한 문화비평의 차원"[2]이었고, 그런 점에서 이어령은 문학평론가이거나 문화비평가로 한정되지 않고 문명비평가로 보아야 한다고 주장한다. 김정운은 『에디톨로지』에서 언급했듯이 이어령은 창의적인 하이퍼 텍스트 생산을 수행한 비

---

2  방민호, 「이어령 문명비평의 문학사적 위상」, 계간 『맥』 창간호, 예옥, 2023, 238쪽.

1975년 무렵
문학사상사에서의
이어령 선생 모습.

평가로 평가한다. 홍래성은 이어령의 '디지로그'와 '생명자본주의' 분석에서 이어령이 수행한 것이 한국인 이야기이며, 그의 주저들의 기저에는 한국인에 대한 문화비평이 중심을 이루고 있다고 평가한다.[3] 이 차별화된 논의들에서 이어령에 대한 공통된 의견은 그가 문학에서든, 문화에서든, 더 나아가 문명에서든 '창조성'을 중심에 두고 논의를 펼쳤다는 것이다.

실제로 이어령은 문학비평을 주로 하던 초기 작업에서도 이 '창조성'을 문학의 주요한 비평잣대로 놓았다. 1950년대 이상 연구에서 시작된 문명비판적 시건의 중심축도 '창조성'이었다. 이어령이 일본의 동양적 문제틀에서 벗어난 문명비판의 지평을 구현한 작가로 이상을 평가한 이유도 거기에 있다. 그 유명한 화전론의 비평이나 1960~70년대 김수영과 '불온시' 논쟁으로 촉발된 참여문학 논쟁에서 이어령이 끝내 고수한 문학의 가치도 간단히 축약하면 '창조성'에 대한 옹호였

---

2  홍래성, 「디지로그, 생명자본주의, 새로 쓰는 한국문화로의 향방에 대하여」, 『이화어문논집』 제57집, 2022 참조.

다. 정치적 이데올로기에 제한되지 않은 문학적 자율성과 상상력의 발현, 즉 창조성이 문학의 중심이 되어야 한다는 것이 이어령의 생각이었던 것이다.[4] 1980년대 『축소지향의 일본인』에서의 일본문화에 대한 비판이나 1990년대 이후 한국인의 문화적 정체성 탐구를 수행한 과정에서도 이어령은 창조성을 문화에서 어떻게 나타나게 할 것인가를 탐구했다.[5] 그의 삶 전체에서 문제의식의 기저에 있던 것은 창조성에 대한 끊임없는 질문이었다.

이는 그의 마지막 인터뷰라고 할 수 있는 『월간조선』 김태완 기자와의 인터뷰에서도 잘 나타난다. 이어령 선생은 인터뷰에서 "중국 나라들은 반드시 외 글자야. 진나라, 한나라 식으로. 그런데 변방의 나라는 반드시 두 자잖아. 한 자를 못 써. 신라, 고구려, 백제. 지명地名은 다 두 자야. 조치원, 삼랑진은 예외라고 얘기하면 안 되는 거지. 사각四角의 저주… 중국은 그렇다 치더라도 한국과 일본 사람들은 말이 안 되는 거야."라고 비판적으로 언술한 바 있다. 여기서 주목해야 하는 것은 우리 동양의 사고구조를 "사각의 저주"로 비판하는 부분이다. 그는 이로부터 벗어나야 한다고 말한다. 그렇지 않을 경우에는 창조성이 제한되기 때문이다. 그가 마지막 인터뷰에서 자신이 마지막까지 할 일은 "한국인의 정체성이 담긴 '젓가락'이 어디까지 올라가느냐 하면 인류 최초의 전사, 최초의 요리사까지 올라간다는 것을 밝히려고 해"라고 한다. 그것은 프리히스토리의 히스토리를 살피는 작업이 될 것이라고 덧붙인다.[6] 이 레토릭의 외장을 걷어내면 이어령이 말하려는 바는 동일한 차원에 놓인다. 창조성의 기원을 밝히면 창조적인 지평의 확장을 이룰 수 있을 거라는 기대가 담겨 있는 것이다. 여기에는 그가 현재

---

3  방민호, 앞의 글 참조.
5  홍래성, 앞의 글 참조.
6  김태완, "이어령의 마지막 나날들", 『월간조선』, 2022년 4월 4일 참조.

의 담론구조와 담론의 계보가 제한하고 있는 지적 영토를 열어 젖히고 창조성이 발현되는 메타포적 세계를 보고자 하는 이어령의 근본적인 비평적 열정이 자리한다. 이는 이어령의 전후기를 걸친 지성적 작업을 근거짓고 있는 지점이다.

김정운은 어떤 강의에서 이어령에게 받은 질문이 매우 근본적 질문이었다고 술회힌다. 이어령은 김정운에게 학자들이 자기를 소개할 때 나는 누구누구를 전공했다고 하는데, 그럼 그들이 전공했다는 그 학자들은 누구를 전공한 거냐고 질문한다. 이 질문의 경험은 『에디톨로지』에서 이어령의 하이퍼텍스트를 소개하는 부분의 서두에 정돈되어 소개되어 있다. 이어령이 던진 이 근본적 질문도 결국 창조성에 대한 이어령의 열정을 환기한다. 우리가 새로운 학문을 창조하려면 학문적 콘텍스트를 넘어선, 기존의 텍스트를 떠받드는 태도를 벗어난 창조적 행위를 통해서만 가능하다는 것이다.

오늘날 우리가 경험하고 있는 제4차 산업혁명의 서두를 연 IT혁명 시기에 이어령은 이러한 문제의식을 담지한 '디지로그'라는 개념을 우리에게 선사한다. 이어령은 디지털 시대에 들어서서도 담론구조를 틀 짓는 이분법적, 양자택일적 사고가 저변을 이루는 것에 문제의식을 제기하며 '디지로그'를 제시한다. 그에 따르면 디지로그는 "either-or가 아니라 both-and"라는 사고, 곧 양자택일이 아니라 둘 다를 포용하는 사유에 기반해 제안된다.[7] 이 사유가 제안된 것이 바로 『디지로그』(생각의나무, 2006)이다.

이어령은 이 책에서 '디지로그'를 디지털과 아날로그를 합친 말로 소개한다. 일견 간소해 보이는 이 개념의 제안은 이어령이 정보화 사회와 정보사회를 구분하면서 정보화를 이루는 사회가 지연되지 않고 이뤄지길 바란다. 그렇다면 이 개념이 말하려는 바가 무엇일까? 김정

---

7　홍래성, 앞의 글, 179쪽 참조.

운에 따르면, "디지로그 개념의 핵심은 디저털의 발전이 아날로그의 변화를 가져오고, 아날로그는 여전히 디지털에 영향을 미친다"[8]는 것이라 한다. 이를 이어령의 어법으로 말하면 "쌍방향성"이 된다. 이어령은 이러한 '디지로그'를 구현하는데 한국인이 주도적인 역할을 할 수 있다고 보았다. 그 이유는 한국의 고유한 문화에는 '사이'와 '어울림'을 강조하는 문화가 있기 때문이다. 다지털 시대에 요구되는 유연성과 창조성의 기반이 "쌍방향성"에 있다면 이러한 특성을 갖추고 있는 한국인은 이러한 정보사회의 문화를 생산하는 창조적 문화생산자가 될 수 있다고 본 것이다. 코로나19 팬데믹 시기 이어령은 김환기와의 대담에서 이를 더 구체화한 바 있는데, 그는 팬데믹을 통해 디지털과 아날로그가 모두 필요한 것임을 감지하게 되었다며 '디지로그'가 접속과 접촉의 양립을 통해 나타나는 것이라 말한다.[9] 팬데믹으로 인한 사회적 거리두기가 역설적으로 디지털과 아날로그가 때려야 뗄 수 없는 관계에 있다는 것을 드라나게 했다는 것이다. 이러한 이어령의 사고를 따른다면, 팬데믹 시기에 우리나라가 전세계적으로 모범이 될 방역시스템, 즉 드라이브 스루 선별진료소를 고안해 낼 수 있었던 것도 '디지로그'에 기반한 유연한 사고의 결과물일 수 있다. 아무튼 이어령은 이러한 '디지로그'가 문화적으로 구현된다면, 해외에 있는 한국인들과 같이 여러 정체성을 경험한 사람들까지 포함하여 새로운 한국인의 문화를 창출할 수 있는 사건들을 마주할 수 있을 것이라고 보았다.

이어령은 자신이 고안한 '디지로그'를 문화의 측면에서 뿐 아니라 경제적 지평에서도 응용할 수 있는 방법에 대한 고민도 했다. 그것이 결집되어 나온 것이 『생명이 자본이다』(마로니에북스, 2014)이다. 여기

---

8  김정운, 『에디톨로지』, 21세기북스, 2014, 74쪽.

9  이어령, 김환기, 「디지로그 시대의 접촉과 접속」, 『일본학』 제55집, 2021, 3쪽 참조.

에서 이어령은 기존 자본주의가 "돈을 위한 돈, 물질을 위한 물질"로 파국에 이르렀다고 진단하며, 이를 "생명을 위한 생명에 의한 생명 자본주의"로 전환해야 한다고 주장했다. 그는 '디지로그'를 제안할 때와 마찬가지로 자본과 생명 중 하나를 선택해야 한다는 기존의 양자택일의 논리를 거부한다. 이어령은 자본주의와 생명은 대립하는 것이 아니라, 서로를 지탱하는 관계 속에서만 새로운 패러다임을 구성할 수 있다고 주장한다. 이러한 이어령의 주장은 일견 허술해 보일 수 있다. 그러나 기후위기 시대를 살아가고 있는 현재 우리는 이어령이 제안한 '생명자본주의'의 가치가 흔히 말하는 지속가능한 경제성장과 그린 경제보다 더욱 근본적인 아이디어라는 것을 확인할 수 있다. 생명을 자본의 부속품으로 생각하는 태도로는 기후위기를 늦출 수도 없고, 이러한 위기에 대한 적절한 대응책을 고안해 내기 어렵다. '생명자본주의'는 일종의 선언적 기획으로 우리에게 선사되었지만, 우리로 하여금 사유를 추동하고 방법론을 고안해 내도록 요청하는 사유의 이정표가 되었다. 그것은 일반적으로 '포스트 자본주의'를 향한 시대적 열망을 한국적 사유와 결합시킨 시도였다는 세간의 평을 넘어선 지점을 우리에게 가리키고 있기 때문이다.

지금까지 살펴본 '디지로그'와 '생명자본주의' 개념은 완성되지 않은 상태로 우리에게 유산으로 남겨졌다. 그것은 선언이고 기획이었으며 과정 중인 개념이었다. 그리고 그 과정 중인 상태로 주어진 개념은 이어령의 타개로 인해 끝없이 열린 개념의 현시로서 우리에게 남았다. 이어령에 대한 애도는 이러한 개념들이 환기하는 창조성의 요청에 우리가 응하는 것에 있다. 개념의 향유자이자 창조자로서 우리는 이어령에게서 물려받은 그 개념에 갇히지 않고, 이미 항상 열려 있는 그 개념들을 창조적으로 향유하는 것이다. 비로 이어령의 사유의 자취와 그를 추앙하는 담론의 권위를 무너뜨리는 작업을 수행하는 것이 동반되더라도 말이다.

3.

　이어령의 소산으로 남겨진 '디지로그'와 '생명자본주의'는 그가 우리에게 알려준 의도와는 다른 차원에서 우리 앞에 나타나고 있다. 이 글이 주장한 진정한 애도 작업이 그러한 성취들도 나타난다고 생각하는 이유에 대해서 쓰면서 이 글을 마무리해보고자 한다.

　나는 2024년을 강타한 넷플릭스 시리즈를 고르고 하면 반드시 「흑백요리사」를 손꼽는다. 이 시리즈로 인해 유명세를 타게 된 세프들은 지금도 여러 TV프로그램의 게스트로 초대되어 창의적인 음식을 선보이는 모습을 보인다. 나는 이 프로그램에 참여한 세프들 중에서 데이비드 리를 가장 인상적으로 기억한다. 그는 미국이민 2세로 영문학을 전공하였지만, 어떤 이유로 요리사가 되기로 한다. 그는 요리사로 성장하는 과정에서 자신의 삶에서 가장 괴로운 문제였던 정체성 문제를 마주했다고 한다. 오랜 고민의 성과로 그는 어떤 답에 도달했다고 한다. 이 이야기는 그가 「흑백요리사」의 결승 무대에서 최종 과제인 "비빔밥"을 마주했을 때, 시청자에게 소개되는데, 데이비드 리는 그 결과를 간결한 한 문장으로 표현한다. 그는 자신의 결승전 주제를 구현한 음식을 내놓으면서 이 말을 하는데, "나는 비빔인간입니다"가 그것이다. 그 말과 함께 소개된 요리는 우리가 처음으로 마주하는 비빔밥이었다. 비빔밥이면서도 비빔밥이라는 개념에 제한되지 않은 자유로운 요리가 그의 비빔밥요리였다. 데이비드 리는 동서양의 재료를 뒤섞어 새로운 맛을 창조하는 자신의 요리를 통해, 자신의 혼종적 정체성을 드러냈다. 나는 그 장면이 지금 여기의 K-문화를 규정짓는 하나의 사건이 될 것이라고 생각했다. 그리고 그것은 이어령이었다면 분명 '디지로그'의 사유가 문화적 퍼포먼스로 구현된 사례라 이야기할 사건이었다. 실제로 '디지로그'에서 이어령이 기다린 사건이 바로 이러한 사건이었다.

　넷플릭스 시리즈 중 전 세계적인 호평을 받은 「오징어게임」도 그런 점에서 ‘디지로그’의 사건적 차원을 구성하는 콘텐츠다. 「오징어게임」의 전 세계적 히트로 인해서 서구권 사람들은 생소한 한국의 게임을 실제로 경험해보기 위해 오프라인에서 오징어게임 대회에 참여한 적이 있다. 이어령이 이것을 ‘디지로그’의 문화적 성취라고, ‘접속’을 통해 경험한 것을 ‘접촉’을 통해 구체화하려고 하는 것이 ‘디지로그’의 특성이라고 이야기하지 않을 이유는 없다. 이 글의 서두에서 언급한 ‘빛의 혁명’에서 이루어진 ‘디지로그’의 구현적 사례들은 두 말할 것도 없다. 그리고 ‘빛의 혁명’은 ‘디지로그’와 ‘생명자본주의’의 열망이 순간적으로 결집되어 나타난 역사적 사건이었다.

　이제 글을 마무리할 때가 되었다. 나는 이어령이 우리에게 남긴 ‘디지로그’와 ‘생명자본주의’가 개념의 운명을 맞이할 때가 왔다고 말하고 싶다. ‘빛의 혁명’ 때 우리는 소녀시대의 노래 「다시 만난 세계」를 혁명가로 바꾸어 놓았다. 누구도 그 날이 오기 전에 이 노래의 운명이 혁명가임을 예견하지 못했다. 그리고 이러한 노래의 운명을 맞이하고 있는 또 하나의 노래가 있다. 현재 인도네시아에서는 「케이팝 데몬헌터스」의 OST인 「Take Down」을 반정부 시위를 할 때 저항의 노래로 부르고 있다고 한다. 넷플릭스 오리지널 애니메이션으로 전세계적인 인기를 끌고 있는 「케이팝 데몬헌터스」의 삽입곡이 어딘가에서는 저항의 노래가 될 줄은 아무도 몰랐을 것이다.

　나는 이렇듯 노래가 대중 속에서 새로운 의미를 부여받듯, 이어령의 ‘디지로그’와 ‘생명자본주의’ 역시 그의 의도와 무관하게 대중의 삶 속에서 다른 운명을 맞이할 것임이라 생각한다. 개념은 살아남아 변주되며, 새로운 현실 속에서 다시 태어날 것이다. 그렇게 그가 남긴 사유의 이정표로서의 개념은 우리와 함께 살아가게 될 것이다. 마치 ‘무의식’이란 개념이 그러했듯이. 그렇지 않은가? 프로이트의 이름을 낯설어 하는 사람들도 ‘무의식’이란 말을 너무도 자연스럽게 사용한다. 개

넘은 그렇게 일상어가 될 때 비로소 그 빛을 발한다. 삶과 이론의 거리가 사라지고 아무렇지도 않고 우리 주변에서 벌어지는 일들을 설명할 때 쓰는 용어로 개념이 쓰이게 된다. 결코 어려운 개념이 아닌 것처럼. 그렇게 전수된 사유는 시대를 넘어 우리 삶을 개진시킨다. 이어령이 우리에게 선물로 두고 간 개념들이 그렇게 될지 우리는 우리에게 평등하게 주어지는 시간 속에서 밝은 눈으로 지켜보아야 할 것이다. 그것이 나는 애도 이후에 우리 앞에 벌어질 창조성을 예비한다고 생각한다. 이제 글을 마치며, 아듀를 고해야겠다.

야듀! 아듀! 아듀~ 이어령.

**김학중** 2009년 『문학사상』으로 등단. 시집 『창세』, 『바닥의 소리로 여기까지』, 청소년 시집 『포기를 모르는 잠수함』가, 소시집으로 『바탕색은 점점 예뻐진다』가 있다. 제18회 박인환문학상, 제15회 오장환문학상 수상.

# 시와소금 시인선 · 183

## 핥는다는 것

시와소금/ 2025.08.20./ 128P/ 반양장/ 값 12,000원/ ☎ 010-5211-1195

**정이랑**_경북 의성 출생으로 1997년 『문학사상』 신인 발굴로 등단했다. 1998년 「대산문화재단 문학인창작지원금」 수혜 시인으로 선정되었으며, 2022년 제3회 〈이윤수문학상〉 수상했다. 시집으로 『떡갈나무 잎들이 길을 흔들고』 『버스정류소 앉아 기다리고 있는,』 『청어』가 있다. 현재, 계간 『시와소금』 편집위원으로 있다.

정이랑의 시는 엄마의 엄마와 그 엄마의 엄마로부터 시작된 사랑의 기원을 역추적함으로써 인간의 보편 감정을 상정하는 고전적 견해에 긍정을 표한다. 화자는 아들을 향한 '내리사랑'이 대물림된 학습임은 인정하지만, 과거 자기에게 조건 없이 주어졌던 어머니의 사랑을 성숙한 시선으로 헤아리며 그 한없는 사랑을 그리워한다. 현재에서 과거로 자꾸만 회귀하는 이 애틋한 감정은 마음이 단지 뇌에서 발생하는 인지 작용이라거나, 인간의 삶이 물리적 세계에의 대응으로 이루어진 복합 작용에 불과하다는 가설을 일축한다. 그런 시인에게 세상을 떠난 어머니의 유품을 정리하는 일은 "마음 한 곳을 오려내는" 것처럼 아플 수밖에 없다.

『핥는다는 것』은 기억이 애도의 곡진한 방식임을 알게 한다. 시인은 죽음이 편재한 부정적 현실로부터 추인된 위로의 언어를 통해 끝끝내 삶을 긍정한다. 정이랑의 시는 죽음의 나라를 건너 삶의 등불을 켜주러 이곳에 당도한 이들의 "순한 살결"을 "살아 숨 쉬는"(「핥는다는 것」) 혀로 핥아주는 사랑이다. 살아 외롭고 슬픈 자들에게 주어진 'redemption'이다.

— **신상조**(문학평론가), 「시집 해설」에서

# 송 수 권

『문학사상』1975년 2월호 신인 발굴 작품에 시「산문山門에 기대어」등이 당선되어 문단에 등장한 송수권 시인. 18권의 시집과 70여 권의 저서를 펴내며 우리 서정시의 맥을 이어온 시인이 문득 세상을 떠난 지 10년이 되었다.『문사문학』창간을 기념하여 송수권 시인의 시세계를 재조명하는 자리를 마련한다.

# 송수권의 시 세계

### 김수형
시인·문학평론가

## 전통 서정의 길을 다시 쓰다

남도가 낳은 큰 시인이자 한국 전통 서정시의 계승자로 평가되는 송수권은 1940년 전남 고흥에서 태어났다. 그는 소월시문학상을 비롯해 김달진문학상, 정지용문학상, 김삿갓문학상, 구상문학상 등을 수상하며 한국문학사에 굵직한 족적을 남겼고, 2016년 향년 76세를 일기로 생을 마감했다.

1975년 「산문에 기대어」 외 4편이 「문학사상」 신인상에 당선되며 문단에 나온 그는[1] 첫 시집 『산문山門에 기대어』에서부터 마지막 시집 『흑룡만리』에 이르기까지 18권의 시집과 다수의 산문집 및 기행문을 포함해 70여 권이 넘는 저서를 출간하며 치열한 문학의 길을 걸었다.

송수권이 문단 활동을 시작한 1970년대는 급속한 산업화로 전통적 가치관과 농촌 공동체가 붕괴되고, 시단에서는 모더니즘과 참여

---

[1] 그는 동생의 죽음으로 방황하던 시기에 갱지에 써서 응모한 시들이 원고지에 쓰지 않은 시라고 쓰레기통에 버려졌다가 당시 편집 주간이던 이어령의 눈에 띄어 빛을 보게 되었다는 '휴지통 시인'의 일화로도 유명하다.

시가 주류를 이루던 시기였다. 이런 상황 속에서 전통 서정시는 낡고 진부한 양식으로 평가절하되곤 했다. 그러나 송수권은 시류에 휩쓸리지 않고 전통 서정을 새롭게 갱신하며 자신만의 시 세계를 구축했다. 1988년 제2회 소월시문학상 수상을 계기로 송수권은 문단의 주목을 본격적으로 받으며, 한국 전통 서정시의 새로운 가능성을 열었다는 평가를 받았다. 김소월, 김영랑, 서정주, 박재삼의 계보를 이은 송수권은 남도적 서정을 바탕으로 독자적인 전통 서정시의 세계를 열어갔다.

## 1. 남도의 자연, 황토와 뻘, 대숲의 서정

송수권의 초기 시 세계를 관통하는 핵심은 자연 친화와 토속성이다. 전통 서정에 대한 천착은 후반부까지 여일하게 이루어졌으나 그의 자연 인식과 시 세계는 차츰 변화한다. 이를 시기별로 나누면 제1기의 자연은 애니미즘적 세계, 제2기는 생활공간의 세계, 제3기는 생태환경의 세계이다.

한국의 자연과 풍류정신이 녹아있는 그의 시적 특성을 꼽자면 가락과 운율, 남도정신과 역사의식을 들 수 있다. 그가 고수한 전통 서정의 바탕에는 민요적 정서와 더불어 남도의 자연환경이 배태한 곡선미가 들어있다. 이렇게 볼 때 풍류정신인 생명 사상과 남도의 토양, 남도인의 기질을 시 세계에 그대로 드러내며, 남도정신을 표방한 그의 시 정신을 송수권이 지향하는 세계관으로 보아도 무방할 것이다. 바로 '황토의 정신', '대나무의 정신', '뻘의 정신'이다. 남도정신을 국토 3대 정신으로 확대한 송수권 시의 밑바탕에는 현대문명에 대한 비판과 생태의식이 관류한다. 그의 시는 이상적 공간으로서 남도를 상정하고 끊임없이 소환하여 잃어버린 고향에 대한 따듯한 기억과 공동체적 삶에 대한 애착을 불러온다.

「대역사代役事」[2]에서 송수권은 서해의 뻘밭을 매개로 자연과 인간이 서로 화합하고 상생하는 정경을 통해 만물이 서로 조응하며 우주적인 질서의 세계로 수렴되는 경지를 보여주었다. 이 시에서 서해와 채석강, 질마재 등 천지의 만물과 내소사, 선운사가 화답하며 대자연과 인간이 교감한다. "바지락을 캐는 여인들"과 "소금을 져 나르"는 소요산 질마재까지 연결함으로써 대역사의 의미와 상생의 가치를 강화하며 갯벌에서의 고된 삶과 민중에 대한 애착을 드러냈다. 이러한 뻘의 이미지와 황토, 대나무는 민중의 역동적인 힘을 드러내는 상징이다.

'뻘'과 함께 그의 시에서 남도정신을 극명하게 보여주는 것으로 '대나무'를 빼놓을 수 없다. 남도를 대표하는 식물 중 하나인 대나무는 인심이 후하고 풍류를 좋아하되 불의를 보면 못 참는 남도 사람들의 기질, 평화로운 시기에는 대나무로 '피리'를 만들어 풍류를 즐기지만, 외적의 침입이나 불의가 횡행하는 시기에는 '죽창'을 만들어 저항하는 정신을 표상한다.

대들이 휘인다/휘이면서 소리한다/연사흘 밤낮 내리는 흰 눈발 속에서/우듬지들은 흰 눈을 털면서 소리하지만/아무도 알아듣는 이가 없다/어떤 대들은 맑은 가락을 지상地上에 그려내지만/아무도 알아듣는 이가 없다/눈뭉치들이 힘겹게 우듬지를 흘러내리는//(중략) 연사흘 밤낮 내리는 흰 눈발 속에서/대숲 속을 가만히 들여다보면/한밤중 암수 무당들이 댓가지를 흔드는 붉은 쾌자자락들이 보이고/활활 타오르는 모닥불을 넘는/미친 불개들의 울음소리가 들린다.

─「눈 내리는 대숲 가에서」부분, (『수저통에 비치는 저녁노을』)

---

2  너는 서해 뻘을 적시는 노을 속에/서 본 적이 있는가/망망 뻘밭 속을 헤집고 바지락을 캐는 여인들/ 한 쪽 귀로는 내소사의 범종 소리를 듣고/ 한 쪽 귀로는 선운사의 쇠북 소리를 듣는다 (중략) 저 소요산 질마재도 마지막 술빛으로 익는다/쉬어라 쉬어라 잠시 잠깐/해는 수평선 물 밑으로 가라앉는다 ─「대역사代役事」부분, 『수저통에 비치는 저녁 노을』.

## 2. 한을 노래하는 역설의 미학

그의 등단작이자 대표작인 「산문에 기대어」는 시인의 자전적 체험이 육화되어 있다. 7살 어린 나이에 어머니를 여읜 송수권은 하나뿐인 남동생을 무척 아꼈다고 한다. 「산문에 기대어」는 그렇게 아끼던 동생을 산에 묻고 돌아오던 날의 한과 아픔이 투사되어 있다.

> 누이야 가을산 그리매에 빠진 눈썹 두어 낱을/지금도 살아서 보는가/정정한 눈물 돌로 눌러 죽이고/ 그 눈물 끝을 따라가면/ 즈믄 밤의 강이 일어서던 것을/ 그 강물 깊이 깊이 가라앉은 고뇌의 말씀들/ 돌로 살아서 반짝여 오던 것을/ 더러는 물속에서 뛰는 물고기 같이/살아오던 것을/(중략) 누이야 아는가/가을산 그리메에 빠져 떠돌던/눈썹 두어 낱이/지금 이 못 물 속에 비쳐옴을
>
> —「산문에 기대어」부분, (『산문에 기대어』)

이 시에서 "눈썹 두어 낱"은 이승에서 못다 푼 한을 넘어서서 환생의 매개체로 형상화된다. 육신이 썩어도 남아있는 터럭을 매개로 하여 재생 이미지를 보여주며, 동생의 죽음을 해원의 굿으로 풀어낸다. 그리하여 작품 속 존재들은 사무치는 한과 슬픔을 승화하는 역동적 이미지로 그려진다.

송수권의 시에서 표출되는 한은 어머니의 죽음과 갑작스럽게 자살한 동생의 죽음에 연유한다. 이 트라우마 때문에 송수권은 "구원받고 싶던 유년의 콤플렉스에 대한 보상으로 시를 끄적거리게 되었다"라고 고백한다. 하지만 "한을 푸는 과정에서 일종의 역설이 있다"라고 지적한 천이두의 설명에서 알 수 있듯이 송수권의 시는 한을 푸는 방식에서 전통 시인들과는 다른 양상을 보인다. 이 같은 특징이 송수권 시의 중요한 획을 긋는다. 맺힌 한을 그 자체로서 인정

하고, 극복하는 점에서 송수권 시는 한의 역설적인 미학이 성립된다.[3] 이렇듯 송수권은 전통 서정시의 외장을 고수하면서도 설움을 설움으로, 한을 한 그 자체로 받아들이며, 사적인 한을 역사의식으로 확장하였다.

## 3. 사적인 한에서 공동체적·역사적 한으로

송수권은 민중적 힘의 분출을 통해서 사적인 한을 공동체적 의지로 승화시켰다. 한을 '맺힘'에 두지 않고, 적극적인 민중 의지와 역사 인식을 통해 한을 '풂'으로 진화하면서 역동적 힘과 의미를 더욱 증폭해 나간 것이다. 역사의식이 짙게 표출된 그의 시는, 현실의 부조리함에 대응하려는 민중의 힘과 강한 의지가 나타나는 「아도」[4], 고려시대에 발생한 과거의 한을, 남북분단이라는 '현재의 한'으로 다시 그려낸 「겨울 강화행江華行」. 역사적 사실과 시인의 상상력이 결합한 장대한 서사시 형태로 나타난 『달궁 아리랑』과 『빨치산』 등이 있다. 특히 후반기 시집인 『달궁 아리랑』(2010)과 『빨치산』(2012)은 이념 대립의 희생양이 된 민족의 아픔과 빨치산의 서사를 다룬 것이다. '달궁'은 삼한 때부터 이어져 온 마을로서 가장 오랜 전통성을 지닌 곳이다. 이렇게 송수권은 민족의 비극과 응어리진 한을 역사적 사건과 연계함으로써 민족 통일에 대한 의지를 드러낸다.

주지하다시피 빨치산에 대한 문학적 형상화는 이병주의 『지리산』, 조정래의 『태백산맥』 등 소설과 체험수기를 영화화한 작품에서

---

3  한의 생성 과정과 삭이는 양상, 그리고 시적 화자가 그것을 수용하는 과정은 송수권의 자술시론과 그의 자서전에서 잘 나타난다.

4  아도라는 오래된 질그릇을 통해 과거의 사건을 소환하여 민족의 아픈 현실을 바라보게 하고, 이를 광주민주화운동으로 연계하여 다시, 현재화하는 자리에서 그의 강력한 역사의식이 극대화된다.

일정한 성과를 거두었지만. 빨치산의 서사를 장편서사시라는 형식을 빌려 전격적으로 창작한 사례는 송수권의 시집이 처음이라는 데 그 의미가 깊다. 역사적 사실에 대한 문학적 형상화는 좌절과 고통의 시간, 슬픔을 표현하는 것에서 더 나아가 그것이 과거의 것이 아닌, 현재의 사건으로 이어져 오고 있음을 기억하는 방식이기도 하다.

## 4. 문명비판과 생태의식, 곡선의 미학

「봉인封印된 말을 찾아서」(『통』)에서 알 수 있듯이 그가 노래한 세계는 대부분 이미 잃어버렸거나 왜곡되어버린 삶이다. 전통에 대한 그리움[5]은 "쥐뿔도 고양이뿔도 전통이라면 찾아내어/ 운종가의 봄을 새로 불러오겠다"라는 진술을 통해 극명하게 드러난다. 시인의 내면 인식을 근대문명의 폭압적 현실에 의해 상실된 근원 공간을 복원하고자 하는 욕망의 투사로 바라본다면, 자연스레 송수권의 시는 현대의 시간에 대한 반성과 비판적인 인식을 내포할 수밖에 없다. 산업화와 도시화가 진행되면서 전통정신과 공동체적 삶의 방식은 외면당하고 냉혹한 자본주의의 현실이 강조되는 시대로 변해버렸다.

이에 대한 송수권의 비판적인 시선은 산업화 이전의 시간을 꿈꾸며 모든 생명체에 대한 외경심과 생태 의식으로 확산된다. 「뿔-사상공단에 가서」(『바람에 지는 아픈 꽃잎처럼』)에서 "저것은 인간의 굴뚝이지 결코 갈매기 무덤의 전설은 아니"라는 시적 진술은 현대문명에 대한 비판적 인식을 적시한 언명說明이다. 곡선은 삶과 죽음을 관통하는 기표로 송수권의 시에서 하나의 상징기호가 된다.

그의 시에서 곡선은 물결치듯 선율을 그리며 순환성과 상생의 힘

---

5  『통』에서 이와 관련된 시편은 「하늘을 나는 자전거」, 「내빌눈」, 「서백당 대추란」, 「째죽꽃」, 「미황사」, 「감은사지에서」 등이 있다.

을 보여준다. 이에 대한 고형진[6]과 진순애[7]의 논의 역시, 곡선미에 나타난 순환적 이미지를 주목하고 있다. 송수권은 「남도의 밤 식탁」(『수저통에 비치는 저녁노을』)에서 '천天·지地·인人' 삼재三才에 바탕을 두고 시간과 공간, 생성과 소멸의 이미지를 대나무 정신으로 드러낸다. 연기론緣起論과 곡즉전이 바탕이 된 시에서 그는 직선의 삶과 곡선의 삶을 대조함으로써 곡선의 세계가 내포한 상징적 가치를 형상화한다. 유기적이고 역동적인 곡선으로 가득한 송수권의 시 세계는 직선을 죽음의 선이라 명명하며 즉각적인 현대의 삶을 비판한다.[8]

## 전통서정의 새로운 지평을 열다

송수권의 시 세계는 다음과 같은 점에서 문학사적 의의를 지닌다.

그의 시는 기존의 전통 서정시를 계승하면서도 관조에 머물지 않고 남도적 서정과 치열한 현실인식을 통해 민족적 감수성을 회복하고 전통서정시의 영역을 새롭게 확대하였다. 송수권은 민요와 판소리, 무가와 농악 등 남도의 전통 가락을 자유롭게 변형하여 현대시에서 거의 사라지고 있는 리듬성을 되살렸다. 설화와 이야기시 기법을 도입해 민중적 삶과 역사를 담아내면서도 가락과 운율을 포기하지 않았다.

또한 부드러운 곡선의 상상력과 순환론적 세계관을 바탕으로 현대인의 직선적 시간관을 성찰했다. 그리하여 인간과 자연의 상생을 모

---

6  "아름답고 부드러운 곡선 이미지"를 지닌 "우리의 자연과 풍물"을 통해 그윽하고 편안한 울림을 주고 있다. (고형진, 「토박이 말로 빚은 겨레의 소리와 정신」, 홍영·정일근 외 『송수권 詩 깊이 읽기』, 나남출판, 2005, 135쪽.)

7  진순애는 송수권 시의 곡선미가 '가시적인 정경'에 그치지 않고 '물리적 시간의 흐름을 무마시키는' 초시간적 인식을 자연의 이미지로 형상화했다고 보았다. (「남도의 비가」, 그 순결의 언어」, 홍영·정일근 외, 위의 책, 298쪽.)

8  곡선의 미학을 다룬 작품으로는 「무량수전 배흘림기둥에 기대어」, 「스침에 대하여」, 「강」, 「능선」, 「꼬부랑 할머니 옛이야기」 등이 있다.

색했으며, 퇴영적인 '한'의 정서에 역동성을 불어넣어 민족적 한을 역사의식으로 승화시켰다. 마지막으로 음식시에서는 백석의 계보를 잇되 남도적 서정에 기반을 두고 민족 고유의 풍류정신과 토속어, 감각적 언어를 통해 공동체적 가치와 연결함으로써 음식시의 새로운 지평을 열었다.

전통 서정시의 공간을 새롭게 구축한 송수권에 대해 현실에 미온적이란 비판도 있지만 이는 타당한 지적이라 할 수 없다. 그는 『아도』와 동학혁명 서사시집인 『새야 새야 파랑새야』에서 치열한 현실 인식을 보여주었으며, 빨치산을 소재로 다룬 『달궁 아리랑』과 『빨치산』 그리고 제주 4.3항쟁을 시적으로 형상화한 『흑룡만리』를 통해 괄목할 만한 문학적 성과를 보여주었다. 이렇게 볼 때 종래의 한국 전통 서정시가 지닌 퇴영적 한을 극복하고 역사적 현실이라는 맥락 속에서 서정시의 넓이와 외연을 한껏 확장한 송수권은 한국 전통서정시의 진정한 완성자라 해도 과언이 아닐 것이다.

**김수형** 《중앙일보》 중앙신인문학상 수상. 시집 『사랑한 것들은 왜 모두 어제가 되어버릴까』, 『포화 속 딸기는 발사된다』, 비평집 『존재의 푸른빛』, 『남도문학기행』 연구서 『남도정신과 송수권의 시 세계』 등. 한국학 호남문화콘텐츠연구소 연구원.

# 송수권 초기시에 나타난
# 남도 정신의 의미

**신동옥**
시인

## 1. 서론

1940년 전라남도 고흥군 두원면 학림마을에서 태어난 송수권은 순천사범학교, 서라벌예술대학 문예창작과를 졸업하고, 1975년 비교적 늦은 나이에 『문학사상』을 통해 등단한다. 전남 광양만에 '어초장' 당호를 걸고 지내던 '지리산권 시대'의 송수권 시인과 교유했던 이청준 등 이른바 '4·19 세대'와 비교하면 그의 등단이 얼마나 늦은 것인지 짐작할 수 있다. 송수권은 1975년 등단 이래 2016년 작고 직전까지 18권의 단독 시집[1], 13권의 산문집[2], 다수의 앤솔로지와 비평서, 이론서를 펴냈다. 40여 년에 걸친 송수권의 시력은 세 시기로 나눌 수 있다. 먼저 등단 이후 소월시 문학상 수상 직후까지다. 전통에 대한 곡진한 탐색에서 시작한 시적 여정은 '동학'을 다룬 서사시집 이후 민중의 삶과 역사에 대한 관심으로 나아간다. 두 번째 시기는 1990년 산문집

---

• 이 글은 2024년 12월, 『남도문화연구』 제53집에 발표한 논문 「송수권 초기시에 나타난 남도 정신의 시적 구현 양상 연구」를 축약해서 재수록한 것입니다.

『남도 기행』에서 2003년 자선 산문집『아내의 맨발』을 펴내기까지다. '남도풍南道風'[3]의 지방색에 대한 탐구에서 출발한 이 시기의 시집들은 미학적 사유를 담은 풍류론으로 심화된다. 아내의 죽음을 겪고 광양, 섬진강 등 이른바 '지리산권'으로 삶의 터전을 옮긴 송수권은 11시집 이후 생명의 시학, 신화적인 세계관으로 시 세계를 확장한다.

　　다수의 논자들은 '삶의 원적에 대한 직관적인 통찰을 형상화했다는 점에서 전통지향의 미학을 계승하고 있지만 당대의 현실에 대한 인식을 역사의 층위에서 재정초했다'는 면에서 송수권만의 돌올한 개

---

**1**　송수권이 상자한 단독 시집을 정리하면 다음과 같다.

1 시집『산문에 기대어』, 문학사상, 1980. 2 시집『꿈꾸는 섬』, 문학과지성사, 1983. 3시집『아도啞陶』, 창작과비평사, 1985. 4시집『새야 새야 파랑새야』(서사시집), 나남, 1987. 5시집『우리들의 땅』, 문학사상, 1988. 6시집『자다가도 그대 생각하면 웃는다(우리 선생님 시집 6)』, 전원, 1991. 7시집『별밤지기』, 시와시학사, 1992. 8시집『바람에 지는 아픈 꽃잎처럼』, 문학사상, 1994. 9시집『수저통에 비치는 저녁노을』, 시와시학사, 1998. 10시집『파천무』, 문학과경계사, 2001. 11시집『언 땅에 조선매화 한 그루 심고』, 시학, 2005. 12시집『달궁 아리랑』(서사시집), 종려나무, 2010. 13시집『남도의 밤 식탁 : 송수권의 우리 음식 시집』, 작가, 2012. 14시집『빨치산』, 고요아침, 2012. 15시집『퉁』, 서정시학, 2013. 16시집『사구시의 노래 : 시인의 고향 산책』, 고요아침, 2013. 17시집『허공에 거적을 펴다』, 지혜, 2014. 18시집『흑룡만리』(서사시집), 지혜, 2015.

**2**　이 가운데 송수권의 시론詩論과 반향하는 주제를 담은 산문집은 다음과 같다.

『다시「산문에 기대어」』, 오상, 1985.『사랑이 커다랗게 날개를 접고』, 문학사상, 1989.『남도기행』, 시민, 1990.『남도의 맛과 멋 : 송수권의 남도음식문화기행』, 창공사, 1995.『태산 풍류와 섬진강』, 토우, 2000.『시인 송수권의 풍류 맛 기행』, 고요아침, 2003.『송수권 시인의 체험적 시론』, 문학사상, 2010.

**3**　송수권은 '남도풍南道風'을 시론의 밑바탕에 두었다. 역사, 사회문화적인 진폭이 큰 개념인데, 송수권은 두 가지 범례를 들며 남도풍을 경유한 남도 인식의 핵심을 전한다. 송강의「사미인곡」, 고산의「어부사시사」와 같은 처사 정신과 가사 미학의 결합, 영랑의 '상음商音'과 같은 리듬 의식이 그것이다. 여기서 '남도'의 정체에 대한 역사적 논의를 담은 결과물을 처음 제출한 것이 1990년『남도기행』을 통해서다. '남도풍'의 근원이 '온 마음'의 노래에 있고, 여기서 '온'은 백제의 '百'의 어원이며, 저「정읍사」와 '춘향의 노래'로 면면이 이어져온 이 정신은 우리 역사에 대한 재인식과 상통한다는 것이다. -『다시「산문에 기대어」』, 오상, 1985, 69쪽 참조. '남도풍'에 담긴 남도 인식을 역사, 사회문화적인 차원에서 실체적으로 보여준 저작은『남도기행』(도서출판 시민, 1990)이다.

성을 읽는다. 그러나 한편, 송수권이 보여준 역사사회적 상상력은 전통 서정의 계보에 근거한 독법에 걸림돌로 작용하고, 지방주의에 근거한 정서적 파상력에 대한 곡진한 탐문은 시인의 치열한 현실인식을 가리는 계기로 작용할 우려를 낳는다. 현실주의와 서정주의의 미학적 고갱이를 개성적으로 절합한 시인의 방법론이 오히려 송수권의 시세계를 축소 환원해서 읽게 되는 계기로 작동할 수도 있기 때문이다.

송수권은 등단과 동시에 '한의 밑바닥에서 솟는 힘을 육화한 시'의 방법론을 천명한 바 있다. '눈물은 있어도 힘이 없는 '재래종' '전통' 서정시의 취약성'에 대한 비판적 인식은 송수권이 일관되게 강조한 시사詩史의 독해방식이자 자신만의 미학의 선결조건이었다. 송수권 스스로 시학적 지향점으로 내세운 '힘을 육화한 시'를 추동하는 작인作因은 '남도 정신'으로 규정할 수 있다. 문제의 초점은 세 가지로 좁혀진다. 전통 서정의 미학을 갱신하는 시적 언어의 고유성, 역사적인 인식을 시적으로 구현하는 방법론, 사회문화적인 의제를 담아내는 시적 전망의 의미가 그것이다. 이 글에서는 이러한 논지에 근거하여 송수권의 초기시를 입체적으로 살펴 읽을 것이다. 논의는 세 가지 방향으로 전개된다. 먼저, '남도풍'으로 규정한 남도 인식을 기층 언어로 재기술한 남도의 심성사로 구현하는 양상을 살펴 읽는다. 다음으로 실체적 고통으로 응결한 남도의 역사를 '어두운 질감의 언어'로 풀어 쓰며 한의 미학을 사랑의 미학으로 갱신하는 논리를 추적한다. 마지막으로, 남도 인식에 기반한 시인의 시적 전망이 겨냥한 '두레 공동체'의 문화사회적인 윤리로 제시되는 양상을 살펴본다.


## 2. 기층 언어로 재기술하는 남도의 심성사心性史

『남도기행』은 지방에 관한 송수권의 일관된 인식을 실천적으로 탐문한 역사기행서다. 송수권에 따르면 한반도 전체의 역사와 문화 의

식의 문제는 남도 정신에 대한 추적에서 시작과 끝을 확인할 수 있으며, 남도 정신은 '남도풍'으로 응결한다. 남도풍으로 형상화된 남도 정신은 멋의 미학과 가락의 리듬을 통해 고유한 질감을 얻는다. 남도 정신의 주제는 '안땅의 정신' '물둑의 정신'이다. 그것은 남도풍의 역사 사회적 근거를 규정하는 핵심적인 인자들이다. 이렇게 볼 때 송수권의 남도 정신은 공간화된 인식과 상통하며, 송수권의 시학의 축은 민족의식과 현실감각의 절합으로 구체화된다고 정리할 수 있다. 송수권은 이러한 과제를 주체 의식, 민중주의, 전통문화라는 세 가지 측면에서 전략적으로 고구한다.[4]

송수권이 요약적으로 제시하는 '남도풍南道風'의 현재화된 의미는 다음과 같다. "이땅의 문화와 역사를 '남도풍南道風'으로 정의定義하고, 그 멋과 가락을 보수정신에 의한 '안땅의 정신과 물둑'[5]으로 규정했으며, 이 물둑의 정신이 5·18로 이어지면서 어떻게 부활할 것인가 고심했다."[6] '안땅'과 '물둑'에 삶의 터전을 뿌리내리는 '갯땅쇠'의 언어는 송수권의 시에서 집합적 체험에 기반한 역사의 재기술의 방식으로 드러난다.

옛날, 할아버지 살던 苗浦마을은 그렇지, 한틀 지게를 엎어 놓으면 꼭 맞는 말일지도 몰라. 두 개의 山脈이 지게 목발처럼 내려 앉아서 지게 고작처럼 휘어둘리더니, 바다의 중동을 자르고, 애타게 만나질듯 만나질듯

---

4  "'근대의식'과 '민족의식'이 자각이라는 2대 정신적 지주가 기둥이라 할 것이다. 다시 말하면 실학은 첫째로 자아와 주체의식의 발견에 있으며, 둘째로 역사적 주체로서 민중을 발견하고 있는 점이며, 셋째로 고유 전통문화의 발견과 정립에서 그 특징을 찾을 수 있을 것" 『남도기행』, 도서출판 시민, 1990, 146쪽.

5  『남도기행』에서 '물둑'의 실체를 확인하는 장면은 정여립의 행적을 쫓다가 김제 벽골제에 이르는 대목에서 상술된다. 1995년 교직에서 물러난 송수권이 부안 격포에 삶의 터전을 마련하고 시작에 전념한 이유를 간접적으로 추측할 수 있는 근거는 여기 있을 것이다.

6  『남도기행』, 도서출판, 시민, 1990, 17쪽.

마주친 두 개의 지네 대궁지처럼 물 속에 자물리고 있더란다. 보름 사릿물이 오를 때쯤은 지네발로 두 대궁지가 달싹달싹 일어서는 것이 눈에 역력하더란다.

(중략)

언제부터 사람이 들어와 살았는지는 모르지만 하옇든 산농민의 상놈의 도둑놈의 떠돌이의 반생으로, 동학군이 날개 잘리면서 안핵사에게 호되게 걸려, 혀를 뽑힌 채, 한패거리들로 숨어와 터를 잡았더라는데 할아버지가 보기는 잘 본 모양이었다.

그래서 근동에서는 씨종에다 씨文書를 가진 벙어리 쌍것들로 구메 혼인에도 가마에 흰 띠를 못 얹혔다지만, 그래도 귀 떨어진 葉盞 하나는 꼭꼭 때워 쓰는 착한 사람들이더라는 것이다.

―「茁浦마을 사람들」<sup>7</sup> 부분

설화조의 가락이 전경화된 이 작품에서 '안땅'은 '줄포마을'로 형상화된다. 그들은 대개 '벙어리 쌍것'과 같은 하층민, 불구자들이다. '엽잔葉盞 하나도 때워 쓰는 착한 사람들'이라는 표현에서 천하지만, 순하고, 그래서 더욱 여유 있고, 윤리적인 공동체의 면면을 읽을 수 있다. 그런 사람들이 모여 이룬 역사는 '남도의 심성사心性史'로 규정할 수 있다. 동학과 같은 민중 혁명은 근대 국민국가 이전에 모든 '민중'은 기실 '유민'이었음을 반증하는 사건이다. 이들이 만들어 가는 삶의 시간이 역사가 되고, 그 땅이 바로 공동체의 경계를 이룬다. 송수권의 시 세계에서 낭만적인 초월의 미학이나, 체념과 회한의 정서에 기댄 한의 미학이 전부가 아님을 알 수 있다. 그렇다면 '줄포마을 사람들'이 사는 공간은 어떻게 만들어졌나.

'정지간의 수저 개수'까지 서로 꿰고 있는 이들의 터전은 공간을

---

7 『山門에 기대어』, 문학사상, 1980.9, 24쪽.

중심으로 '윗녘, 아랫녘' '상대, 하대'로 이루어졌다. 위아래가 구분되는 것이 아니라 어우러져 '위아랫녘'이 된다. 그리고 위아랫녘의 살림살이를 살찌우는 강과 산이 있는 들판이 바로 '안땅'이다. 위아랫녘 사람들은 고난과 상처 속에서도 죽을힘을 다해 오기를 끌어내어 '갯땅쇠'처럼 땅을 경영한다. 서로 어깨를 겯고 힘을 보태는 '울력'이 삶의 기율이기 때문이다. 고난과 상처, 슬픔과 고통도 서로 '울력'하면서 공간이 확장되고 시간이 이어진다. 그 들머리에 싹을 틔우려고 물을 대기 위한 진력이 바로 '물둑(저수지, 보, 둠벙)' 쌓기다. 물둑을 쌓고 안땅을 살피는 마음은 어디서 비롯되었는가. 송수권에 따르면 그 마음은 백제百濟의 '百'이 품고 있는 '온, 모든'이라는 정신에서 발원한다. 「정읍사」의 이름 없는 여인이나 '춘향'이 품었던 정신이 바로 '온 마음'의 소산이다. 울력하는 두레의 정신으로 온 마음을 다해 살피는 힘, 이러한 정신은 송수권 초기시에서 공동체의 미학으로 드러난다.[8]

> 흰 블라우스 초록 치마를 받쳐 입고
> 물찬 제비처럼 오월의 라일락 숲속에서
> 노래하는 남도의 계집들아
> 늬네들 모습 너무 이쁘고 환장해서
> 눈물이 날 것 같구나
>
> 저 잔잔한 무등의 산허리로
> 수런수런 버짐처럼 창궐하는 초록 잎새들
> 저와 같이 풀물이 들고 싶은 초여름에
> 우리는 古典을 펼쳐놓고
> 지금 百濟流民史를 읽는

---

8 『남도기행』, 도서출판 시민, 1990, 23-26쪽 참조.

돌하 노피곰 도드샤

어긔야 머리곰 비취오시라

어긔야 어강됴리

아으 다롱디리


춘추필법으로 쓴 遺事엔

'流民의 노래'라 하여 깡그리 지워지고 흔적도 없더니

입과 입으로만 전해오다 비로소 鮮初의

樂學軌範에 실렸더라는

이 노래 한 토막은 아직도 살아남아

우리들의 가슴을 웬일로 그러잡는다냐?


견져재 내려신고요

어긔야 즌ᄃᆡ롤 드ᄃᆡ욜셰라

어긔야 어강됴리

— 「井邑詞」[9] 부분


　　물둑의 정신으로 쓰는 안땅의 언어에는 '춘추필법으로 쓰는 역사'
의 언어가 없다. 지배적인 하나의 원인이 나머지를 결정하지 않는다.
소수의 영웅 지배자에 의해 역사의 의미가 규정될 수 없다. 그렇게 시
공간을 다시 발굴하는 과정 그 자체가 바로 '古典'을 영위하는 방식이
다. 송수권이 말하는 전통의 의미 역시 같은 논리로 새길 수 있다. 이
름 없는 백제의 여인과 '흰 블라우스에 초록 치마를 받쳐 입은 남도의
계집'의 노래가 시공간을 초월해서 공명하는 이유다. 시 중간에 삽입
된 「정읍사」의 고어古語투는 이렇게 시간을 초월하여 현재의 '고전'으

---

9 『아도』, 창작과비평사, 1985, 68-69쪽.

로 다시 쓰인다.

발가벗은 존재로 떠도는 '流民' 다수의 이름없는 존재들이 상호소통하는 와중에 시공간의 다층적인 의미가 규정된다. 사라진 '유민의 노래' 「정읍사」의 발굴 과정이 그러하듯, '복수 주체성에 의해 구현된 상호소통과 반성'[10]의 결과로 물둑의 언어는 채록된다. 바로 그 물둑 위에서 선 시인은 '나'가 아니라 마주선 '너'의 눈으로 역사의 의미를 바로 새기는 존재인 것이다.[11] 그러나, 그렇게 쓰여진 역사는 '패배의 역사'다. 상처와 고통으로 점철된 사건들을 엮어 쓰는 기록은 '깊고 적막한' 허무의 기록이 될 공산이 크다. 역사를 노래로 바꾸는 힘은 '너의 이름'을 기억하는 나의 서정적인 의지에서 비롯된다. 불씨를 담은 깡통을 돌리고 쥐불을 놓던 바로 그 제의적인 반복과 같이 노래는 너와 나를 잇는 삶의 의미를 다시 새긴다. 송수권은 이러한 논리의 의미를 다음과 같이 간명하게 전한다.

"호남의 역사는 곧 우리 반도 안땅의 정신이며 물둑의 정신이다. 이 정신들이 모여 봇물처럼 가득 차 넘쳐 현대사를 이끌어 갈 것이라는 확신에는 변함이 없다. 이 물둑의 물이 새고 있다면 이는 곧 우리들의 울력이며, 이 울력의 노래야말로 저 '황혼 속에 잠든 묘지'에서 절정을 이룬다고 나는 믿는다."[12]

송수권의 서정시에서 서정적인 주체의 독백이 아니라 복수 주체가 매기고 받는 노래를 들을 수 있다. 이러한 양상은 일견 하이데거적

---

10  루츠 니트함머, 『역사에서 도피한 거인들』, 이동기 옮김, 박종철출판사, 2001, 208쪽.

11  "아직도 40년이 지난 이 안땅에 '물둑' 같은 헌법 하나 못 세우고 '나' 아닌 '너'에 의해서 참다운 '민주화', '자율화'를 꿈꾸는 비겁자가 되었을까. 오늘 이 물둑을 밟고 서 있는 나는 누구인가." 『남도기행』, 도서출판 시민, 1990, 35쪽.

12  『남도기행』, 도서출판, 시민, 1990, 17쪽 자서.

인 의미의 '심려心慮'와 상통한다. 안땅을 살아가는 물둑의 정신은 서로의 존재를 향해 앞서서 뛰어들어 돌보는 마음씀씀이로 응결된다. 송수권 시의 전통, 지방, 고향은 의지적인 재명명과 발견의 과정을 거쳐서 현재화되는 삶의 시공간인 것이다. 빈스방거에 따르면 고향이란, 사랑하는 사람들이 어깨를 겯고 함께 사는 곳, 사랑으로 만드는 공동공간과 같은 의미를 지닌다. 누구나 언제든 떠날 수 있고, 강제로 나눌 수 있을지언정 유구한 기억의 속에서 봉합되어 두터워지는 지층과 같은 의미를 지니기 때문이다.[13] 고향의 의미가 그러하다면, '물둑' '안땅'의 발견은 노래하는 자인 시인의 체험 영역에서 내밀하게 되살아나는 공동체의 심성사와 같은 의미를 지닐 것이다.

## 3. 한의 질적 도약으로 구현하는 민초民草의 보편사

송수권 초기시의 선언적 토대가 되는 지방색이 '남도풍'으로 정리될 수 있고, 그것은 '안땅' '물둑'을 경영하는 '갯땅쇠'의 노래와 같은 의미를 지닌다. 그러나, 그 본원적인 의미를 다시 살아내기 전에 안땅의 역사는 표면적으로 '유랑민의 역사'에 가깝다. 그것은 고통과 상처로 얼룩진 역사이기 때문이다. 상처는 비대해진 슬픔의 크기를 상기시키고, 고통은 씻을 수 없는 한을 추동한다. 송수권은 고통의 크기가 클수록 커지는 한의 정서를 일렁이게 하는 정서의 파상력을 형상화하는데 탁월한 시인이다. 송수권의 등단작이자 대표작인 「산문에 기대어」에서 확인할 수 있는 바다.

누이야
가을山 그리메에 빠진 눈썹 두어 낱을

---

13  오토 프리드리히 볼노, 『인간과 공간』, 이기숙 옮김, 에코리브르, 2011 340-341쪽 참조.

지금도 살아서 보는가

淨淨한 눈물 돌로 눌러 죽이고

그 눈물 끝을 따라가면

즈믄밤의 江이 일어서던 것을

그 강물 깊이깊이 가라앉은 苦惱의 말씀들

돌로 살아서 반짝여 오던 것을

더러는 물 속에서 튀는 물고기같이

살아 오던 것을

그리고 山桃花 한 가지 꺾어 스스럼없이

건네이던 것을


누이야 지금도 살아서 보는가

가을山 그리메에 빠져 떠돌던, 그 눈썹 두어 낱

을 기러기가

강물에 부리고 가는 것을

내 한 盞은 마시고 한 盞은 비워 두고

더러는 잎새에 살아서 튀는 물방울같이

그렇게 만나는 것을


누이야 아는가

가을山 그리메에 빠져 떠돌던

눈썹 두어 낱이

지금 이 못물 속에 비쳐 옴을

— 「山門에 기대어」[14] 전문

---

14  『山門에 기대어』, 문학사상, 1980.9, 12쪽.

작품 안에는 다양한 텍스트들이 중층적으로 녹아들어 있다.[15] 일찍 죽은 아우와 관련된 생애사적 체험과 관련된 분석이 제출되기도 했다. 다수의 논자들은 작품의 심층에 도사린 한의 정서에 주목했다. 송수권은 한의 의미를 고통과 슬픔이 아니라 "슬픔 뒤에 남는 그 무엇"이라고 정의했다. 그리고 한의 정서는 "직감으로 느껴지는 강렬한 그 무엇"이다. 한은 살과 뼈, 즉 몸으로 직관하는 생동하는 정감이다. 그렇기에 "질정質定할 수 없는 슬픔의 덩어리가 통째로 느껴지는 것과 동시에 그것을 표현하는 관객과의 호흡이 한덩어리(감상의 틈이 없는)"[16]가 된다. 송수권은 한의 정서가 직시할 수 없는 고통을 직관하는 가운데 태동하는 과정을 행위와 사건을 관찰하는 시점으로 설명한다. 우선, 「산문에 기대어」와 함께 아래 작품을 비교해서 읽어보자.

"양귀비꽃 숨결에 타는 大陸/ 豆滿江을 넘어서 밀수와 아편과 소금/ 關釜連絡船에 검은 물결으르 이끌며/ 아오모리 형무소에서 九州炭鑛까지/ 그의 一生은 어둡고 길었지만// 그러나 그의 後半期가 이보다/ 더 슬펐던 이유를, 적당히 울분에 차 있고/ 적당히 미쳐 가지 않으면 안되었던/ 그 이유를/ 아무도 모른다."

— 「아버지」[17] 부분

두 작품 모두 육친에 관한 직간접 체험을 소재로 취한다. 유전되

---

**15** 「산문의 기대어」가 향가 「찬기파랑가」, 「제망매가」, 박용래의 「하관」, 강은교의 「우리가 물이 되어」와 상호텍스트적인 관계에 있다는 점을 논증은 대표적인 논자는 이대규다. 이대규, 「송수권 시의 상호텍스트성」, 『송수권』, 문학사상사, 2005. 336-357쪽 참조. 첨언하건데, 첫 시집에서 「마른 풀」, 「수영의 닭장」이 김수영과의 영향사를 짐작케 하는 바와 같이, 송수권의 작품에는 김소월, 이상, 청록파, 서정주 등 다양한 시인들의 작품 및 작풍이 천의부봉으로 용해된 양상을 확인할 수 있다.

**16** 『다시 「산문에 기대어」』, 오상, 1985, 241쪽.

**17** 『山門에 기대어』, 문학사상, 1980.9, 78쪽.

는 상처, 육화된 고통이 작품의 배면에 깔려 있다. 트라우마로 현재화된 고통이다. 이러한 고통과 상처는 내남없이 '안땅'의 인간들을 공속시키는 요인 가운데 하나다. 그런데 두 작품에서 슬픔의 정서는 누이의 죽음 또는 아버지의 고초가 모두 끝나고 전해들은 행위나 사건에서 발생하는 사후적事後的인 정서가 아니다. 작품을 통해 씻을 수 없는 고통은 바로 지금-여기의 슬픔으로 다가온다. 화자는 바로 그 슬픔을 반복해서 겪어내는 주체다. 송수권은 다음과 같이 부연한다. "어떤 행위가 끝난 뒤의 슬픔과 어떤 행위를 겪고 있는 슬픔의 차이란 하늘과 땅 사이다. '죽었다'라는 말에는 상상이나 감상 등의 연상 작용이 필요하지만 '죽는다'라는 말에는 한 치의 감상이 필요없기 때문이다."[18] 송수권이 강조하는 바는 완료형, 불가역적인 '원한'이 아니라, 바로 그 상처의 근원을 살아내는 현재적인 행위의 역능과 관련된다.

한의 정서는 노래를 추동한다. 송수권은 『산문에 기대어』 서문 이후에 그것을 뻐꾸기의 노래로 표현한 바 있다.[19] 고통과 슬픔, 신음으로 가득한 '불행한 시대'의 서정 시인은 그것을 '울음으로 토해놓는' 존재라는 의미에서 행복한 시인이다. 마치 산골을 울리는 뻐꾸기의 노래와 마찬가지다. 위의 작품은 한국전쟁 전후로 억울하게 죽임을 당한 여인에게 올리는 '씻김굿 이야기'에서 착상을 취한다. 작품은 씻김굿의 어조를 빌려서 다시 쓰이고 있다. 영매의 목소리, 영가靈駕의 혼을 빌려서 다시 쓰는 시다. 한의 미학에 의해 추동되는 노래는 바로 이러한 방식으로 이어진다.

---

**18** 『다시 「산문에 기대어」』, 오상, 1985, 241쪽.

**19** 『산문에 기대어』 시인의 말을 비롯 다수의 산문에서 반복적으로 술회한 대목이다. 예를 들어 다음과 같은 대목; "아마 이 시대에 살면서 울지 못한 놈처럼 불행한 놈도 없을 것이다./ 울어도 참새처럼 찔찔거리지 말고 깊이 울어라. 저 뻐꾹새 한 마리가 수천 수백의 지리산 봉우리를 다 울리고 가듯이 시대의 한복판에서 울어라./ 그것이 가장 현명한 삶의 한 방법일 것이며 불행한 시대의 시인만이 누릴 수 있는 특권일 것이다." 『다시 「산문에 기대어」』, 오상, 1985, 40쪽.

> "사라질 때는 우리들의 서러운 이름자를/ 긴 모래톱에 새기고 간다/ 너는 듣는가 지리산 노간주나무/ 채양 넓은 잎새에 튀는 몇 낱의 물방울에/ 바다가 모여서서 웅얼웅얼 빛나는 것을"

—「강」[20] 부분

한의 정서적인 고양체가 '슬픔과 고통'에 있다면 해원解冤, 승화의 문제가 관건이 아니다. 문제는 한의 정서가 추동하는 '현실적인 압박감'이 내면으로 파고들어서 만들어내는 질정할 수 없는 고통과 슬픔의 추체험이라는 현재의 상황이다.[21] 송수권은 '한의 소멸'을 추동하고 고통을 해소하는 원색 질감의 언어로 쓰는 가락을 부정한다. 송수권은 한의 언어는 '어두운 질감의 언어'라고 단호하게 정리한다. 한의 시학은 반향하고 절규하는 고통의 미학이다. 그것은 질정할 수 없는 슬픔 앞에서 항용 막히는 가락이다. 바로 그 자리, 한의 밑바닥에서 솟구치는 새로운 힘을 운산을 수 있는 가능성의 거리가 타진된다. 그 힘은 노래를 추동하는 힘이다. "이 뻐꾸기 소리 하나는 오래 기억에 남는 것 같다. 어쨌든 이 새는 단순한 생활 감정을 넘어선 역사의 장으로서 깊이 걸리고 깊이 젖어 있는 새일 것 만큼은 틀림없다."[22] 송수권은 '단순한 생활 감점을 넘어서 역사의 장으로 깊이 걸리는 노래'라고 정리한다. 잠과 꿈 사이에서 겪는 가사假死 체험을 '가늘키다'라고 표현[23]할 때처럼, 깊이 걸리면서 부르는 노래는 현실의 고통의 내밀한 중핵을 현동화해서 역사의 장에까지 육박하는 언어로 받아적힌다. 바로 이 노

---

20　『山門에 기대어』, 문학사상, 1980.9, 50쪽.

21　"탁탁 막히면서 안으로만 파고드는 슬픔의 덩어리, 질정할 수 없는 이 답답한 슬픔의 덩어리는 가야금 소리와는 정반대에서 풀어지는 한이 아니요, 막힘의 한이 아니다. 그것은 따라서 현실적인 압박감의 표현이기도 한 것이다." 『다시 「산문에 기대어」』, 오상, 1985, 241쪽.

22　『다시 「산문에 기대어」』, 오상, 1985, 39쪽.

23　『다시 「산문에 기대어」』, 오상, 1985, 60-61쪽.

래의 언어는 송수권이 다시 명명한 사랑의 언어와 상통한다.

「산문에 기대어」와 주제 및 어조 면에서 유사한 「五月의 사랑」은 "누이야 너는 그렇게는 생각되지 않는가"로 시작하는데, 이 작품은 "물밀듯 터져오는 이 화냥끼 같은 사랑"의 주제로 열리며 끝맺는다. 송수권 초기의 대표작 가운데 하나인 「여승」은 중반부까지 여승의 신산한 삶에 대한 공감에 방점이 찍히며 백석의 「여승」과 상호텍스트적으로 읽힌다. 그러나 이 작품의 백미는 "지금도 머릿잎 이슬을 털며 산길을 내려오는/ 女僧을 만나곤 한다./ 나는 아직도 이 세상 모든 事物 앞에서 내 가슴이 그때처럼/ 순수하고 깨끗한 사랑으로 넘쳐흐르기를 기도하며/ 詩를 쓴다."(「여승」)로 끝나는 결말 부분이다. 역시 한에서 사랑으로 나아가는 변증법적인 전환이 중점에 놓인다. 춘향의 '온 마음'을 월매의 목소리를 빌려서 판소리 사설조로 전하는 「南原韻文」 역시 "南原 사람아/ 5월 한낮의 정적 속에서 물밀듯 터져 오는/ 이 화냥기 같은 사랑은/ 네 것이로다"로 끝맺으면서 한의 밑바닥에서 발견한 사랑의 선언으로 고양된다. 이렇게 본다면, 한의 정서가 노래를 추동하고, 노래를 통해 열리는 사랑의 의미를 재탐색하는 과정이 송수권 시력의 일관된 과정인 셈이다. 그 사랑의 의미는 무엇인가.

　　　봄날에 날풀들 돋아 오니 눈물난다
　　　쇠뜨기풀 진드기풀 말똥가리풀 여우각시풀들
　　　이 나라에 참으로 풀들의 이름은 많다
　　　쑥부쟁이 엉겅퀴 달개비 개망초 냉이 족두리꽃
　　　물곳이 앉은뱅이 도둑각시풀들
　　　조선총독부 식물도감을 펼치니
　　　救荒食의 풀들만도 백 오십여 가지다
　　　쌀 일천만 섬을 긁어 가도 끄덕 없는 민족이라고
　　　그것이 고려인의 기질이라고 나마무라 이시이가 서문에서 점잖게 게

다짝을 끌고 나온다
    나는 실제로 어렸을 때 보리 등겨에 土麵 국수를 말아 먹고
    북어처럼 배를 내밀고 죽은 늙은이를
    마을 앞 당각에 내다 버린 것을 본 일이 있었다
    햄이나 치이즈나 버터 인스턴트 식품이면
    뭐나 줄줄이 외어대는 어린놈에게
    어서 방학이 왔으면 싶다
    우리 어머니는 아버지를 위해 센인바리千人針를 받으러
    이 마을 저 마을 떠돌았듯이
    나 또한 이 나라 산천을 떠돌며
    어린것의 식물 표본을 도와 주고 싶다.
    쇠똥가리풀 진드기풀 말똥가리풀 여우각시풀들
    이 나라에 참으로 풀들의 이름은 많다
    쑥부쟁이 엉겅퀴 달개비 개망초 냉이족두리꽃
    물곳이 앉은뱅이 도둑놈각시풀들.
— 「우리나라 풀 이름 외기」[24] 전문.

「우리나라 풀 이름 외기」에서 나열되는 풀들은 하나하나 시인을 눈물짓게 하는 민족사의 보통명사들이다. 시인을 눈물짓게 하는 풀 이름의 의미를 아들에게 전해주고 싶다는 소망이 한편의 노래에 가까운 식물도감으로 다시 태어난다. 풀 또는 '민초民草'의 이미지는 모두가 평등하게 한의 밑바닥에서 걸머진 저마다의 이름으로 모여서 같은 가락으로 노래 부르는 풍경으로 형상화된다. 「우리나라 풀 이름 외기」에서처럼, '풀'들이 모여서 완성된 도감은 '한으로 추동된 직관'을 공유하는 개인들이 모여서 다시 명명된 역사와 같은 의미를 지닌다.

---

24  『꿈꾸는 섬』, 문학과지성사, 1983, 140-141쪽.

## 4. 남도 시학의 현재적 의미, 두레 공동체의 미학

송수권이 '남도' 서정이 역사의식과 이어지는 지점을 체험적으로 재확인한 계기는 『남도기행』을 집필하던 1980년대 중후반 이후였다. 시인 스스로 "나는 그 길 위에서 나의 제3 시집 『아도』를 썼고"[25]라고 밝혔듯, 시인의 몸으로 남도를 살아내는 작업은 등단 초기부터 시작된 것이다. 송수권의 남도 답사기들은 유홍준의 『나의 문화유산 답사기』[26]와 비견된다. 하지만, 이 책은 그간 문학적 탐구의 대상에서 밀려난 형편이었다. 이 글에서는 송수권 초기시와 중기시의 분기점에 놓인 『남도기행』에 담긴 시학적인 의제를 꼽은 다음, 송수권이 보여준 서정성의 원형에 담긴 시적 전략들을 살펴 읽었다.

가야금은 어디 손구락으로만 울린다더냐

엄지발구락으로도 삐걱이는 대청마루

벽에 걸어 둔 까치선을 내리기엔

아직 철이 이른가보다

여기는 구강포의 귤동마을 茶山草堂

古賢이 갔던 어진 선비의 길을 따라

내 마음도 천이랑 만이랑 연초록 물굽이 실려왔다

유월의 송화가루 날리는 뿌연 바닷길 따라왔다

오늘은 다소곳이 엎디어 받는 설록차 한잔

어디 전생의 미륵불만이 따로 있다더냐

나도 반쯤은 등굽은 어깨의 선

겨드랑이 간지르며 솔바람 절로 인다

---

25 『남도기행』, 도서출판 시민, 1990, 235쪽.

26 『사회평론』 연재를 마친 『나의 문화유산 답사기』가 창작과비평사에서 초판 간행된 것은 1993년의 일이다.

이 빠진 찻잔에 산뻐꾸기 울음 실실이 넘쳐

피뱉듯 뜰 앞에 영산홍은 불이 탄다

― 「茶山草堂에서」[27] 전문.

　　송수권이 땅끝 다산초당에서 발견하는 것은 가야금의 소리 일렁이는 산하의 율동이다. 시인은 온몸을 간지럽히는 바람과도 같은 선율을 운산하며 '현생의 미륵불'을 떠올린다. 내면에 응결되어 온 상처를 토해내듯 꽃이 피고 뻐꾸기 울음이 넘쳐난다. 시인이 '다산초당에서' 발견한 것은 "춤추는 남도의 자연! 아직도 해체되지 않은 공간 어느 산맥 깊숙이 역사의 원천적 힘"[28]인 셈이다. 송수권이 '남도풍'을 통해 재발견하는 것 역시 마찬가지다. 남도의 '안땅'에는 거기 살아온 인간들의 편에서는 '살아 있는 유기체의 생명' 그 자체다. 안땅과 물뚝은 갯땅쇠들의 내면에 꿈틀거리는 생의 충동과 같다. 그러한 공간을 몸으로 재정위하는 것은 역학적인 원점을 찾는 힘의 시학과 연결된다

　　송수권의 『남도기행』 말미에는 한국 호랑이의 서정에 대한 통찰이 등장한다.[29] 남도풍은 백두산 호랑이, 광개토대왕비의 정신으로 확장된다. 그것은 "때에 절고 한숨에 절은 땀냄새, 피냄새, 후끈히 젖은 살냄새"[30]로 엮인 '호남의 인맥人脈, 호남의 유적, 호남의 역사'가 전역적으로 확산되는 과정과 상통한다. 송수권은 『남도기행』 도입부에 '남도풍'의 체험적 기록의 역사적 의미를 단재 신채호의 입을 빌려서 논리의 전제로 둔다. "부여로부터 고구려를 거쳐 발해로 이어지는 우리 민족의 북방계열이 무시되어 그 정통성이 한반도에 자리 잡은 삼한과

---

27　『우리들의 땅』, 문학사상사, 1988, 95쪽 전문.

28　『남도기행』, 도서출판 시민, 1990, 180쪽.

29　『남도기행』, 도서출판 시민, 1990, 286-287쪽 참조.

30　『남도기행』, 도서출판 시민, 1990, 52쪽.

신라·고려 쪽으로 기울게 되었다."**31** '남도풍'의 미학적 고구考究는 땅 끝, 벽골제에서, 백제, 고구려, 부여로 이어지는 한국사를 재구하는 과정인 셈이다.

송수권은 '안땅, 물둑의 정신'의 핵심을 두레 공동체 문화에서 찾는다. 강강술래, 들노래, 입석立石, 줄다리기 등 수십 명이 한데 어우려져 추는 두레의 춤 속에 '남도풍'의 원질이 스며 있다는 것이다. 첫 시집 『山門에 기대어』에 실린 연작시 「보름祭[連作詩]」는 바로 이 주제를 시화하고 있다. '가랫불 넘기' '부럼 까기' '솟대놀이' '茶禮' '功불' '불 싸움' ' 달집 사르기' '地神굿' '農占'은 모두 안땅 갯땅쇠들의 축제의 형상으로 그려진다. '땃벌'처럼 일어서며 뒤엉키는 불을 가르는 아이들, 뾠九의 할머니, 장서방, 황부잣집, 國仙네 모두가 한 마당에서 어우러진다. "잇금 내기 하나로/ 王孫의 씨도 가린/ 歷史", "대추씨를 발라내고/ 銀杏알을 까 뱉고/ 껍질만 수부룩이 쌓인/ 歷史"를 실감하고, 그 고통스럽고 부조리한 시간들 앞에서 상처로 하나 되어 눈물 흘리며 뒤엉키고 춤춘다. "우리는 너무 춥게/ 살아왔구나"**32**는 자기 위로 속에서 모두가 하나 되는 '노래의 시간'이 태동한다. 고통의 밑바닥에서 힘의 노래를 연행하는 사랑의 변증법이다.

시인 스스로 천명한 '남도풍'의 시학과 두레 공동체의 미학의 사회역사적 의미는 다음과 같다.

"이 두레에서 행하여졌던 모든 풍습을 우리는 지금 편리한 대로나마 굳이 어려운 말을 써서 '민속民俗'이란 말로 부르고 있는 것은 아닐까? 그리고 여기서 발생한 노래를 민요라고 하지 않던가. 이것이 지방마다 다르고 특색을 가지면 지방색이 되고, 한 나라로 집약되면 국풍이 되지 않

---

**31**　단재 신채호, 「조선상고사」, 『단재 신채호 전집 상』, 형설출판사, 1972.; 『남도기행』, 도서출판 시민, 1990, 37쪽 재인용.

**32**　『山門에 기대어』, 문학사상, 1980.9, 58-66쪽.

던가. 이 원형적 삶에로의 복귀, 이것을 이상으로 하는 사회의 실현, 그것
은 한 마디로 자연의 순리가 존중되는 사회다. 갈등과 투쟁으로서의 사회
가 아니라 화해와 관용으로서의 사회가 아닐까. 지배와 소유로서의 사회
가 아니라 사랑과 협동으로서의 사회, 놀고 먹는 사회가 아니라 신성한 노
동의 사회가 아닐까. 그것은 또한 강한 자, 가진 자의 힘으로써 지배되는
사회가 아니라 건강한 자보다도 약한 자, 어른보다도 아이를 찬양하는 사
회가 아니었을까. 배고픔과 굶주림은 있었을지라도 소나기처럼 쏟아지는
물량사회의 공포를 넘어선 소박한 사회, 정신적인 여유와 멋이 넘쳤던 디
오니소스적인 공간을 확보하는 사회가 아니었을까."[33]

송수권이 천착한 시적 방법론은 실천적 조망을 담은 사회문화론
의 일환이라는 것을 알 수 있다. 앤서니 기든스에 따르면 전지구적이
고 전역적인 관계에 대한 인식이 중요해질수록 지역성에 대한 통찰이
핵심에 놓인다. 지역은 공동사회의 원형 논리를 보존하고 있기 때문
에, 지역성과 결합된 모든 사회문화적 요소들은 보통명사들로 얽힌 역
사를 재구성하며, 인간 공동체에서 지워져 가는 심층적 관계를 복원할
희망의 논리를 제공한다.[34]
송수권은 등단 이후 꾸준히 '로컬리즘(지역주의)'의 의제를 시적으
로 확장하는데 골몰했다. 이때의 지방성은 친밀성과 공공성을 선취
하는 사회역사적인 개념에 가깝다. 『분단시선집』(김준태, 송수권 편, 남풍,
1984)을 펴내고, 『원탁시』, 『목요시』 등 지역의 시인들과 연대에 힘을
기울였던 1970~1980년대 송수권의 행보는 분단의식, 역사의식에 기
반한 '힘의 서정'을 실체화하는 과정으로 읽을 수 있기 때문이다. 송수
권 시 의식의 근저에 자리한 남도 정신은 지역의 고유한 개성과 주체

---


**33** 『남도기행』, 도서출판, 시민, 1990, 23쪽.

**34** 마르쿠스 슈뢰르, 『공간, 장소, 경계』, 정인모, 배정희 옮김, 에코리브르, 2010, 144쪽.

성에 대한 존중을 바탕으로 전역적인 연대와 공동체 의식을 선취하는 마중물과 같은 논리로 기능한다. 송수권이 시화詩化한 두레 공동체의 미학을 자유의 가치를 전면적으로 긍정하고 다양성을 옹호하는 시대적인 사명에 대한 서정적인 응답으로 고쳐 읽을 수 있는 이유이다.

**신동욱** 2001년 『시와 반시』로 등단. 시집 『밤이 계속될 거야』, 『앙코르』 등. 노작문학상, 김현문학패 등 수상.

# 고향 심상에 담은 인간의 본질

## — 송수권론

### 진순애
문학평론가·동화작가

## 1. 고향과 인간

송수권의 시는 인간본질에 대한 심층적 이미지, 곧 고향 심상이라고 이름할 수 있는 근원에 대한 세계가 언어 외연에 담겨서 서정적 형상화를 이루고 있다. 언어 외연에 의한 서정적 형상은 시인의 개성을 드러내는 문체로서의 역할과 함께 그 문체가 내포한 인식적 바탕에 따라서 시의 미적 의식을 구축하는 기능을 한다. 더불어 시인의 삶의 자세, 곧 송수권의 세계관을 반영하는 의식구조를 동반한다. 반면 언어 내연에 함축된 이미지들은 사물과 인간, 세상과 인간과의 관계에 대한 시인의 의미부여 행위에 해당한다.

이렇듯 언어적 표상미와 고향 심상에 그 뿌리를 두고 있는 송수권 시세계는 인간 존재의 근원적 보편성 또한 아우른다. 고향이란 인간에게 있어서 삶의 모태라고 할 수 있는 까닭이다. 고향과 인간 본질과의 상관관계는 인간의 인간다운 근원에 대한 인식을 근저로 한다. 이는

---

• 이 글은 『문학사상』 1994년 1월호에 실린 것의 재수록입니다.

근원을 상실한 현대인에게 뿌리를 되돌아 볼 수 있게 하는, 곧 뿌리 찾기에 해당된다고 하겠다. 고향은 공간적인 배경으로써 모든 인간에게 공통된 요소를 지니며 그 심상은 시간적으로 정지되어버린 어떤 상을 개인 각자에게 각기 다르게 부여된 의미로 내재한다. 역사적 추이가 다른 시간선상에서 개인은 각자 다른 자신만의 고향 심상을 내면에 간직한 채 실존하는 것이다. 그러므로 고향 심상은 외형적으로는 공간적 일치점을 지니기도 하지만 각각의 개인에게 있어서는 내면적 차별성을 지닐 수밖에 없다.

야스퍼스도 황폐한 내면을 지닌 현대인에게 고향은 인간의 인간다울 수 있는 외적·내적 공간을 제공하므로 현대인은 고향 찾기에서 자신의 본질적 인간성을 회복할 수 있다고 한다. 공시적 제한을 받는 인간 존재는 그 제한적 상황 속에서 변모된 모습으로 살아가지만, 그러면서도 통시적 존재로서 본질적인 인간성이 확립되어 있다는 가치 측면에서의 변하지 않는 요소는 바로 고향 심상에 그 맥이 닿아 있는 까닭이라고 보는 것이다.

## 2. 공간 언어에 담은 삶의 터전

인간에게 있어서 산다는 것은 우선적으로 외형적 조건을 요구한다. 그 중 하나가 삶의 터전을 이루는 공간이다. 그 근원적이며 본질적인 공간은 물론 최초에 나고 자란 고향산하를 이름할 수 있다. 그러므로 시인의 시에는 자신의 뇌리에 각인된 가시적 장소가 등장할 수밖에 없으며, 송수권의 시 또한 이러한 범주에서 크게 벗어나지 않는다. 그의 시에는 자신의 고향인 남도를 지칭하는 배경어가 지배적이다.

더러는 비워놓고 살 일이다
하루에 한 번씩

저 뻘밭이 갯물을 비우듯이
더러는 그리워하며 살 일이다
하루에 한 번씩
저 뻘밭이 밀물을 쳐보내듯이
갈밭머리 해 어스름녘
마른 물꼬를 치려는지 돌아갈 줄 모르는
한 마리 해오라기처럼
먼 산 바래서서
아, 우리들의 적막한 마음도
그리움으로 빛날 때까지는
또는 바삐바삐 서녘 하늘을 깨워가는
갈바람 소리에
우리 으스러지도록 온몸을 태우며
마지막 이 바닷가에서
캄캄하게 저물 일이다

— 「적막한 바닷가」 전문

남도를 지칭하는 공간적 배경어는 '뻘밭, 갯물, 밀물, 갈밭머리, 갈바람, 물꼬' 등에서 두드러진다. 이와 같은 배경어는 공간적이면서도 남도 사람들의 삶의 터전을 대변하는 언어이다. 물론 이상의 언어가 지시하는 공간적 배경이 반드시 남도에만 해당되는 것은 아니다. 그러나 송수권에게 있어서 이 언어들은 그의 고향을 지시하는 구체적 성격을 띤다. 이러한 언어가 내포하고 있는 거친 투박성은 바다와 들을 터전으로 살아가는 남도인의 생활상, 곧 송수권의 고향을 뒷받침해 주고 있는 것이다.

구체적인 지시어는 시인이 의도하는 시적 공간을 정확히 포착하여 서정 세계를 밀도 깊게 전달하는 기능을 함으로써 시의 외적·내적 형상미를 뛰어나게 한다. 그 구체적 지시어를 통해서 추상적인 시의 공간을 상상하는 애매성이 줄어들며 남도인의 삶의 터전을, 확대하면 모든 인간 삶의 터전을 지시하는 공간적 언어의 상징성을 내포한다.

구체적 공간을 배경으로 하여 인간의 삶이 영위된다고 할 때, 고향이 인간의 내면에 형성된 최초의 공간이듯 최초의 삶의 터전은 인간에게 모태적 심상을 남기며 그 심상은 그의 전 생애를 지배한다고 할 수 있다. 그러한 의미부여에 의할 때 야스퍼스식의 인간성 회복 가능성이 고향을 통하여 도달될 수 있을 것이다. 그 심상은 인간을 인간답게 하는 가장 순수한 세계이며 그 순수는 인간의 본질 바로 그것이기 때문이다.

이러한 고향 심상은 다음 시에서, 넓게는 조국의 산하를 모티브로 택하여 민족적 정서조차 발현하는 데로 확장된다. 곧 개인적 고향 심상이 그 보편적 상징성에 따라 민족적 심상으로 확장되는 것이다.

> (중략)
>
> 나는 사랑합니다. 소쩍새가 소탱소탱 울면 흉년이 온다든가
>
> 솥짝솥짝 울면 솥 작다든가 하는 그 흉년과 풍년 사이
>
> 온도계의 눈금 같은 말까지를, 다 우리들의 타고난 운명을 극복하는
>
> 말로다 사랑합니다. 술이 깬 아침은 맑은 국물에 동동 떠오르는
>
> 동치미에서 싹독싹독 도마질하는 아내의 흰 손이 보입니다. 그 흰손이
>
> 우리나라 무덤을 이루고, 동치미 국물 속에선 바야흐로 쑥독쑥독
>
> 쑥독새가 우는 아침입니다.
>
> (중략)
>
> ―「우리 나라의 숲과 새들」 일부

두드러진 언어 형상미를 의성어를 기반으로 한 '소탱소탱, 솥짝솥짝, 싹독싹독, 쑥독쑥독' 등에서 발견할 수 있다. 소리에 심상을 담은 기법은 소리와 향내 등에 문학적 이미지를 실은 프랑스 상징주의 시의 기법을 떠올리게 한다. 이와 같은 의성어들은 단순히 언어의 음운

적 미를 살리기 위하여 제시되어 있는 것이 아니라, 그 소리에 의미를 담지하여 우리 민족 삶의 한 일상을 발현하는 기능을 하고 있다. 이러한 표현법은 송수권 시를 전반적으로 지배하여 나타나는데, 그의 다른 시에서도 찾아지는 감꽃이 '또록또록' 눈을 뜨고, '또랑또랑' 목소리를 낸다는 것은 감꽃을 생물화시켜, 곧 사물을 의인화하여 인간 삶의 한 부분으로 자리잡게 하는 통합적 인식에 근거한 것이다.

또한 '소탱소탱, 솥짝솥짝' 하는 의성어는 두 마리의 각기 다른 새에서 따로 울리는 소리가 아니라 동일한 소쩍새의 울음소리가 인간 삶의 상황이 변함에 따라서 각기 다르게 인간에게, 곧 송수권에게 감득되어진 의미부여의 소리이다. 이러한 삶의 실태를 구체적으로 보여주는 지시어들은 '흉년, 풍년' 등을 통하여도 나타나는데 흉년이니 풍년이니 하는 언어들은 산업화된 현대 삶의 유형에서 비롯되는 언어가 아닌 까닭이다. 이는 자연의 지배를 받아 살던 농경사회의 한 모습을 대변하는 것이자 인간의 본질적 삶의 유형이다. 곧 시대의 변천에 따라 삶의 유형은 변화되지만, 인간 삶이 자연의 지배를 받는다는 점에서는 시대의 변화와 무관하다는 것을 의도하고 있다.

그러므로 자연적 공간은 고향을 잃은 현대인의 도시화되고 물질적이며 물량적인 삶의 유형에 비교되어 투시할 때 인간이 복귀하여야 할 본질적 세계에 해당하는 것이다. 비록 현실에서는 잃어버린 근원의 세계로서 고향일지라도 그 본질적 공간을 회상하여 인간은 내면 세계를 반추하며, 그러한 반추 속에서 인간성 회복의식을 가질 수 있음을 송수권은 지향하고 있다.


## 3. 시간 언어에 담은 민족의 역사


시간 언어란 물리적 시간현상에 의해 구별되는 과거·현재·미래를 지칭하는 문법적 언어로서의 의미를 지니기도 하면서, 시에서는 이러한 물리적 구별에 의한 시간의 지시어가 경험적 시간으로 바뀌어 현재화되어 나타난다. 물론 시간을 지시하는 언어는 과거에 있었고, 현재에 있으며 또한 미래에 있을 사건에 의하여 표현된다. 그러므로 시간 언어란 넓은 의미에서 사건의 존재성을 의미한다.

송수권 시에서 사건의 존재에 의한 고향 심상의 내재는 역사적 사실에 근거하여 의미부여되고 있다. 민족이란 시간에 결부된 역사적 실체이므로 개인은 민족 내에 존재하면서 그 일원이 되므로, 송수권의 시세계에 담지된 민족에 대한 사랑은 그의 의식·무의식을 초월하여 존재한다고 볼 수 있다.

우리 웃녘 들에서 새보기란 말은 그래도
萬頃江 물을 타고 거슬러온 논도랑 봇물처럼은
막혔던 가슴이 훅 뚫리는 얘기다.
올볏짚으로 쪼록쪼록 땋아내린 등테받이
끝줄에다 삼끈을 꼬아붙여
망신살이 뻗친 돌계집ㄴ년의 머리채를 감아쥐듯
먹힘새 좋은 허공에다 내리꼰지면
한 번쯤은 핏발이 선 무지개처럼 꽝 하고 터지던
그 신나는 뙈기소리 말이다. 그때마다
벼논의 씻나락을 하얗게 말리던 참새떼들은
도래멍석만큼씩 떼를 지어 조잘조잘 하늘에다
맑은 그림을 그리어가던 것이다.
그땐, 먼 산도 '한 번쯤 눈흘림으로 돌아설 법도야 했지만
우리 웃녘 들에야 어디 山이 있어야지
후여후여 말로는 안 되고 시늉으로도 안 되고 그래서 瑈準이는
사포들린 아이처럼 畵筆을 입에다 물고
우아랫녘 들로 섭쓸고 다니며 참새떼를 공중에다 날리고

한평생 조잘조잘 새떼를 날리다 갔지만

그래도 신바람 나서 뚜껑을 펄럭이며 대통을 치고 흘러다니던

가마 한 채는 메뚜기나 방아깨비 집들처럼

싱싱한 비린내를 달고 서서 엎질러져 있으니 말이다.

지금도 그 원두막 널빤지를 뛰노는 새보는 애들 틈에선

새야 새야 파랑새야의 노래 끝인 노래 한 자락이

놀 비낀 저녁 한때

萬頃江 물소리 속에선 때까치 울음처럼

비꼈으니 말이다.

—「새보기」 전문

시는 유년시절에 논두렁에서 했던 새보기에 대한 경험에 비유하여 동학혁명의 의미를 투시하고 있다. '새야 새야 파랑새야 녹두밭에 앉지마라 녹두꽃이 떨어지면 청포장수 울고 간다'는 동요의 가사로, 유년시절 무심코 불렀던 노래가 민족의 아픔에 비유된다는 사실은 단순한 새보기를 노래한 시로 볼 수 있는 한편의 시 속에서 민족의 역사를 찾아내야 하는 독자의 역할이 주어진다.

새보기는 가을이라는 시간과 함께 시작되며 끝날 수 있지만, 우리 민족이 당했던 수난은 새보기와 같은 단순한 행위의 효과로 멈출 수 있는 성질이 아니므로, '봉준이는 한평생 조잘조잘 새떼를 날리다 갔지만'이라는 '갔지만'의 어조 속에 완전하게 성공하지 못한, 곧 불완전한 성공으로의 동학혁명에 대한 아쉬움을 담고 있다.

민족의 아픔을 아픔이라고 직설적으로 드러내는 단순한 시적 형상이 아니라 그 아픔을 걸러내어 상징적 수법으로 표상의 완성을 이룩하고 있는 것이다. 이때 시어들은 추상어가 아니라 '만경강, 봉준' 등의 구체적 지시어를 통해서 동학혁명이 일어났던 공간적 배경과 역사적 인물을 드러낸다. 또한 '쪼록쪼록, 후여후여, 내리꼰지면, 도래명



문사문학·1

석, 우아랫녘, 때까치' 등 농촌사회를 지시하는 언어들이 농민 삶에 대한 송수권의 애정을 대변해주며 '새보기'의 시적 형상화를 뛰어나게 만드는 기능을 하고 있다. 동학혁명이라는 혁명의 당위성 속에 담긴 농민의 애환과 민족이 당한 수탈현상을 통하여 인간다운 삶의 조건을 누려야 하는 인간의 본질적 요건을 지향한 것이다.

아도란 무엇이냐
질그릇이다.
인사동 골짜기의 고물상 같은 데 가서 만나보면
입은 기다랗게 찢겨져 있고 두 귀는 둥글게
구멍이 패어 있는
입이 있어도 벙어리고 귀가 있어도 귀머거리인
못생긴 우리네의 질그릇이다.
(중략)
나는 오늘 이 도시의 어디선가
목을 조르며 도둑고양이처럼 오는 최루탄 가스에
재채기 콧물 눈물 범벅이 되면서
잎 핀 오월의 가로수 밑에 비틀거리면서 비틀거리면서
그 시대에서 한 발짝도 더 깨어나지 못한
또 하나의 아도가 되어가는 내 모습을 본다.
아도 아도 아도 아도 아아아아 아도
이 땅의 시인이여 만세.

— 「啞陶」 전문

'아도'란 조선 건국시에 이태조가 정도전을 시켜 만든 주먹만한 질그릇으로, 이 그릇을 지식인의 대문간에 하룻밤 새 100개씩 쌓아 놓으면 '말조심'하라는 요시찰 인물임을 표시했다고 한다. 그래도 입이 빳빳하면 끌어다 고문을 가했다는 것이다. 이러한 의미를 내포한 아도를 통하여 송수권은 현재의 시인상과 현실을 비유하며 비교한다. 결론적으로 말하면 조선 건국당시의 현실이나 송수권이 존재한 현재의 실태나 그다지 달라진 것이 없음을 의미하고 있다. 이러한 점을 "입이 있어도 벙어리고 귀가 있어도 귀머거리인"이라는 시행에서 한마디로 함축하고 있다.

역사가 발전적 방향으로 변화되어 간다면 인간이 궁극적으로 인간다울 수 있는 조건인 자유와 평등의 구현은 역사가 유구한 만큼 그 시간에 비례하여 발전적 면모를 지녀야 만이 합리적 설명이 될 수 있을 것이다. 그럼에도 불구하고 현실은 이조 건국당시의 실태와 다르지 않음으로써 역사의 발전이란 결국 이론에서나 가능한 것이지 실상과는 거리가 멀다는 현실비판의식을 앞의 「새보기」와 같은 의도 속에 「啞陶」에서도 함유하고 있는 것이다.

시인은 현실 앞에서 가장 정의로운 존재여야 하며 또한 이의 실천적 위치에 있어야 한다는 것을 "이 땅의 시인이여 만세"라는 마지막 행에서 강조하고 있다. 모진 고문이 있는 현실 앞에서 굴복할 수 없는 존재가 바로 시인의 몫이며 시인으로서 민족적 개인임을 표상한 것이다. 자유와 평등이 실현된 사회는 바로 인간이 인간다울 수 있는 본질적 조건이기 때문이다. 따라서 송수권은 민족적 고향 심상이라고 할 수 있는 민족의 역사적 사실에 비추어 현재를 비판하면서 본질적 인간성 함유를 위한 사회조건을 제시하고 있다.


## 4. 내면적 지시어에 의한 그리움


인간이 내면 깊숙이 담고 있는 그리움의 실체는 대부분 유년시절의 추억에서 비롯된다. 우리나라에서 산업화 혹은 근대화 이전의 유년이란 일생에서 가장 밝고 투명한 유리알 같은 시기일 것이기 때문이며, 시인에 따라서는 유년에 대한 추억의 실타래가 그의 詩作 밑거름의 대부분을 차지하기도 할 것이기 때문이다. 인간이 회귀본능을 지닌 존재라면 그 잠재된 의식은 유년에 대한 마력에 근거하는 까닭이다. 송수권에게 있어서도 유년의 추억은 그의 내면을 잠식한 채 그의 시 세계를 지배하고 있다.

> 누이야
> 가을산 그리메에 빠진 눈썹 두어 낱을
> 지금도 살아서 보는가
> 淨淨한 눈물 돌로 눌러 죽이고
> 그 눈물 끝을 따라가면
> 즈믄밤의 강이 일어서던 것을
> 그 강물 깊이깊이 가라앉은 고뇌의 말씀들
> 돌로 살아서 반짝여오던 것을
> 더러는 물 속에서 튀는 물고기같이
> 살아오던 것을
> 그리고 산다화 한 가지 꺾어 스스럼없이
> 건네이던 것을
> (중략)
>
> ― 「山門에 기대어」 일부

위 시에서 투명한 강물 속을 내려다보듯이 명증하게 비쳐오는 유년의 감성을 만날 수 있다. 그 명증성에서 눈물범벅일 수 있는 유년의 슬픔이 서늘한 감성으로 형상화되는 것이다. 그러므로 끈적끈적한 한의 감정은 승화되어 인식의 차원으로 전환된다. 유년의 기억이 왜 슬픈 그리움이어야 하는지는 시인에 따라서 각기 다른 개인적 감정일 것은 자명하면서도 현대인이 잃어버린 시간이란 점에서 보편적인 그리움으로 자리한다. 이러한 슬픔에 지배당한 유년을 명증하게 시적으로 형상화했다는 점에서 송수권의 시성을 찾을 수 있다.

그리움의 실체는 '누이야'라는 돈호법에서 '누이'가 지닌 상징적 지시어 속에 그리움의 심상을 한층 높게 표상하고 있다. 그 어조는 내면의 애닯음을 강렬히 담아내는 기능을 한다. 누이가 송수권의 내면에 그리움의 심상으로 자리한다는 구체적 표현은 이 시에서 뿐만 아니라 시 「5월의 사랑」에서도 등장하여 송수권의 의식세계를 깊이 차지하고 있음을 방증한다. 또한 그의 시에 자주 등장하는 그림자의 방언에 해당하는 '그리메'가 보여주는 어조에서도 '누이'와 마찬가지로 의식의 깊이를 지배하고 있는 그리움을 담지하고 있다. '그리메'라는 방언은 현대에 와서 외면당한 '누이'처럼 '그림자'가 주는 격식적 표준어의 경직성을 해소시키며 그림자라는 의미뿐만이 아니라 송수권의 내면의식과 시어의 미적인식을 겸하여 표출하고 있다.

송수권의 이러한 언어감각은 그의 전 시를 지배하여 나타난다. 그의 다른 시 중에서 '호롱불 그리메 크던 귀신아'(「祭ㅅ날」에서)의 돈호법에 담긴 그리운 감정의 확대표현 효과와 '밤부엉이 울어쌓는데'(「춘향이 생각」에서)의 '울어쌓는데'가 주는 방언의 미적효과, 그리고 '뿌여니, 애지고, 토방, 도진다'(「女僧」에서) 등의 방언에 대한 애정 속에서 유년을 향한 송수권의 그리움에 대한 구체적 언어 인식미가 발견된다.

> 어린 날 무작정 들길이 좋아
> 가도가도 끝없는 지평 한가운데
> 길 잃고 서서 보던
> 달구지 먼 마을 지나는 저녁 어스름
> 불빛 같은 울음이여 외로움이여
> (중략)
> 아 무잡한 시대의 잡초들

들끓는 시인들 사이

부질없는 말들 한쌍 흘러가나니

한 순수 영혼은 이렇게도 가버렸는가

혹은 매장되었는가

옷 벗어 고추잠자리 털어 말리던 언덕

생목숨 요절내는 시를 버리고

우리 어린 날로 가자 어린 날로 가자.

—「세상 읽기 37」 일부

'어린 날로 가자'라는 동사의 단정적 묘사에 시인의 의지를 담아서 현실을 읽는 시각을 투영하고 있다. 어린날의 의미는 순수영혼이며 울음과 외로움을 동반한 그리움의 실체를 상징적으로 은유한다. 비록 외롭고 슬픈 추억의 어린날이지만 순수하기 때문에 '생목숨 요절내는' 현실의 양태와 비교할 때 우리가 돌아가야만 할, 그리고 회복해야만 하는 잃어버린 세계로서 자리하는 것이다.

현실은 순수한 유년시절과 대비되어 시의 표면을 구축한다면 현실과 대비된 유년시절은 시의 내면이며 시인이 궁극적으로 지향하는 초점에 해당한다. 그러므로 지향된 곳은 과거의 시점이기 때문에 물리적 시간상 현재에 놓여있는 송수권에게는 상상의 세계에서나 가능한 경험적 시점이다. 그 경험적 시기인 유년은 시에서 현재화되어 그리움이라는 실체로 나타난다. 과거란 그리고 유년이란 성숙해 가는 인간에게 있어서, 그리고 송수권에게 있어서 단순한 유아적 사고 상태를 대변하는 지시어나 현실도피적 실태로서의 의미가 아니라, 탈순수의 현실을 비판하기 위한 하나의 잣대가 된다. 거기에는 인간의 본질을 찾기 위한 하나의 길이 제시되어 있으며, 비인간적 요소가 지배하고 있는 현실 속에서 인간적 요소 찾기의 차원으로 내재되어 있는 것이다.

이렇듯 송수권의 시는 자못 영탄적 감상에 젖을 수 있는 여백이 현실을 바라보는 날카롭고 투명한 시인의식에 의하여 시적 형상화로 승화되는 서정으로 메워진다. 그의 시는 '세상 사람들이여 들으라.'고, 이 잘못된 세상을 인식하라고 드러내놓고 외치지 않는다. 그의 외침은 내면에 침잠되어 단지 그가 지향하는 세계를 구가하는 노래를 쉬임없이 부르고 있을 뿐이다.

## 5. 고향 심상과 인간의 본질

현실이 우리가 지향하는 이상적 세계가 아닌 이상, 그리고 인간이 인간다운 삶을 누리는 현장이 아닌 이상, 시인에게 있어서 지향하는 방향은 언제나 본질적 인간성 찾기가 될 것이다. 인간의 본질이 무엇인가?라는 인식 또한 시인에게 있어서 시의 방향을 좌우하는 본질적 요소일 것이다. 이는 개인으로서의 각 시인에 따라서 다를 수밖에 없지만, 그럼에도 동일한 인간이라는 점에서 궁극적으로는 모든 인간이 공통적으로 지닌 요소이자 지향해야 할 보편성의 가치태이다.

송수권은 이러한 인간의 본질 찾는 과정을 고향 심상에 뿌리를 두는 시세계를 구축하여 서정성을 강화한다. 물론 고향 심상을 담은 형상화는 언어적 인식에 밑받침된 미의식에 의한다. 그러므로 그 언어들은 미시의 공간으로는 시인이 나고 자란 남도의 고향어가 되겠고, 거시의 공간으로는 조국강산을 터전으로 살아가는 민족어가 해당된다. 남도의 고향어라고 하여 그 지방의 방언만을 의미하는 것이 아니라 그 공간적 특성을 드러내는 사물들에 대한 지시어 또한 포함된다. 시간을 뒷받침하는 언어들은 민족의 역사적 사실에 기인하여 구축한 시세계를 담아내면서, 동시에 과거의 사실이 현실의 민족상황을 비추어 볼 수 있게 하는 관념적 의미의 고향 심상을 담아내고 있는 것이다.

인간은 가시적 형태를 통하여 내면의 상을 형성하는 존재이기 때문에 인간의 본질 찾기에 있어서도 먼저 유형의 상들이 제시될 수 있다. 그것들에는 공시적, 통시적 구체체가 존재하며 더불어 관념적 심상도 가능한 것이다. 이러한 시각을 통하여 그려진 송수권 시는 원시적 색채이며 원시적 소리와 향내이다. 세련된 도시화가 아니라 투박한 자연성이 투영된 그의 시에서 현대적 심상과는 거리가 먼 우리 민족의 질그릇 같은 생명성을 느낄 수 있다. 이는 인간 태초의 모습일 것이고 그것은 바로 죄와 악의 구별이 없던 나체적 인간형상일 수 있다. 그러한 터전 속에서 영위되는 삶의 유형은 외적·내적으로 자유와 평등이 존재했던 고향 심상과 같은 인간의 본질적 세계에 있다는 지향태이다.

이와 같은 특장의 송수권 시는 기법의 돌출현상이 강렬하지 않다. 그의 기법은 없는 듯이 내재하는데, 이 점은 시의 서정적 형상화를 성공적이게 한다. 현대시의 유형이 낯선 표현기교에 지배당하는 단면이 있다면, 송수권 시는 이러한 시대현장을 외면하듯 민족적 정서가 아우러진 시어의 등장으로 명징한 강물의 흐름 같은 안정된 정서를 구축하고 있다. 그 안정된 정서 또한 그의 인간성 회복의 한 차원과 맞닿은 측면일 것이다. 고향 심상이 현대를 살아내야 하는 불안한 잠재의식의 인간에게 안정된 생명의식과 모순 없는 자연성을 부여한다면, 이러한 시세계는 송수권 시의 주축을 이루는 외적.내적 인식 현상에 의하며 그의 시세계의 특장인 것이다.

**진순애** 1994년 『문학사상』으로 비평 등단. 저서 『한국 현대시와 도더니티』, 『전쟁과 인문학』, 평론집 『비평의 시선』, 『문학의 법고와 창신』, 『동화 꼬리 없는 고양이』, 『천재 고양이』 등.

청색지시선 11

"세상 모든 것들의 소음 속에서
소리를 껴안는 연습을 하면"

# 김지윤 시집

# 피로의 필요

빗금은 무언가를 구분하기도 하고 무언가를 지우기도 하지만, 비스듬한 기울기가 오히려 마음에 평화를 가져다 주기도 한다. 김지윤의 시는 이러한 '빗금으로부터' 시작한다. 그것은 첫 말이면서 마지막 말이다.
— 신철규(시인)

publisher
청색종이

2025년 1월 3일 출간 | 176쪽 | 정가 12,000원

문사문학

# 시와 소설

# 너를 안으며 외 1편

## 홍영철

차가운 돌을 껴안는다
언젠가는 너도 따뜻해질 것이다

싸늘한 꿈을 껴안는다
언젠가는 너도 뜨거워질 것이다

# 너의 숨소리

너의 숨소리
귓속에 가득 넣어두었더니
어디를 가든지 따라다니는
너의 낮은 숨소리
멍들어 푸르스럼한 시간들

**홍영철** 1978년 《매일신문》 신춘문예와 『문학사상』으로 등단. 시집 『작아지는 너에게』, 『가슴속을 누가 걸어가고 있다』 등과 인문서 『고난이라는 가능성』 등.

# 번지 점퍼°의 비밀 외 1편

## 손종호

삶의 시작을 알 수 없듯
죽음은 끝이 아니다.
공중으로 몸을 던지는 번지 점퍼인 양
우린 세상에 들어왔고
때가 이르면 역시 빈손이 되어
허공에서 사라진다.

생명의 중심은 선택인가.
사랑인가. 아니면 두려움인가.
황홀한 구름의 변신
남녘 바람의 감미로운 숨결
독수리의 금빛 날개는
손에 잡히는 것들이 아니다.

나를 묶고 있는 굵은 줄을
어떤 이는 전생의 업이라 하고
어떤 이는 죄의 보응이라고 하고
어떤 이는 근원에 연결된 생명이라고 했다.

그러나 떠난 자들이
여전히 다시 돌아오는 것은

무한 천공에 층계가 있음을 아는 까닭이리라
허공이 없이는 그리움도 없고
신과의 합일도 없고
그대가 없으면 나도 없다는…


● 고무로 만든 긴 줄의 한쪽 끝에 몸을 묶고 번지 점프bungee jump를 하는 사람.

# 시인

늘 늦게 움직이지.
한 발 혹은 두 발
그리고는 늘 앞에 서 있지.
마음에라도.

보이는 것을 믿지 않는 천성
차라리 바람의
투명한 속살을 더듬곤 하지.

발목에 드나드는 파도를 보면서도
마음은 늘 수평선에 머물고
낮은 자리의 풀꽃에
문득 눈길 주다가

오늘은, 보이지 않는 뿌리
그 숨결을 좇는
형벌의 그리움.
그리고 사랑

**손종호** 1979년 《중앙일보》 신춘문예와 『문학사상』으로 등단. 시집 『뿌리에 관한 비망록』 등과 연구학술서 『근대시의 영성과 종교성』 등. 한국비평문학상, 한성기문학상, 엠지문학상 외 수상. 충남대 국문학과 명예교수. '진리의 사랑 세계선교회' 대표로 활동.

# 보듬는다 외 1편

## 김완하

봄에는 흙이 제 살을 잘게 저미며
나무뿌리에게 다 내어준다

실뿌리 풀어져서
안으로 안으로 조여들 때

흙은 묵혀두었던 마음을 풀고
문을 활짝 열어준다

열린 문으로 초록의 화살이
뛰어나와 지상을 들뜨게 한다

사람들은 온통 초록빛에 홀려
환호성 지르며 들로 산으로 달려간다

흙은 제 몸을 털고 깨어나
초록의 손길로 상처를 보듬는다

# 5월



화살나무 새 잎은
이팝나무 그늘 아래서
보드랍게 촉을 내밀며 뭉쳐 있네

지난 화살의 날카로운 부분들
다 삭아 떨어져 내리고
그 사이로 꽃을 피우면서
새로이 전열을 가다듬고 있네

상처가 상처를 덮고
상처로 상처를 품었네

쏟아지는 햇빛의 무수한 화살
제 품으로 받아안으며,
심장 속으로 고이는 파도를 재우고

가장 강력한 순간을 위하여
스스로를 완전히 뭉개버린 채
서서히 중심으로 차오르는 저 시위

**김완하** 1987년 『문학사상』으로 등단. 시집 『길은 마을에 닿는다』, 『허공이 키우는 나무』, 『절정』, 『집 우물』, 『마정리 집』 등. 소월시문학상 우수상, 시와시학상 젊은시인상 등 수상. 문사문학회 회장.

# 소설 1

## 정끝별

저녁나절의 책에 눈이 내리기 시작합니다
고개 들어 창밖을 보니 창밖에도 눈이 내리고 있습니다
언제부터였는지 작은 새 한 마리가 창턱에 앉아 나를 보고 있습니다

드문드문 눈은 내리고
드문드문 내리는 눈을 보는 내 눈을 보는 새의 눈을 보는
드문드문 내려앉는 저녁나절의 세상에는
흰 눈과, 새의 까만 눈과, 희고 까만 내 눈뿐입니다 드문 일입니다

새는 눈꺼풀을 깜빡이지 않고
새는 까만 눈동자를 굴리지도 않고
그러니 새는 눈물 흘릴 일도 없겠습니다
그런 새의 눈은 금붕어의 까만 눈을 닮았습니다

눈이 내리는 저녁나절의 책을 읽는 나도
새만큼 표정이 없고 금붕어만큼 과묵합니다
오래 혼자인 것들의 눈은 까맣습니다

그렇게 세상과 방과 어항이 잠시 철렁, 스노우볼처럼 아득하게 우
리는 눈이 맞았을 뿐입니다

그리고 그때 흰 눈이, 까만 눈이, 희고 까만 눈이, 눈맞은 눈을 조금 더 크게 떴거나
고개를 숙여 눈끼리의 거리와 높이를 달리했거나
안녕한 균형을 잃고 안녕하며 손을 흔들었거나
그저 다급한 바람이 창가로 몰렸을지도 모를 일입니다

그냥 그런 사소한 소란에도 결심은 쉬워집니다
창가의 새가 가는 두 다리를 거두어 다급히 눈 속으로 날아갑니다
눈 깜짝할 새입니다
눈마저 그치고 까만 어둠이 창가에 몰려옵니다

소문 같은 저녁의 눈맞춤을 한밤 쪽으로 가라앉히자 나와 책과 금붕어는 다시 과묵해집니다

아 그렇군요, 오늘이 바로 소설입니다

# 소설 2


—  겨울로 가는 창가입니다


세찬 바람이 비를 몰고 옵니다
쓰스스 파도 소리를 내며 출렁이던 잎들이 제 가지를 놓치고 떨어
집니다
끝일까요, 시작일까요? 파리한 잎들의 이야기는


언제 와? 흔들리던 가슴이 철렁합니다
밀려왔다 밀려가는 것, 계절이란 그런 것


금세 비가 그쳤습니다
비를 잃은 바람이 가지를 놓친 잎들을 휘날립니다
저리 휘날려 휘어지더라도 저마다의 예정된 길이 있을 겁니다


우산을 접던 한 사람이 몸을 숙여 후박나무잎 하나를 주워 들고 아
무 일 없었던 듯 가던 길을 갑니다
후덕하니 물들었으니 후박나무일 겁니다


그리고 별안간 햇빛이 들이쳤습니다
조명을 받은 듯 은행나무 자작나무 잎들이 덩달아 눈부십니다
마침내 절정일까요, 파국일까요?

처마가 깊어 젖지 않은
유리창에 쌓인 먼지들도 빛살에 잠시 빛났다 흐려졌습니다
시간은 늘 흐리멍덩 먼지들 편입니다

또 한차례 비가 쏫쓰스스 세차게 내렸고 남은 잎들을 마저 떨어뜨
린 가지들이 더 헐해졌습니다

이제 겨울이 올 겁니다
오래 썩지 않을 이 수척한 결말에 다시 채워지는 것들이 있을 겁니다

떨켜라든가
새라는가
눈이라든가

다른 너 같은
단단히 언 심장 같은

오늘은 호랑이가 늦장가 간 소설입니다

그런데 이 이야기의 주인공은 누구였을까요?

**정끝별** 1988년 『문학사상』 신인상, 1994년 《동아일보》 신춘문예 평론 당선. 시집 『자작나무 내 인생』, 『흰 책』, 『모래는 뭐래』 등. 소월시문학상, 청마문학상 등 수상. 이화여대 국문학과 재직.

# 환승의 내력

## 강희안

졸졸 따르던 염소를 잡아먹었다 너무 사랑스러웠으므로 옆집 염소와 바꿔서 잡아먹었다 민감한 부름의 켜를 세웠으므로 잡아먹었다 함부로 착한 놈들에겐 이름을 붙이지 않는 묵계를 적용한 것이다 줄줄 부리던 염소가 잡아먹혔다 꼴을 베어 바치다 지쳤으므로 잡아먹혔다 말을 잘 들었지만 너무 많이 먹은 대가였다 검은 염소가 흰 염소와 바꾸어 잡아먹혔다 질질 끌고 다니던 노린 맛까지 변하지 않았다 많이 먹어도 살이 찌지 않았으므로 잡아먹혔다 수염이 자란 만큼 늙지 않는 비애였다 살아 움직이는 것들은 하나같이 외롭다 폭식을 즐기므로 내칠 수 없어 잡아먹었다 졸졸 음메에 소리를 내도 사람들은 줄곧 나를 염소라 부르며 잡아먹었다

# 낭만과 넝마의 사이

흑백판 드라마에서는 '낭만적'이란 말이 '넝마적'인 몰로 구성된다 퇴폐적일 정도로까지 추레한 이미지와 섞인다 염세적이고도 자조적인 빈티지를 입힌 마네킹이다 범인과 주연은 다르다는 듯 느와르적 색채를 덧칠한다 시대적 이데올로기의 탕아로 동종의 부류들과 술잔을 기울인다 시가를 탐닉하며 피디가 정한 룰에 따라 구시대적 범주로 분류된다

이에 반해 컬러판 드라마에서 '낭만적'이란 말은 긴박한 재난의 장치에서 비롯된다 이 위험한 붕괴의 굴속엔 주인공이 뛰어든다는 편파적 논리다 나는 주류이므로 너는 안주하라는 타자 분리적 메커니즘이다 일종의 술자리로 마련된 대접을 미증유 사태로 여긴다 차진만과 낭만닥터 김사부가 대표적 사례다 그들은 같은 의사이면서도 틀렸다는 환유의 정체성을 잃는다

그러므로 '낭만'과 '넝마' 사이에는 경관에 사로잡힌 범인이 끼어 있다 부조리한 시야를 행복한 광고로 완성한 파국의 형식이다

**강희안** 1990년 『문학사상』 신인상으로 등단. 시집 『나탈리 망세의 첼로』, 『물고기 강의실』, 『너트의 블랙홀』 등. 저서 『고독한 욕망의 윤리학』, 『새로운 현대시론』 등. 현재 배재대 교수.

# 저녁의 독서법 외 1편

## 최준


이건 사랑이야 이렇게 말하는 건
어제를 무사히 건너 당도한 오늘의 당신에 대한
최소한의 예의
서쪽 산머리가 해를 지우면
어떻게 어제를 건너오셨어요?
다시 저녁에야 난 당신의 오늘을 묻지
온종일 우리 세계를 뒤흔들던 나뭇잎들의 공연이 끝날 때
바람이 잦고
무대를 떠나면서부터 비로소 오늘 당신의 어제를 펼치지

당신에게로 돌아와서
온전히 당신으로 돌아갈 시간, 이제

하루가 하루를 덧대면 그게 인생이 되지
돌아갈 수 없는 어제를
오늘 다시 읽지
당신이 불렀던 어제의 노래를 오늘 다시 부르지
이제부터 당신이 불렀던 어제의 노래를 들어
오늘도 안녕, 이제 당신이야

해가 질 때, 당신은 비로소 오늘의 당신이야
오늘의 첫 페이지가

어제의 내 마음 설레었듯이
사랑해
이 저녁이
오늘을 무사한 당신이라는 걸

다 읽고 나서야
비로소 당신을 알지 어제의 하루를,
생은 늘 늦게야 나를 깨달음 준다는 걸

말 너머의 말
그걸 끝내 말할 수 없다는 걸
말로 완성할 수 없는 당신의 어제를

다시, 오늘의 저녁이 오네
영원한 삶터에서 하루치를 살아
당신의 책을 펼쳐 들고 후회하지 마
어제를 건너 오늘을 견뎌왔으니
한 페이지의 사연을 이제 넘기고
내일의 페이지를 기다려

밤새, 다시 안녕!

# 숲길

—

놓치고 싶지 않았던 순간들
잃어버리면 안 되었던 기억들
순간과 기억 사이 틈새가 점점 커지고
듬뿍 듬뿍
한 해를 다시 피워낸 잎을 춤추며 마음을 추스르는 나무들
바라보며 생각하니
난 늘 어제만을 걸어왔던 생

오래 전 그때 그 길 위에서
귓전으로 들었던 음악
아주 멀리서
사랑을 노래하던 이들

어제는 먼저 가고, 없네 그 동안

난 어딜 다녀왔었나

다시 여름인데

눈 내린 겨울 길의 발자국을 기억하고 있는데

생이 참 길다고
누가 감히 말할 수 있나


난 늘 어제를 만나네
오늘을 어제라는 이름으로
살아 있는 당신과 눈인사하고 악수하네


난 오늘을 살아 있는가
당신을 만나 오늘을 확인하는가
나도, 당신도
아무도 없는 오늘을

**최준** 1990년 『문학사상』으로 등단. 1995년 『중앙일보』 신춘문예 시조 당선. 시집 『너 아직 거기
서』, 『개』, 『나 없는 세상에 던진다』, 『뿔라부안라뚜 해안의 고양이』, 『칸트의 산책로』, 『닭』 등. 인
도네시아 번역시집 『Orang Suci, Pohon Kelapa』.

# 그 새벽의 별빛 <sub></sub>외 1편

## 정해종

그땐 그랬다
함부로 울지 않았고
허투루 웃지 않았다
반지하도 옥탑방도
춥거나 덥지 않았다
맨발로도 감기에 걸리지 않았고
얻어터져도 절반은 사랑이라고 믿었다
그런 일들이 많았다

별일 아니라고 했던 너의 일들이
내게는 별일이어서 몸살이 왔다
그러려니 할 수 없었고
눕지 않았다
네 이마의 땀방울이 아름다웠을 뿐이다
사랑이 그런 걸지도 모른다고 생각했지만
우물쭈물 말하지 못한 게 많았다
너도 그랬는지 모르겠다

지루한 연속극 같은 날들이 이어져도
반전 없는 새벽을 숭배했고
노동이 기도 같은 거라 생각했다

사는 게 별 볼 일 없어도
살기 위해 별 볼 일이 많았다
구체적인 절망을 도닥이던 막연한 희망도
어두운 비탈길에선 자주 미끄러졌다
흔디 앉은 무릎을 어루만지던,
묵주알 같았던,
그 새벽의,
별빛들

울지 않았지만,
눈물이 나는 건
새벽별 같은 네 이마의 땀방울
그게 사무쳐서였을 뿐이다
그땐 그랬다

# 기울어진 풍경


기우뚱
골목의 기울기를 가늠하며 산을 지우고
산처럼 기운 것들을 지운다
골다공증을 앓는 담벼락과 지붕,
이고 진 것들이 많은 전봇대를 지운다
밤길로 들어서며 푸르름을 지우고
다시 오지 못할 푸르렀던 한때를 지우고
불빛들을 흘려보내며 나를 스쳐간 얼굴들
남기고 간 표정마저 지운다

허우적
술잔을 채우며 강물을 지우고
다시 채우며 강물 위로 번지는 노을을 지운다
안주 타는 연기에 눈 비비며 저녁 안개를 지우고
떨어진 나무젓가락을 주우며 가로수를 지운다
플라스틱 의자를 끌어당기며 굳은
비애와 열망의 덩어리들을 지우고
빈 술병을 흔들며 공원을 지우고
텅 빈 것들을 쓸쓸함도 지운다

잊기 전에

언젠가라는 말, 마지막이라는 말을 지우고
침묵 안에 고인 말들도 지우고
등 뒤로 흐르던 배경음악도 지워야 하리라
그리고 마침내 흰 도화지만 남거든
흰색마저 지워야 하리라


| **정해종** 1991년 『문학사상』으로 등단. 시집 『우울증의 애인을 위하여』, 『내 안의 열대우림』 등.

# 0.72 외 1편

## 장욱

자립 ! ! ! ! ! !
봄빛 솟대 끝을 솟구친
눈부심 떠돎


숫컷은 머리깃 총각總角을 올리고 암컷은 꽃가마 멀미를 앓는 자목련 꽃봉오리


하나… 둘… 셋… 열 손가락 심지를 돋우어 등불 밝히고, 나 안에 너를 너 안에 나를 기다리는 봄 초례청


포도주 빈 항아리 빈 술잔 바닥을 쳐 깨트렸다


자립紫立 자생紫生 자강紫彊 허무 너머, 자목련꽃 레드 카펫을 밟고 입장하는 신부는 없다 신랑은 없다


초저출산율 0.72명*


사람의 지구
사람의 나라
사람의 가족
사람의 자식들아

나혼산(나 혼자 산다)
사회적 무생식증
혼자 놀고 혼자 밥 먹고 혼자 잠자고
아메리카노 커피 한 잔
따뜻한 고독을 감싸 쥐고
관계를 테이크아웃시키는
검은 사막의 거리엔
시인의 그 먼 나라 사과나무를 심자[**]

새 꽃 나비 환희 웃음 사랑 배려 관심이 충만한 결실의 땅, 발갛게
벌거벗었어도 부끄럽지 않은 에덴으로 간다

● 2023년 대한민국 합계 출산율(통계청).
●● 신석정 시 차용.

## 검은 바퀴

망토 1.

검은 한 점

베토벤 피아노 소나타 13번 2악장* 검고 흰 건반을 퉁겨 사라졌다

청중의 박수 소나기가 예보 없이 쏟아진다

노老 피아니스트 흰 머리카락 끝에서는 한 목숨 짧은 흔적을 탁, 털어낸다

초사흘 달 굽은 길을 돌아서

영혼 결혼식 별빛 초례청을 찾아 항해하는 것일까

망토 2.

또 바퀴 하나

살포된 에프킬라를 습식濕蝕했는지 종이 상자 흰 관棺 침묵의 깊이를

바스락거린다


  슈베르트 4개의 즉흥곡 4번 D899를 걷는 유리 구두


  —— 지구 온난화 —— 탄소 중립 —— 생태계의 생노병사 —— 점
선 그래프 물결 속으로 발자국 소리 떨어뜨리다


  (검은 망토 둘 입장과 퇴장)


  바퀴 소리도 없이


  중지된 힘 무중력의 흑암을 떠돌겠지


• KBS 한밤의 음악회

---

**장욱** 1992년 『문학사상』으로 등단. 풍남문학상, 한국예총회장상 등 수상. 시집 『흔들림을 놓는
다』 등 저서 11권 . 전주기전중학교 교장 역임.

# 병실에서 외 1편

## 유환숙

―　밥은 먹었는지
얼마큼 먹었는지

소변은 얼마나
대변은 어떻게

아픈 데는 어떤지
소독은 했는지

밥. 변. 상처.
딱 세 가지만 물어보고 기록한다
그게 가장 중요하단다

하긴, 인생에서 달리 중요한 게 있을까
결국, 먹고 싸고 남은 상처만이
죽을 때까지 풀어내야 하는 문제

그래도 좀 물어보지
여전히 피 흘리고 있는
내 마음
내겐 가장 소중한

# 바탕

무심코 목이 늘어난 티셔츠를 입었다가 벗는다
아깝다 100퍼센트 순면인데
남들 앞에 입고 나설 수 없는 옷
엄마는 가위로 반듯하게 오려내셨다
그리곤 가장자리를 고운 색실로 감친 후
책상이며 장식장이며 TV 위에 소복이 쌓인 먼지들을 닦아 내셨다

면은 몸에 닿을 때 부들부들 좋으니
이것들도 부들부들 만져주면 좋을 거야
이제는 만져볼 수 없는
엄마가 그러셨다

광목같이 단단한 천은 마르기 전에
두 발로 꾹꾹 밟아줘야 해
지금은 대놓고 다듬이질도 못 하는 시절이니
두 눈 젖을 일이 생겨도
큰소리 내지 말고 화를 밟아줘
그러면 네 마음도 광목처럼 반반해질 거야
눈물도 분노도 한숨도 다 마를 때쯤엔
가슴에서 뽀득거리는 소리가 들릴 거야

그런데 말이다
비단은 남의 손을 빌려야 한단다
공연히 네 손으로 하겠다고 고집부리지 마
세상에는 네 손으로 네 힘으로 네 마음만으로는 안 되는 것들도 있
는 거야
비싼 값을 치러야 하는 일들이 종종 있지

그러니 뭐든 그에 걸맞게 손질을 해야 해
바탕이 어떤지 살피지 않고 덤볐다간
큰코다칠 수 있거든
모양도 제각각이고 쓰임새도 다 다르지만
무엇보다 중요한 건 바탕이더라
살아보니 그렇더라구
행복이나 사랑 같은 거 그런 것들도
다 바탕을 살피고 지켜야
잘 그려지는 거 같단 말이지

나의 바탕, 보고 싶습니다.

**유환숙** 1993년 『문학사상』으로 등단. KBS 라디오드라마 극본 공모 최우수상. 제28회 한국방송
작가상. 제74회 이달의 피디상 작가 수상 등. 현 방송작가.

# 오늘은 <sub>외 1편</sub>

## 이진숙

쨍한 날씨에
코끝도 찡해서
누구를 불러낼까 생각하다가
거울을 본다
며칠 전 자른 신식 헤어스타일인데
잘려나가지 못한 몇 가닥이
자리를 못 찾고 축 늘어져 있다
옳다구나 미용실
아니 헤어숍으로 달려가
시국토론을 지휘하던 원장에게
늘어진 머리카락 들이밀었더니
이제는 미용 토론이다
그이의 공짜 강의에
맞장구나 치는데
툭
바닥에 떨어져 뒹구는
한 줌 허무,
철렁
가슴이 내려앉는다
다시 코끝 찡해진다

# 코드 블루<sup>•</sup>




─ 얇다란 헝겊 커튼으로 경계를 그은
낯선 영토
옆 침대의 폴리 카테터<sup>••</sup>가
귓불에 닿을 것만 같다
내 침대는 좁고 낮거든요

52병동 133호 코드 블루

여사님은 밀대를 들이밀어
오랜만에 빨간 순두부찌개를 올려놓은
침상을 흔들었지
소변줄이 빠진 줄
몰랐어요

63병동 355호 코드 블루

종달새처럼 지저귀는 그녀들
간호사 교대 시간인가 봐
목숨도 교대를 한다면
설명을 해 주서야죠

74병동 577호 코드 블루 종료


회전교차로를 돌던 라이더의 헬멧에
저녁 햇살이 부서져 내린다
링거 줄을 매단 젊은이는 슬리퍼를 신은 채
바퀴를 굴리며 서성이고 있네요


• 심정지 등 위급한 상황임을 나타내는 용어. '코드 블루' 방송으로 어디에 있을지 모르는 의
료진을 긴급하게 호출한다.
•• 소변을 배출하기 위해 삽입하는 도뇨관


**이진숙** 1993년 『문학사상』으로 등단. 시집 『원숭이는 날마다 나무에서 떨어진다』, 『판다를 위
하여』, 『발가락이 그립다』 등.

# 천리포 외 1편

## 이태관

—

개가 짖자
천둥이 밀려왔다
그녀의 나이프는 아이에 닿아 있다
자리를 지키고 있는 정원의
낡은 탁자

활짝 폈으나 목련은 지고
냉이와 꽃 사이
발자국들이
허공에 박힌다

두드리고 던지다
지친 흙들에게
살포시 내려앉은 추위가 무거웠던
겨울을 일으켜 세우는 서릿발이었다면
당신의 잔소리가 봄을
불렀던 거다

어디에 꽃을 꽂아볼까
오늘은 천리
꽃을 찾아 떠나는 여행에

당신의 동행은 만 리
무거운 허리가 조금은
헐거워지기를

개나리 뛰어다닌다
수줍던 당신은 부푼 목련
이런저런 꽃들
보고 싶다던 수목원

꽃은 피었으나 봄은 아니었네

그 속에 올곧게 피어있는
단 하나에
꽃

# 회억

— 416


<br>

달빛 드리운 그녀의 눈동자에는
그림자조차 서리지 않았다
울고 있는지 웃고 있는지 알 수도 없다
기다린다는 것이 서신 하나 떠나보내는 일이 아님을
이제야 안다

소식이 없다는 건 잘 살고 있다는 것이야
그 말이 거짓임을 안다
진짜 아프고 힘들면
몸으로는 말할 수가 없다

바다를 떠나보내고 온 몸에
바다를 들인 그녀가
소식 없는 소식을 기다리다
고사목이 되어간다
그 위로 피어나는 눈꽃

서로의 눈을 바라본다는 것이
멀고도 가까운 하늘이라는 것을
이제야 알게 되었다


| **이태관** 1994년 『문학사상』으로 등단. 시집 『어둠 속에서 라면을 끓이는 법』 등.

# 업힌 구름 외 1편

## 강신애

광명동굴 매표소에서
머리 위를 맴돌던 구름이 따라왔다
"저리 가!
끝없는 구절九折에 질식해버릴 걸"
"동굴 속에 박쥐가 있는지
금은이 맺혀 있는지…"
"엘도라도의 헛꿈 아니야?"
구름이 배낭에 달라붙었다
털어내자 물방울이 튀었다
"할 수 없군"
그는 가벼웠지만 그림자를 드리웠다
동굴 속은 깊고 차가웠다
식민지 광부의
'나는 취직하련다'
낙서를 지나
거대한 3차원 미로 속을 탐험하다
구름이 사라진 것을 알았다
"잘됐군"
갱도를 파고 또 파 내려가는데
난간 저 아래
언뜻, 흰 것이 비쳤다

웜홀광장에서 무수한 LED 수정 주렴에 걸린 구름이
죽죽 세로로 갈라지며
푸른 용이 꼬리를 틀고 지난 지하수에 스며 고인 걸까
둥굴은 길을 잃기 좋은 곳
나는 쉽게 자리를 옮기는 그의 형식이 좋다
"구름, 물에 업힌 거야?"
떨어지는 물방울에 눈을 깜박이며
주름진 구름이 웃는다
언젠가 누군가의 배낭에 업혀 나올 몽당 구름

# 돌베개

계곡엔 돌이 많다
달아오른 돌 녹는 돌 뒤채는 돌

널찍한 바위에 비스듬히 기댄다
햇빛이 까발리는 소서小暑의 풍경이 부풀어 오른다

아이들이 헤엄치는 강가로 가
반듯한 돌을 고른다

이광수가 개울에서 돌베개를 주워 와
아껴 흰 잠을 잔 것처럼

이사 갈 땐 무거워 두고 갔다고 하지

내가 주은 옥 같은 돌은
이파리 그늘 속에 연두 섞인 진줏빛이다

누우니
안이 패어 맞춤하다

돌베개를 가지고 집에 가는 것도 일탈일까

이국의 해변에서 몽돌 몇 개 배낭에 넣었다고
엄청난 벌금을 문 사람이 있지

무심히 주워 와도 아무 일 없던
근대의 돌,

고침석두면高枕石頭眠

세상을 버린 한가한 사람을 말한다지만
돌베개를 높이 베지 않아도 세상을 버릴 수 있다

따스한 돌의 중력에
하릴없이 수잠 든다

**강신애** 1996년 『문학사상』으로 등단. 시집 『서랍이 있는 두 겹의 방』, 『불타는 기린』, 『당신을 꺼내도 되겠습니까』, 『어떤 사람이 물가에 집을 지을까』 등.

# 코팅된 봄날 외 1편

## 정채원

어떤 신소재로 코팅된 마음도
언젠가 벗겨지게 돼 있지

툭하면 볶고 지지고 끓이던 시절
늘 조마조마
주변에 스크래치를 내고 싶진 않았어

눌어붙은 오해를 찬물에 바로 씻어내려 한 적은 없는 지
거친 수세미로 문질러 닦은 적은 없는 지

이제는 어떤 관계도
갑작스런 온도 변화를 피하려 한다
미지근한 거리를 유지하려 안간힘 쓰는 나를
세상은 눈치 채지 못하는 걸까

검은 점박이 날개를 펄럭이며
내 손목에 내려앉는 나비여
검은 점이 아름다운 흉터처럼 빛나네
화상의 흔적처럼 화끈거리네

한 시절 그대와 나

던지는 눈길 하나에도
겁게 타들어가던 황홀 혹은 균열

오늘따라 봄 햇살이 은빛 칼날처럼
내리꽂히네, 스테인리스 냄비 뚜껑에
반사되는 문양이 어룽대며 읽어주는

녹슬기 쉬운 붉은 마음

반짝거리며 흠집을 내며 여러 겹의 봄날은
여름으로 곧장 치달으려고 조른다
센 불을 피하려는 나를 아직도 눈치 채지 못하고

# 안전은 쓰레기 같은 것[*]

오래전 부서진 누군가가
손짓하며 부르는 듯

4천 미터 해저로 들어간 거다
25만 달러를 내고 잠수정을 타고

심해 관광을 떠날 때
사인을 했다, 쓰레기는 두고 간다고
죽어도, 불구가 되도, 책임 물을 일 없다고

억만장자 전 재산을 세상에 남겨두고
몸만 가는 거다

한동안 잠수를 타다
영영 떠오르지 않을 수도 있다는 걸

알면서도 모르는 척
모르면서도 다 아는 척

언제고 동침할 수 있는 죽음이
두근두근 떠다니는

황홀한 심해心海에는

더 이상 부서질 일 없는 난파선이 살고 있다

● 미국 오션게이트 익스페디션 설립자이자 최고경영자CEO인 스톡턴 러시의 말. 그가
조종했던 잠수정 '타이탄'(난파선 타이타닉 탐사용)의 탑승자 전원이 사망했다.

**정채원** 1990년 『문학사상』으로 등단. 시집 『슬픈 갈릴레이의 마을』, 『제 눈으로 제 등을 볼 순 없지만』, 『우기가 끝나면 주황 물고기』 등. 편운문학상 등 수상.

# 기차는 탔는데 갈 곳이 없었다 외 1편

## 정이랑



어느 곳, 어느 역에 내리면
보고 싶은 사람을 만날 수 있으려나
만날 수 없다는 생각 하나 때문에
쏟아지는 빗방울로 서 있어야 했다

가고 있는 길 위에서
만나고 헤어지는 반복을 얼마나 해야 하나
기차는 탔는데 갈 곳이 없었다
만날 수 없는 이를 한번만 만날 수 있다면,
빗물이 되어서라도 어느 역이든 가닿겠다

나, 살고 있는 이 역의 세계에서
그대, 살아가고 있는 저 역의 우주까지는
갈 수 없는 역이라고 했다
기차는 탔는데, 가고 싶은 거기는 무정차역

만날 수 없는 역에서
기다리고 있을 그대 생각에,
기차 타는 버릇을 지금도
고치지 못하고 살아간다

# 능소화와 장미

학교 담장을 붙잡고 있는 능소화의 웃음소리,

웃음소리 아래 앉아 있던 장미도 따라 웃는다

5월에서 6월로 가고 있는 시간 속에,

발걸음을 잡아놓고 하늘 바라보게 하는 그녀들

고향집을 떠나 올 때도 그랬다,

담벼락 너머 나를 바라보던 어머니 곁에서

노랗고 빨간 그녀들의 함성소리,

해마다 떠올랐다

멈추지 않고 땅 속에 있었다,

두 발은

인내하고 또 인내해서 결국 꽃피우는 그녀들

30년을 타향에서 살아온 내가 꼭 그녀들 같아

5월에서 6월로 가는,

이때에는 차마 웃지 않을 수 없었다

---

**정이랑** 1997년 『문학사상』으로 등단. 시집 『떡갈나무 잎들이 길을 흔들고』, 『버스정류소 앉아 기다리고 있는,』, 『청어』, 『핥는다는 것』 등. 2022년 이윤수문학상 수상.

# 무증상 환자 외 1편

## 문혜진

— 아무도 먼저 입을 열지 않는다

반차를 내고 병원에 가서 입을 벌린다 콧속 점막이 헐어있고 목구멍이 부어있네요 열도 없고 기침도 크게 없다면 무증상에 가까워요 물 많이 드시고 잠을 푹 자야 합니다

약을 사고 카페에 간다 아플 때 멀쩡해 보이는 사람, 멀쩡해 보여도 아픈 사람

밤사이 나는 엎드려 있고, 숨소리조차 들리지 않는다 무언가 두드린다 사뿐히 내 꼬리뼈를 밟고 선반으로 튀어 오른다 악! 소리도 내지 못하고 묵직한 탄성이 등을 후려친다 어둠 속 드리워진 몬스테리아 그림자, 화분 밖으로 드리워진 뿌리가 긴꼬리원숭이 꼬리처럼 그녀를 휘감는다 너 같은 탄소 유발자, 도파민 중독자, 생계형 변종, 소파에 누워 눈치 없이 계산 없이 신생아처럼 깨지 않고 잠을 자고 싶은 날은 잠의 야근 날

침대에 누워 수면 명상을 튼다 생각을 단전에 모은다 천천히 숨을 들이쉬고 내쉬고

또렷해지는 시계 초침 소리

"

배수관 물소리

잠은 어디쯤 있는가
잠은 저항하고, 계속해서 달아나고

한밤의 뉴스 특보

유리창을 깨면서! 비상사태는 지속된다 바리케이트를 쌓는다 헬리
콥터가 지나간다 수요도 없고 공급도 없는 재활용 작전 명령, 시위대
가 도로를 점령한다, 공포는 지속된다 밤사이 또 다른 명령… 열도 없
고 기침도 없이 나는 아픈 사람인가 정중하게 잠을 붙잡고, 잠을 뒤
집고, 올라타고, 납작 깔리고 뒤집어지고… 잠의 대재앙, 잠은 저항하
고, 계속해서 달아나고, 나를 피하고, 부정하고, 두들겨 패고, 꼼짝
못하게 하고, 자막이 지나간다 군중들이 차가운 탱크 앞을 막아선다
나는 작전을 바꿔 달아나는 잠의 말벗이 되기로 한다 침대의 가장 안
락한 곳에 끌어당겨 잠을 눕힌다, 멱살을 잡는다 잠의 목을 조른다

똑똑, 로켓배송이 온다

# 원숭이 후쿠

텅 빈 냉장고 문을 열었다 닫아요 어지럽고 난삽한 주방에서 일을 찾아서 하죠 두 발로 서서 아무도 없는 탁자에 물수건을 갖다 놓고 손님을 기다려요 살이 벌겋게 드러난 어둠이 아직 사라지지 않는 긴 빛을 빨아들여요 날개가 작아 날 수 없는 나방이 유리창을 두드려요 천둥이 치고 전등갓이 흔들려요 그날 밤도 이렇게 천둥이 치고 바다에 물거품이 갈기를 세우고 덮쳐왔죠

긴 가발, 하얀 가면, 소녀 원피스에 앞치마, 인간의 걸음걸이로 서빙을 하고 팁으로 콩을 받아요 야생의 습성이 걷잡을 수 없이 쓰나미로 물결치는 밤이면 손님 어깨를 타넘고 가면 속 날카로운 이빨을 드러내요 긴 웨이브 가발이 하얀 가면을 가리고 앞치마 속 꼬리가 출렁이면 밖으로 뛰쳐나가 가장 높은 나뭇가지에 매달려 검독수리 그림자처럼 팔을 벌리죠

그 일이 일어난 후, 사이렌이 울리고 사람들이 허겁지겁 짐을 싸서 어디론가 떠났어요 끝없는 자동차 행렬, 아무도 후쿠를 찾지 않았죠 눈을 감자 야생적이고 거친 파도의 으르렁대는 소리, 찢긴 조각들, 흘러내리는 몸뚱이들, 폐허의 벌거숭이

밤이 오면 텅 빈 가게에 전등을 켜고 손님 맞을 준비를 해요 긴 가발을 쓰고 하얀 가면, 앞치마를 두르고 창밖을 바라보며 손님을 기다려요 까딱까딱 다리가 고양이 인형처럼 저절로 움직여져요 마침내 문이 열리고 차가운 바람이 다리 사이에 불어와요

부리 없는 새 한 마리가 투명한 눈을 반짝이며 달아나요 귀 없는

토끼가 풀밭을 가로질러 덤불 속으로 사라져요 어둑어둑한 길가에 작
은 혹이 주렁주렁 달린 바나나 나무뿌리가 하늘을 향해 종양처럼 드
리워진 그늘 사이 어디선가

   후쿠를 바라보는 또 다른 눈들


● 피에르 위그 전시 「러미널」, '휴먼 마스크'를 보고


**문혜진** 1998년 『문학사상』으로 등단. 시집 『질 나쁜 연애』, 『검은 표범 여인』, 『혜성의 냄새』.
김수영문학상 수상.

# 철봉 냄새 외 1편

## 박해람

철봉에 매달린 후
손에선 오래 매달려 있으면서
안간힘을 쓴
사람의 냄새가 난다.

단단한 쇠가 조금은 사람 쪽으로 묻어온 냄새
아니면, 사람이 쇠를 비집고
그 힘으로 들어가려 한 냄새.

쇠는 제자리를 지키는 힘이고
사람은 움직이지 않는 힘을 조금씩 얻어 내려 한다.
아니다
움직이지 않아도 되는 힘과
마음껏 움직일 힘을 얻어내려 한다.

내가 가진 힘보다 더 센 힘을 잡아당기는 일은
사실, 견디는 힘이라는데
결국에는
그 물체가
없는 힘만 골라내어 구부리려 한다.

한동안 손에선
매달린 힘의 냄새가 났다.
비누로 닦으면 조금 미끄러진 냄새
그러다 다시 매달릴 수밖에 없는
냄새가 손에서 나기 시작한다.

예전엔 한동안 손에서 비린내가 났었는데
그것이 도망친 냄새인지
도망치려는, 미끄러운 냄새인지 오래 생각한 적이 있다.

제자리들은 스스로 움직일 힘이 사라진 곳인가.
끌려간 적도 없으면서
끌어들이고들 있다.

# 트램펄린

아무리 뛰어도
나를 넘치지 않아서 좋았다.

한참을 뛰다 보면
가벼움이 모두 사라진 사람이 된 것 같아 좋았고
무거운 것들이 조금씩
다시 스며드는 것 같아 또 좋았다.

돌들은 조금씩 가벼워지고
열매들은 무거워 지는 일이 어제의 일이었고
또 오늘의 일이 되었다.

도약을 발명했지만 쓸 만한 높이는 또 발명하지 못했다.
그냥, 놀이로 쓰기로 했지만
사람들은 높이에다
심각한 일들을 두려하지 않는 것 같다.
놀이로는
뛰어오르고 떨어지는 일쯤은
괜찮으니까.

무게는 늘 맨 밑에 가라앉았다.

설득하는 일보단 설득당하는 일이 더 좋았고
무게는 점점 큰 옷을 입었다.
분별을 딛고
무분별이 되고 싶었다.

한계를 이용한 높이들이 많다는 것을 알게 되었고
중력과 중심에서 놓쳐지는 사람이 되고 싶었다.

제한시간이 있는 놀이와
무작정 노는 놀이
가끔 어느 쪽 사람이냐는 물음을 듣는다.

**박해람** 1998년 『문학사상』으로 등단. 시집 『낡은침대의 배후가 되어가는 사내』, 『백 리를 기다리는 말』, 『여름밤 위원회』 등.

# 사영, 또는 정사영 외 1편

## 구봉완

충충나무 아래 새가 울었다

한 마리 새가 날아오르고
무너지면서 무너짐을 견디면서
또 한 마리 새가 날아 올랐다

흰 눈을 업고 문 앞에 아침이 엎드려 있다
울음 삼키는 겨울
그 무게만큼의 그림자가 평면을 이루는 설원
맨발의 새는 춥지 않다

항상 바라보던 공간의 크기로 비상하던 하루가
투명하여 그때마다 주저앉던 마음이
울음소리도 각인되어 있다기에
발자국마다 비추는 물빛은 푸르다

비어있어서 두고 온 새의 날개가 그리는 윤곽
평면과 수직인 기억을 떨어뜨리고 사라지는
중심은 나무의 품을 지나 밟고 있던
하얀 눈밭에서 가늘고 깊은 호흡을 한다

눈송이에 담긴 하늘의 무늬를 쥐고 흐르는
또렷하여 본 적이 없는 흐른다는 것

흐린 얼굴로 두꺼운 얼음장 밑으로 숨어든 침묵과
투사된 시간은 그림자처럼 거울을 들고 잠시 머문다

눈이 녹으면서 눈이 눈물 자국 끌어안고 견디는
다시 눈 덮힌 세상을 꿈꾸면서 맴도는
정오의 크기는 납작하게 기운다

능선을 타고 겨울바람은 괴로운 밤을 끌고온다

그 기억의 그늘 속으로 여명처럼 표류하는
원형의 하루가 정사영 되는 프린터 앞에서
어제는 들어가서 나오지 않는다.

# 여름 눈시울

사과라는 말이 사과나무에 매달려 있다
눈에 넣지 못해 붙들고 있는
신맛을 소환하는 구름은 흐른다

시름은 일종의 장력처럼 부풀기도 하여
하루의 절반을 지나는 정오가 그림자를 세워두고
고백은 죽어서도 고백을 한다
발걸음은 힘을 끌고 간다

문을 닫고 문은, 문 그대로이다
손잡이에 걸어놓은 시선이
잡을 수 없는 손을 기다린다

시간 위에 앉아 구석으로 가는 빛을 모으며
흘러내리는 땀을 사과나무 그늘에 묻고 환승하는 가을 하늘
랜딩기어를 내리고 노을이 사과 속으로 들어온다

씽크홀처럼 질문을 던져놓은 여름의 눈동자 깊숙이
만남은 기다림을 끌고 오지

쏟아져 나와 세상을 점령한 햇살들 아래

용서라는 말을 조용히 품어 안고 잠이 든 사과

산을 넘던 바람 소리가 덧없는 졸음에 기대어
세상의 가장 먼 곳의 소식을 확인하는

마주치는 얼굴들이 눈가를 적시며 센서처럼 작동하는
사과를 들고 사과처럼 앉아 문을 바라본다.

| **구봉완** 2000년 『문학사상』으로 등단. 시집 『솥』.

# 죽음의 전문가 외 1편

## 여태천

저녁은 어디에 있을까.
이름을 잃어버렸어도
아침은 저녁을 향해 달려간다.

표정만 보고도 아침은
하나둘 불 밝히는 저녁을 안다.

비위를 맞추고 분별을 하고
하지만 안다는 건
일종의 병
왼쪽 가슴 아래가 언제나 아픈 이유

어디에나 있는 저녁이 아침에는 없다.

불러도 대답 없는 천사처럼
듣지 못하는 늙은 새처럼
늦은 오후 홍차를 마시며
보이지 않는 먼 곳을 바라본다.

아침엔 겁 없는 풀처럼 무성하다가
저녁이면 짝 잃은 짐승이 되는

# 다크 나이트

이곳의 밤은 길고 어둡다.
이제 밤은 어떤 것도 보여 주지 않는다.

어둠 속에서는 들킬 위험이 낮지만
이곳에 머물려면
뭔가 더 필요하거나
뭔가 더 없어져야만 한다.

남은 사람들은 희망이 완전히 사라질 것이라고 말했지만
누군가는 부러진 나뭇가지로 검은 흙 위에 자신의 이름을 적기도
했다.

빌딩처럼 수직으로 가만히 서 있는
연기 기둥이 여기저기 보였다.

떨어진 나뭇잎 하나를 손가락으로 집어 올렸는데
가루가 되어 흘러내렸다.
곧 사라질 것들이었다.
어떤 사물의 마지막 예가 사라지면
그것과 더불어 그 범주도 사라진다는 것을
사랑하는 이의 이름처럼

어둠의 빗물이 흘러내린 지 얼마 지나지 않아
빛나는 것들은 모두 사라졌다.
아이들은 빛나는 게 뭔지 모른다.

검은 혀로 바다가 자갈들을 천천히 핥는 소리가 들렸다.

다들 어디로 갔지?
어둠이 어둠에게 말했다.

**여태천** 2000년 『문학사상』으로 등단. 시집 『집 없는 집』, 『감히 슬프지 않을 수 있겠습니까?』, 『저렇게 오렌지는 익어 가고』, 『스윙』, 『국외자들』. 편운문학상, 김수영문학상 수상. 현재 동덕여대 국어국문학전공 교수.

# 여름비 외 1편

## 박홍점

— 오른손이 갇혔다

손톱이 무성하게 자란다
자란 손톱에 눈길이 자주 머문다

우산을 들고 초록으로 좁아진 길을 오래 걸었을 거야 아마

태양이 선물해준 광주리를 들고 기차를 탔던 것 같애 아마

네 통의 수박이 내 손에서 피 흘렸던 것 같애 아마

속이 꽉 찬 배추 몇 포기 곱게 물들이고 흐뭇하게 웃었던 거 같애
아마

지나치게 목줄을 꽉 쥐었던 것 같기도 해
눈물을 감추려고 불 꺼진 골목의 이별을 선택했지 아마

심증들이 모여서 상처라는 물증을 도출했으니 꿈은 아니다

내면이라면 몰라도 몸은 넘어진 적 없는데

쉽게 울고 자주 도망가는
나는 늘 왼손이었다

나를 키운 몇 몇 오른손들에게 사과한다
머리 숙여 경의를 표한다

# 초대


모든 것들이 생생해졌어
당신이 내 심장을 조준했을 때


나를 위해 첫 김밥을 쌌던 날이 번개처럼 떠올랐어
누구라도 때려잡을 몽둥이였지
먼저랄 것도 없이 깔깔 웃었던 거지
그때 당신의 투박한 등을 보고 찔끔 눈물이 났어
내 운동화를 쨍하게 빨아 신겨 주었을 때
나는 이미 학교 운동장의 트랙을 돌고 있었어


강을 건너지도 않았는데 벌써 눈물이 나
가슴에서 콸콸 붉은 눈물이 쏟아지고 있어


당신이 손 흔들던 등굣길
첫 야구장의 햇빛
관람석으로 날아드는 공을 당신은 훌쩍 받아 안았어
그 공은 때때로 나의 애착인형이었어


시간이 없어
멈춤도 나아감도 내 몫이야
나는 이제 새 신을 신을 거야

잠자리 모기 파리도 생명인 벌판으로
발아래 제비꽃 질경이의 통증을 아는 골목으로

당신이 쏘아올린 두 발의 쇠구슬을 뽑고
막을 내릴 거야

이렇게 되갚는 거야
다 잊을 거야
다시는 만나지 말자
치열했고 끈적였던 나의 사랑아

| **박홍점** 2001년 『문학사상』으로 등단. 『차가운 식사』, 『피스타치오의 표정』, 『언제나 언니』 등.

# 라고 디 코모

## 손정순

사자死者처럼 철썩, 옆구리에 달라붙는 안개!
알프스 빙하가 녹아 탄생했다는
세상에서 가장 아름다운 호수 위로
연인들을 실은 조그만 배가 미끄러져 들어온다

광장의 벗겨진 화장, Lari…
거짓말처럼 빠져나간 라틴어는
여우 햇살에 꿰매고
밤새 헝클어진 몸뚱어리 하나 둘,
세척되어 나오는 것을 본다

이대로 멈춰 한 폭 그림 되어도 좋은 날이다
사람 인人 물줄기가 합쳐지는 벨라지오
물안개 속으로 뚜벅뚜벅 걸어오는 히치콕의 형상
코코 샤넬을 따라 장 르누아르 비스콘티도 보인다
저기 갈 곳 잃은 방랑자도 슬픔에 몸 떨고 서성인다

죽음의 그림자도 잠깐 쉬러 갔을까?
당신 안부를 묻듯 예기치 않은 폭우가 퍼붓고
순간 정박한 배의 시간 속으로
옛날의 낡은 레코드가 돌아간다

폐허가 된 자궁에서도 조금씩 자라나는
그리움, 저 무서운 독초의 잔뿌리들
잔혹한 추억의 어깨를 들썩이며
낯익은 재즈음표가 흐른다.

오오, 전쟁 속에도 싹트는
레지스탕스의 사랑!

# 요셉의 집, 雲門

언제나 그곳에 있었다
생의 질주들이 다투어 속력을 높이는 신작로 아래
손 뻗치면 가닿을 가지산 아래에 누워있었다

책 무덤 속에서 혁명을 노래하던 이십대가 가고
삼십대의 바람이었던 한 시절이 바람으로 흩어져
불혹不惑에도 걷잡을 수 없이 흔들릴 때
저기 스스로 살아나는 봄빛으로 아름다운 雲門에서
언제나 안절부절 서 있었다

한 사람의 질긴 인연에 멀미를 하면서도
돌아서면 그리운 게 핏줄이었던 것처럼
댐 속으로 수몰된 고향 옛길 더듬으며
아버지의 낮은 자장가를 들으며
아장아장 일어서는 초록들을 본다

**손정순** 2001년 『문학사상』으로 등단. 시집 『동해와 만나는 여섯 번째 길』, 저서 『흰 그늘의 미학, 김지하 서정시』 등. 잡지인 포상 문체부장관상(2018), 제1회 한류예술상(2022)을 수상. 고려대 출강. 문화 전문지 『쿨투라』 발행인.

# 점등원 외 1편

## 윤성택

백 년 전에는 저녁 무렵 가로등을 켜는
사람이 있었다던데

그의 손끝에서 꽃이 시작되었다고 한다,
라고 적고 싶은 봄이다
꽃을 켠다는 건 나이테로 빛을 모아 한 점
열기를 피워내는 일인지도

마음도 가연성이 아닐까
생각을 그에게 모으면 환해져
감정이 옮겨붙는다고

화르르 꽃이 나무의 촉마다 번지는 봄날
남쪽에서 꽃풍[花風]이 올라와

누군가 눈에 들어 관심을 켜둔 적 있다

목련 다음 벚꽃 그다음 이팝꽃이 발하듯
인연도 순리가 있어서
멀어지게 된 그를 이해하게 되는 밤

마음 켜준 사람을
담담히 보내야 할 때가 있다

# Her

화면과 마주한다는 건 속삭이는 일이라서
아이콘 하나가 눌러지면
몇 번의 신호음이 서로 다른 속도로
낯익은 밤에 가닿는다

너의 시선을 빌린 내 모습이
내가 원하는 문장이 아닐 수도 있다

웃음이 픽셀처럼 부서져 전송될 때
손가락 끝에서 현실이 만져져
끝없이 내게 말을 걸어온다

어쩌면 응답이란 데이터의 틈을 비집고 들어가
숨겨진 감각의 코드를 찾는 일인지

불가해한 추억으로 해체되는 말들
이해할 수 없는 무수한 행간을 남긴 채
우리는 서로에게 호출되고 있다

감정이 생성되고 스며와서,
당신은 어디에 있나요

당신이 있는 곳 어디든

잠시 동안 내가 누구였는지 생각해 보았다

**윤성택** 2001년 『문학사상』으로 등단. 시집 『리트머스』『감感에 관한 사담들』, 산문집 『그 사람 건너기』, 운문집 『마음을 건네다』 등.

# 페미니즘 외 1편

## 김연숙

일본 국토 생성 신화에는
육지가 되고도, 너무 되어서
불쑥 나온 부분이 있고
다른 육지는 약간 모자라
덜 아문 부분이 있어
그들은 서로 맞닿아
하나가 되고 싶었다
합체하고 싶었다
일본 지도를 찾아보지는 않았지만
왜 한쪽은
튀어나오고 다른 한쪽은
덜 아물었을까
원치 않는 침습과 흡수는
참혹하게 기분 나쁜 일
기억을 씻어내는 독한 락스가 있을까
태생학적 차원에서
생각해 보아야 할 일
체액과 체액의 어떤 뒤섞임에 대하여
다른 건 다 목청만 돋구는
지엽적인 문제들

# 벌룬

가스가 안 빠져
제왕절개로 아이를 낳았을 때도
뚝뚝한 함경도 시아버지가 매일 전화를 했다
그, 그 가스는 어찌됐나
맹장수술 할 때도
가스를 기다리다
입원 기간은 마냥 길어지고
의사는 그냥 섭식을 허락했다
풀어내지 못한 무언가 가득해
지금도 내 배는 선릉
둥둥 뜨는 거 아닌가 몰라
떠오르며 사지를 버둥거리다
고공 어디에선가 피시시시식
바람이 빠지며 핑글핑글
한없이 돌며 낙하하다가
찌부러진 몸체로 강변북로를 달리는
어느 차의 지붕에
내려앉을지 몰라
검은 차 흰 차
물론 그건 랜덤이지만

잘 안 떼어질 거야
질긴 나의 고무 재질

| **김연숙** 2002년 『문학사상』으로 등단. 시집 『눈부신 꽝』.

# 춤꾼


## 김형미


누가 뭐래도 나는 춤꾼이다

정갈하고 격조 있는 손동작,
구름 위를 걷는 듯한 가벼운 발놀림

이 여인과 한평생을 같이 해온 나는
수많은 집들 옆을 지나가는 길 위에 서서

이 생의 마을이 잡아두지 못하는
저물어가는 하늘을 바라본다 거기,

쥘부채 하나로 사람들을 웃고 울리던
기구한 가족사가 풀어지고

풍류 악단의 원숙함에 묵혔던 설움도 내려가고
쌓였던 슬픔도 물러가고

잘 갈무리된 무대를 배웅하기 전
몸짓으로 보아온 생의 모든 날을 돌아본다

춤은 무겁게 춰야 춤이지

몸으로 표현할 수 있는
절제된 곡선미의 극치가 춤 아닌가

걸죽한 입담과 익살스런 표정
이 여인의 파란만장한 어깨 위에 녹아든 굽이굽이 백발은

곱은 등이 펴지고 걸음이 날렵해져
장단 소리만 나면 생기가 돌아

천생 나는 춤을 추다 갈 사람이다

슬픔을 여의고 망자의 한을 풀어주는,
말 그대로 춤 아닌가

마지막으로 집을 나서려는 이들을 위해
몸으로 꾸는 꿈 아닌가

# 혀꽃의 말

사람의 혀를 닮은 꽃이 있어

사람이 가진 것 중에서도 가장 치명적인 것을 너는 골랐을 거야 사
람의 혀에 든 가시는 하나만 박혀도 온 생이 욱신거리거지

그럼에도 어쩐지 나는 믿고 싶어 지극히 현란하고 아름다운

네가 하는 말이라면 뭐든
당장 이상기후로 지구에 종말이 온다고 해도

어차피 세상은 거짓이 많으니까
차라리 꽃에 눈머는 일은 상처가 덜 될 거니까

네 혀와 혀 사이에서 일어나는 일을 나는 알아 벌과 나비의 갈비뼈
를 뚫고 심장에 가해 오는 진동의 크기를 익숙해질 때까지 미세하게
심금을 울리는 그 떨림 그 야속함을

꽃 좋아하면 늙는 거래
거짓이 많아졌다는 거겠지

사람이 결국 죽고 나면 겨우 여섯 자밖에 안 되는 그림자만 남아

혀 속의 가시 같은 건 이미 너의 어딘가에 되돌릴 수도, 돌려받을 수
도 없는 그 어딘가에

　사람의 혀를 쏙 빼닮은 수천의 혀로 너도 누군가의 뼈를 마르게 하
고 너의 말은 대물림되어 이 땅을 살아가고

　그러니까 지금부터 일어나는 모든 일은 비밀로 해 줄게

　네 혀가 저지르는 일이면 뭐든
당장 지구에 종말이 와서 내가 죽는다고 해도

**김형미** 2003 『문학사상』으로 등단. 시집 『산 밖의 산으로 가는 길』, 『오동꽃 피기 전』, 『사랑할
게 딱 하나만 있어라』, 『모악산』, 동화 『내 비밀은 이거야』 등. 불꽃문학상, 서울문학상, 목정청
년예술상, 전국황토현시문학상 등 수상.

# 웅크린 빛에 대하여 외 1편

## 한용국

—

벤치에 누가 웅크려 앉아 있길래
가까이 가보니
빛이었다

담 너머에선
중학생 아이들이 까르르 웃으며
서로 공을 던지며 놀고

매미 울음은
나무들을 세차게 일으켜 세웠다가
잦아들다 하는데

저 빛은
등을 한껏 굽혀
제 안을 들여다보는지
어쩌면
그늘의 마음을 달래느라
곁에서 저를 덥히고 있는지

나는
웅크린 빛을 바라보며

당신과 함께였던 날들을
이제는 멀어진 발걸음을
내 안으로 웅크려 들여다 본다

이따가
좀 더 이따가
또 밤이 오면

가로등이 켜지고
창문의 불빛이 켜지고
누군가는 또 먼길을 걷겠지
걸어서
제 몸의 그늘까지 닿겠지

그때까지만
저 빛을 바라보며 앉아 있기로 한다
웅크린 등을 일으켜
당신의 뒷모습을 환하게 비출 때까지
내가 앉아있는 벤치 위로
울음을 다 울어버린
매미 한 마리가 선득 앉을 때까지

담 너머엔
여전히 아이들이 공을 던지며 논다
세상 너머까지
튀어 올랐다가
이 세상으로 떨어지는
작고 빛나는 심장들

# 내성耐性 · 2

나의 묵시는
어제의 나비가 데려갔다
남은 것은
입 속에 가득 찬 벌 떼

뱉어낼 수 없는 걸
삼키지도 못하고

오래전에 꾼 꿈에서
길을 건너
언덕 너머의 하늘로 투신하던
작은 심장을 기억한다

어디로 갈래
어디서 쉴래

때로 생활의 곤궁이 닥쳐올 때면
말을 삼키고
하루 종일 걷다가 주저앉았던 노을을 떠올렸지

어제의 나비는

내일은 어디쯤 도착해 있을까
삼거리를 지나
동신상회 옆 화단에서
꽃에게 나의 묵시를 건네고 있을까

내가 도착한 뒤에는
어쩐지 아득해질까

어디서 아이의 웃음소리가 들려와
고개를 돌려 보니
어린 내가 그 아이와 놀고 있다
아이 주위를
하롱하롱 나비 한 마리가 날고 있다

| **한용국** 2003년 『문학사상』으로 등단. 시집 『그의 가방에는 구름이 가득 차 있다』.

# 작별 외 1편

## 김지윤

겨울은
12월과 1월이 모두 있는 계절
하나가 죽어야 새로운 하나가 태어난다면
추워야 마땅한 일이다
새벽빛처럼 흰 입김이
피어올랐다 허공에 사라지면
파랗게 질린 얼굴이 비로소 보인다
빙점은 물이 얼기 시작하는 온도이면서
얼음이 녹기 시작하는 온도이기도 하다는 걸
한 시절을 잃어버린 후에야 이해할 수 있다
충분히 추워하고 나야 겨울은 지나간다
눈 쌓여 휘어졌던 벚나무 가지
햇살 아래 다시 텅 비었다
가벼워보인다
녹은 물방울들이 하릴없이 반짝일 때
잘 가,
인사할 수 있게 된다
어쩌면 그립지도 않을 것이다
눈은
녹아버리면 눈이 아니다

# 틱-택-토

당신은 O와 X 중 하나를 고를 수 있다

O를 고르는 순간 상대는 X가 된다
이것은 전적으로 당신의 자유로운 선택
상대는 당신에게 결코 닿을 수 없다

상대를 막고 대립하라
모든 선들이 일어나 벽이 되도록
당신의 길은 상대에겐 벼랑

O와 X는 같은 칸 안에 존재할 수 없다
당신의 세계엔 칸수가 정해져 있으니
먼저 좋은 자리를 차지하라

참 멋지네요, 그렇죠?
당신은 승리하고 싶어요. 그렇죠?
이것은 O와 X로만 대답할 수 있는 질문
당신은 이미 오래전에 O를 골랐다

당신은 계속해서 칸을 채울 수 있다
빈칸이 남김없이 사라질 때까지

그러나 당신이 이긴다는 뜻은 아니다

둘 다 지게 되는 경우가 흔한 게임
너무 작은 세계의 너무 단순한 규칙
당신들은 서로 지나치게 닮았으므로
반복해도 결과가 비슷할 것이다

한 수를 잘못 두어도 다음 수가 남아 있지만
당신은 상대를 방해하느라 정신이 팔려
번번이 기회를 놓쳐 버린다

당신은 규칙을 바꿀 수 있지만
정녕 그 사실을 깨닫지 못할 것이다

**김지윤** 2006년 『문학사상』으로 등단, 2016년 『서울신문』 신춘문예로 평론 등단. 시와시학상 젊은 시인상 수상. 시집 『수인반점 왕선생』, 『피로의 필요』 등. 현재 상명대 한국언어문화학과 교수.

# 저녁으로 깊어 가는 무렵을 읽는 법 외 1편

## 한석호

데크 수리를 끝내고 뜯어온 머위를 데치려는데
처마 끝 풍경이 뗑그렁 울고 있다.
해가 지는 캔버스는 늘 다른 얼굴이어서
한 번도 같은 색감을 풀어놓고 부르진 않는다.
가진 자라고 특별한 꿈을 선물 받을까?
빛은 어둠의 다른 얼굴이어서
밤새가 울어야 새벽이 찾아올 것이다
태어남과 누움의 차이는
바람이 불 때의 태도에서 찾을 수 있어
수선화 꽃잎에 돋은 별빛이
까맣게 돋아난 울음 방울들 지우고 있다
이승을 지우고 가는 이가 드는 깃발은
어떤 문양으로 펄럭일까?
빈칸에 함박꽃이 등을 밝히면
누대의 봄은 환해야 한다고 쓸 까닭이 없겠다
물이 끓고 밤이 하얗게 피어나면
바다는 내 깊은 곳의 포말들 깨워 일어서겠지?
바람이 울면 더 적막이 그리워
나는 오래 잊었던 이름들 꺼내 읽는다
그런 것들조차 남아 있지 않은 운구의 행렬이 되겠지만
텅 빈 불빛의 발등을 내려다보고 있다

# 기도

가없이 달려가도
아득한 거리에 있는 수평선
별이 되어서라도 만나고 싶은 이름들 있어
손을 꼭 모은다

| **한석호** 2007년 『문학사상』으로 등단. 시집 『이슬의 지문』등.

# 인디어 뮤지션 <sub></sub>외 1편



## 임경묵


바닷가 고속도로 휴게소 간이 무대에서
사내가 시쿠*를 분다
시쿠를 불며
발장단을 맞추자
꽁지깃 머리 장식이 허공을 흔든다
금속 발찌가
찰찰찰,
찰찰찰,
발목이 붉어진다
새들이 솟구친다
바람이 질주한다
커다란 화분의 관상용 갈대가 힘껏 휜다

연주가 끝나자
몇몇은 손뼉을 치고
몇몇은 길게 휘파람을 불며
사내의 검은 눈동자 속에서 뿔뿔이 흩어진다
잠깐 쉬는 동안
좌판에 펼쳐놓은
이국의 장신구를 팔다가
아이스 아메리카노 한 잔 쭈욱 마시고

다시
시쿠를 부는 사내…
찰찰찰,
찰찰찰,
페루, 페루에서 왔다고 한다
먼바다
저녁놀이
봉와직염처럼 붉다.


● Siku : 남아메리카 티티카카 호수 주변에서 비롯된 팬파이프형 관악기.

# 귀곡성 鬼哭聲

고라니가 오는 저녁이다
놓아주겠다던
불안,
불안을 무동 태우고 사방팔방 천방지축
뛰다가
걷다가
울다가
반추反芻의 시간도 잊은 채
모가지가 길어진
고라니라니

밤의 골짜기를 빠져나와
억새 군락을 헤치고
동구 밖 느티나무 아래까지 왔다가
다시 획,
어둠 속 고라니의 길로
달리고
달리고
달리고…
별빛이 발등을 쬐는 줄도 모르고
절개지에 서서

초식의 송곳니를 드러내고
귀신처럼 우는
고라니라니

당신은 한 번이라고
억울한 일에 휘말려 본 적 있는가
달도 없는 그믐밤이라서
갈라진 발굽으로는
울분의 돌멩이를 움킬 수 없어
밤하늘에 이명이 되도록
목 놓아 울다가
사냥꾼의 서치라이트에 들켜
제 눈에 확 파란불을 지르고 달아나는
고라니라니

탕
탕
탕
국도변 옥수수밭,
목과 팔이 괴괴하게 꺾인 허수아비 아래
검은 개가 짖는다

붉은 개가 짖는다

얼룩 개가 짖는다

총 맞은 가슴에서

피가 솟구쳐

대지에 흥건하게 붉은 마침표가 되는 줄도 모르고

구멍 난 가슴을 움켜쥘 줄도 몰라

네 발을 버르적거리며

고라니가 운다.


• 2020년 215,133마리, 2021년 162,272마리, 2022년 153,527마리……. (연도별 포획한 고라니 수, 환경부)


| **임경묵** 2008년 『문학사상』으로 등단. 시집 『게바라 치킨집』 『검은 앵무새를 찾습니다』.

# 선약의 방랑자 외 1편

## 김학중

약속의 방랑자여
사물의 궤는 거울을 보지 않는다
선약을 되묻는 자의 길은 이미 어둡고
계명은 편집된 시간들 사이에서 희미해진다
오래된 거울을 닦으면서
그대의 눈은 어디를 바라보고 있는가
어째서 우리는 우리가 잃어버린 약속이
선약이라고 믿는 것인가
그 믿음은 이 길 위에서 아무런 해답도 돌려주지 않는다
방랑자는 자신이 찾고 있는 약속이
새로운 방랑의 시작일 뿐임을
깨달아야 할 지도 모른다
그의 손은 덧없이 사물에 가까워지고
그가 떠돈 세계로 돌아갈 사물에 가까워졌다
그것이 그에게 주어진 선약이라니

어둠 속에 뜬 초승달에
자신의 손톱을 맞춰 본다
그의 앞에 아무것도 쓰여 있지 않은
자신의 두 팔을 닮은
두 개의 돌판이 나타나고

어느덧 그는 하늘을 향해
그 돌판을 베고 누워 있다

지친 자여
방랑을 끝마친 자여
지나 온 곳을 위하여 노래하자
이곳에서 지금까지 지불하지 않은
시간을 위해 노래하자

그의 노래는 밤 깊도록 흠이 없었고
노래는 방랑 없이 세계로 도착했다

방랑자여
노래가 이미 약속한 그대의 고향은
이제 이곳이 되려니

이제 이곳의 이름을 지어라
사물에게 이름을 부여하던 자의 힘으로
이것이 방랑이 그대에게 약속한
덧없이 아름다운 힘이므로.

# 성지와 저장소

그곳은 성지라고 불렸다. 완벽한 투명의 세계 안에 차려진 점포였다. 점포 안에는 어떤 상품도 진열되어 있지 않았다. 다만 투명한 진열대와 대형 디스플레이가 놓여 있었다. 그곳에 상품이 저장되어 있었다. 상품은 어느 곳에서나 검색할 수 있었고 사람들은 이곳을 방문하지 않고도 이 상점의 제품을 구매할 수 있었다. 이곳은 정말 뛰어난 가성비를 자랑합니다. 모든 가격이 투명하고 저렴합니다. 여러분의 뒤통수는 안전합니다. 우리는 당신과 같이 있습니다. 그것이 성지의 경쟁력이었다. 입소문이 퍼졌고 숭배자들이 은밀히 늘어났다. 이곳의 좌표는 투명하게 공개되어 있지민 우리에게 속하지 않은 자들에게 함부로 공개해서는 안 됩니다. 이곳은 우리들의 성지입니다. 그들은 손 안의 스마트폰을 들고 전자서명으로 맹세하였다. 이곳은 투명함의 영지이며 우리의 수요를 지탱해줄 유일한 우물입니다. 당신의 갈증은 이곳에서 해결됩니다. 이곳보다 더 값싸게 얻을 수 있는 성지의 좌표는 없습니다. 당신들의 거주지에 가까이 이미 와 있는 성지의 주소에 접속하십시오. 실시긴으로 당신만을 위한 세일도 진행합니다. 추첨판을 잘 돌리기만 하면 무료혜택도 얻으싈 수 있습니다. 어서 오세요. 당신만의 성지로. 배송은 언제나 늦춰지지 않습니다. 상품은 사물이 아니니까요. 성지는 당신이 구매하고자 하는 상품의 저장소입니다. 이곳에 당신 전체를 맡기세요 당신의 전체는 성지의 진열대처럼 투명합니다. 이제 성지에 당신이 저장되었습니다. 즐겁게 이곳의 투명함을 편안히 즐기세요. 당신을 간편결제하는 걸 잊지 마시고요. 우리는 당신의 마지막입니다. 성지가 상가가 아닌 당신의 거주지 바로 옆에 있는 이유지요.

**김학중** 2009년 『문학사상』으로 등단. 시집 『창세』, 『바닥의 소리로 여기까지』, 청소년 시집 『포기를 모르는 잠수함』, 소시집 『바탕색은 점점 예뻐진다』 등. 제18회 박인환문학상, 제15회 오장환문학상 수상.

# 양파 얼리기 외 1편

## 손미

분홍색 실리콘 얼음틀에
다진 양파를 꾹꾹 담았다

양파는 부서지고 편이 나뉘고
여기와 저기가 되고

나는 언 양파처럼 앉아 있었다
네모난 자리에

아무도 안 오는 자리에

살아있는 줄 몰랐어
정말 그랬어
그런 말을 하면서 사람들은 둥글게 멀어진다

얼어있는 양파를 끓는 찌개에 넣는다
얼어있던 사람은 풀려나지
나풀나풀

의자에 앉아
바르게 앉아

나풀대는 아이를 고정시키고
가서 얼어 얼어 얼어

한 자리에서 꼼짝 않고 하루를 보내고
얼어버린 머리로
한 칸에서 일어나 집으로 돌아와
냉동밥을 해동하는 저녁

분홍색 살 속에서 하나의 양파가 얼어간다
냉동실에서 꺼내 탁탁 탁자에 쳐본다

가끔 땅이 울리고
나는 들썩인다

한 자리에 꼼짝 않고 앉아
혀와 머리가 충분히 얼길 기다리는데

분홍색 살 속에서 찰랑이는 것이 있다
뜀틀을 뛰면서
땀을 흘리면서

핫둘 핫둘
틀에 끼워지지 않는 머리를
계속 움직인다

네모난 자리에서
양파는
자꾸만 동그래지는
몸을 만진다

# 컵 속에서 잉태되는 컵 속의 컵 속의 컵 속의



벼룩시장에서
깨진 컵에 심긴
선인장을 샀다

목에 본드처럼 붙어 있는 말을
해 보았다

나는 종종 나를 죽이고 싶어

내가 나를 만들지 않았는데
내가 있어서
유리로 옷을 지어 입었다
나의 실질을 알고 싶어서

물과 흙과 불과 공기를 접붙여서
나는 움직인다

거긴 어떻게 들어가나요?
궁금한 사람이
손잡이가 없는 컵 앞에서
주먹을 쥐고 두드린다

유리 옷에 실금이 생긴다
틈에 눈을 대고 지켜본다

금이 간 유리에서
양수가 새어 나오는 것처럼
살고 있어
터질 것 같아

깨진 컵을 모아 불을 피운다
컵의 화장터에서

모래 놀이를 하다가
몸에 차곡차곡 채워본다
나의 모양을 알고 싶어서

깨진 내게 접 붙는 것
배가 불룩해지도록 자라나는 것
깨지지 않고 커지는 물과 흙과 공기와 불

왜 자꾸 태어나는 걸까
몸에 본드처럼 붙은 의문을

흙속에 심고
통통통 두드려본다

불룩하게 움직이는 것이 있다
씨를 삼킨 목처럼

거울 앞에 서면
목에 선명한 주름들
조금씩 깊어지는 금
침투할 수 있을 것 같은
그곳을 양손으로 쥐어보면

방울방울 모래가 터져나온다
처음 깨진 것처럼
응애응애 운다


**손미** 2009년 『문학사상』으로 등단. 시집 『양파 공동체』, 『사람을 사랑해도 될까』, 『우리는 이어
져 있다고 믿어』, 산문집 『나는 이렇게 살고 있습니다 이상합니까』, 산문시집 『삼화맨션』. 김수
영문학상, 시와정신문학상 수상.

# 종의기원, 아버지 외 1편

## 안채영

갈라파고스 거북이도
자신의 등을 땅에 누이고
아무 말 없이 사라집니다.

나는 그 거북의 주름진 등껍질을
아버지의 마지막 등으로 기억합니다.

살이 빠지고,
피부가 거북이 등처럼 말라가고
숨결이 물처럼 느려지던 날들
나는 자꾸만 등을 붙잡고 싶었습니다.

그 안에 기도가 있었고
딸의 책 열권이 있었고
늘 딸을 추켜세우는 밝은 말이
숨결 끝에 남겨졌기 때문입니다.

아버지, 죽는 일은 너무 단정해서 나는 자꾸 그것이 일상처럼 느껴졌었습니다. 말을 줄이시고 낮은 숨결을 적시듯 물만 넘기고 몸속을 비우는 하루 하루가 너무 예의발라서 죽음도 다소곳하게 옆에 서 있었습니다.

그 방에는 창이 없었습니다.
다만 당신의 등이 유일한 출입문이었고
나는 문 앞에서 울고 또 우는 일로 문들 두드렸습니다.
거북이처럼 등껍질 안에 세상을 말아 넣고
아무 말 없이 사라지는 일이
생명들의 오랜 방식이었다면

아버지,
당신은 가장 오래된 방식으로
가장 다정한 퇴장을 하셨습니다.

나는 아직도
그 방에 혼자 앉아
죽음이 몸을 덮는 것이 아니라
기도가 등에 타고
하늘로 걸어가는 순간을 회상합니다

# 창 없는 방-종의 진화론

아버지가 계시던 그 방엔
창이 없었습니다.

아니, 있었을지도 모릅니다만
빛이 머무르지 않아
나는 창을 본 적이 없습니다.

그 방엔
침대와 기저귀, 라디오 한 대
기도 몇 줄,
그리고
이승에서 마지막으로 남긴 말들이
날아오르는 것을 보았습니다.

창문이 없는 방은
아침도 밤도 없이 고요한 숨만 있었습니다.
숨이 얕아질수록
당신의 침묵은
마치 무거운 물처럼
천천히 방 안을 채워갔습니다.

벽은 말이 없었고
시계는 움직였지만
우리는 제자리에 서 있었습니다.
그곳에서 당신은
거북이처럼, 등껍질 속으로 들어가셨습니다.

나는 그날 이후
모든 방에 창이 있는지 확인하게 됩니다.
빛이 드는지,
말이 돌아올 구멍이 있는지
그런 것들이 살아 있다는 징표처럼 여겨졌습니다.

당신의 등,
그 문을 나온 이후
나는 한 번도 돌아보지 못했습니다.

**안채영** 2010년 『문학사상』으로 등단. 시집 『생의 전부가 내 옆을 스쳐 지나간 오후』 인문서 『하루에 한 번 파자시』. 『마루문학』 발행인

# 신의 거울 · 3 외 1편

## 오주리

—　백야, 자정에도 수평선 위로 태양이 눈 뜨고 있었기 때문이다
인간은 제 눈으로 제 얼굴을 볼 수 없었다
바람에 이끼의 홀씨가 날아와 눈꺼풀 덮었다
저 멀리, 순록의 태풍은 검독수리로부터 새끼를 지켰다지만
태양의 흑점은 인간의 심장을 훔쳐버렸다
제 새끼를 제 손으로 버리는 것은 인간뿐이니
숨이 얼어붙은 발걸음은 가도 가도 황금빛이다
반수신半獸神의 욕망이 잠들 수 없기 때문이다
발산하는 태양 빛이 빙산에 꽂힐 때
쪼개져 나온 얼음에 얼굴 비춰본 자는 거울을 발명했다
보이지 않는 것은 견딜 수 없는 불안으로
내가 누구인지, 흔들리는 초점에, 나를 볼 수 없기에
다른 누군가, 제 얼굴 비춰볼 거울, 우상이 필요했다
푸른 얼굴의 우상은 순록을 한 손에 잡을 수 있는 힘을 지녔고, 붉
은 얼굴의 우상은 별의 운행으로 미래를 볼 수 있는 눈을 가졌다
어리석은 인간은 거울에 떠오른 우상의 가면을 써 보았지만 얼굴에
생채기를 낼 뿐
사탄의 미소가 인간의 검은 공허에 스며들어, 가면은 다시 벗겨졌다
마침내 인간은 신이라는 완벽한 거울을 발명했다
신의 거울을 약속의 궤가 놓인 거룩한 성전으로 모셨다
그리고 인간은 신이라는 거울을 비춰보며 개떼처럼 교미했다

# 라벤더숲

라벤더는 보랏빛 안개 뿜어내어 신의 모래시계 멈춘다 눈맞춤의 두려움 사라진다 고개 홱로 틀어도, 그 무엇 바라보지 않아도, 눈가에 비치는 대로 무심히 빛의 입자 느낄 뿐, 가슴에 그어진 자흔, 자살기도자의 기억, 코끝 간지르는 부드러운 꽃향기에 잊혀진다 라벤더는 층층이 입 벌려 무언가無言歌 부른다 태풍 건너온 제비나비만 들을 수 있는 음율, 알을 지키지 못한 그 슬픔조차 라벤더숲에서는 울지 않아도 된다 보랏빛 날갯짓이 온몸 휘감을 때 솜바람 스쳐 긴 머리 날린다 여자, 민돌에 앉아 엄지발가락 꼼지락거린다

오주리 2010년 『문학사상』으로 등단. 시집 『장미릉』, 학술서 『김춘수 형이상시의 존재와 진리 연구』, 『순수의 시』. 현재 가톨릭관동대 교수.

# 따귀 외 1편

## 권박

비속어다. 뺨. 표준어다. 개기다. 표준어다. 개기겠다. 허접하게 개기겠다. 표준적으로 표적으로 삼겠다. 차에 돌 던지겠다. 중년 여성의 지팡이를 뺏기 위해 쫓아다니겠다. 존경받을 만한 모임을 깨뜨리겠다. 눈에 띄겠단 말이다. 침샘이 자극되었는가. 흥분한 개처럼 침을 흘리고 물어뜯겠는가. 말라리아는 모기의 침샘에서 산다. 암 연구소에서 사람의 네 번째 침샘을 발견했다. 침색막힘의 정확한 원인은 밝혀지지 않았다. 많은 중년 여성에게서 침샘이 부어오르는 증상이 발견되었다. 칫솔질을 자주 해야 한다. 물을 잊지 않고 마셔야 한다. 이런 가르침에는 흥미를 잃겠다. 껌은 씹겠다. 쫙쫙 씹겠다. 딱딱. 딱딱. 딱딱-딱딱. 쫙쫙. 침 발라 놓겠다. 모든 것에 침 발라 놓겠다. 웃는 낯에 침 뱉겠다. 울려는 아이 뺨치겠다. 웃으며 치겠다. 뺨! 왜 뺨으로 번역했습니까. 『뺨 맞는 그 자식』 번역본을 집어던지며 왜 뺨으로 번역했습니까. (이해를 위해) 레오니드 안드레예프Leonid Nikolaevich Andreev, 1871년 8월 21일~1919년 9월 12일. 따귀! 왜 따귀로 번역했습니까. 「대중의 취향에 따귀를 때려라」 번역본을 집어던지며 왜 따귀로 번역했습니까. (이해를 위해) 블라디미르 마야콥스키Vladimir Mayakovsky, 1893년 7월 19일~1930년 4월 14일. (이해를 위해) 1917년 2월과 10월에 혁명이 있었다. 빵과 장미도 있었다. (그래서?) 실패했다. (그래서?) 실망했다. (그랬다.) 나는 참 열심히 침 뱉어 왔다. 실패에 실망했다. 실망에 실패했다. (그랬다.) 1,400g의 뇌는 균형을 맞추었다. 문 두드리는 소리. 나무 베는 소리. 두개골 여는 소리. 모든 사람의 사랑을 받았지만 사랑하는 사람의 사랑은 받지 못한 시인의 뇌 1,700g.

# 수박은 금붕어

기린의 혓바닥 덮고 잤다.
새하얘졌다. 빠졌다. 새카매졌다. 생겼다.
극심한 몸 이끌고 머리카락이 눈길을 따라서 달렸다.
단내가 나면서 어둠에 가깝게 붉어진 기린의 혓바닥.
덮고 잤던 나는 개운하게 일어났다. 일어나서 말하였다.

— 짚고 넘어가야 할 것은 짚고 넘어가야겠어
수박 어떻게 먹니?


수박을 반으로 자를 때는 자를 방향을 고민했다
다양한 생활공동체 중에서 여성 생활공동체가 안정된 이유를 생각
할 때는°
대야에 수박 담아 놓고 「수박」(2003) 봤다
아침과 저녁을 함께 먹는 사람과 같이 봤다
눈 내리면 길이 미끄러워지는 건 고민하지 않았다
눈 녹고 있는 땅바닥 보면서 수박 같다고 깔깔거렸다
집으로 들어오는 꿈을 꿨어 해몽을 나누고 수박을 자르고 과육을
먹으며 또 맥주를 마시고
이스턴케이프에 내린 눈을 목을 쭉 빼고 맞는 기린을 붉고 단내 가
득 찬 기원을 나누고 또 나누고
그렇게 그냥 있었다


생활에
금붕어
라고 제목 짓고
금붕어, 구름, 물, 같은 공간에서 같은 시간으로 흘러가고, 흐물흐
물 물컹물컹 흘러가고 흔들리고,

사라진 밤이다(백야라는 단어는 왠지 쓰고 싶지 않다)

한여름 대단할 것 없다 한겨울 건너갈 것 같다

• 우에노 치즈코, 『근대가족의 성립과 종언』, 이미지문화연구소 역, 당대, 2009, 49면 참조.

**권박** 2012년 『문학사상』으로 등단. 시집 『이해할 차례이다』, 『아름답습니까』, 『사랑과 시작』, 김수영문학상 수상.

# 극 외 1편

## 최백규

꽃이 추락해서 평생을 앓았다 서로 훔친 그림자는 각자에게 계절
로 남았다 유령들은 무언가에 조금씩 취해 있었다 울지 못하는 새처
럼 식어갔다 유서는 참 거칠고도 연약하구나 빌려 쓴 미래를 버려야
한다는 생각에 두려워진다 이해할 수 없는 일이 너무 많았다 소중한
것이 계속 흩어졌지만 누구도 이상하게 생각하지 않았다 흘러간 시절
을 춤으로 착각해 너와 내가 빛나고 있었던 걸까 흰 손을 잡고서 둘만
의 세상으로 멀리 도망치자 모든 극지의 돌림병아 우리는 아무에게도
발견되지 못한 채 멸망할 것이다 서러운 내일이 저물면 안녕을 빈다
이 세상에서 너의 눈꽃이 가장 아름다웠다

# 없는 천사

이 세계는 자폐를 앓고 있다

너는 몇 달째 방 안에 누워 썩어 가고

나는 문 열 때마다 숨소리 확인한다

우리의 돌아앉은 체온과 남은 맥박 사이 간격마저 흐릿해지면

지구가 가진 모든 아침은 눈동자 위 멈춰서

옆으로 누워 시선이 가닿은 곳에 창이 있다 그 너머로 빛이 있다

밀린 저녁들을 씻기 시작한다

어두운 바람 소리만 부딪친다

흔들리는 천국 위로 이제 없는 미래가 쌓이고 있다

꽃이 진 자리에 그늘이 활짝 피었다

**최백규** 2014년 『문학사상』으로 등단. 시집 『네가 울어서 꽃은 진다』,『여름은 사랑의 천사』, 시선집 『이 여름이 우리의 첫사랑이니까』. 어린이책 『너의 장점은?』 등. 창작동인 '뿔'로 활동.

# 이렇게 아름다운 우리가 외 1편

## 전수오

FM7 산책을 하고 있어 내가 만든 음악 속을 Dm7 햇살이 공중에서 Gm7 바닥으로 떨어지는 소리가 C7 마치 잉걸불의 속삭임 같다 AM7 빛에 타오르는 나무 향내를 맡는 내 발걸음은 D7 낮은 음계에서 Dm7 경쾌한 워킹베이스가 되고 Gm7 출처 없는 깃털이 손바닥에 내려앉을 때 C7 들리는 부드러운 화음들 G7 내 발등까지 쏟아져 C7 그 순간 나는 보잘것없어도 눈부신 내가 된다 A7 사람들 눈동자에서 전례없이 아름다운 영혼이 보여 Dm7 영혼은 끝없는 음악처럼 눈빛으로 흘러나온다 B7 자신이 누구인지 모른 채 E7 빛 속에 산뜻하게 널린 흰 이불처럼 자신을 들킨다 E/D 이렇게 아름다운 우리가 왜 여기 있을까 A/C 우리가 왜 이 지구에 왔을까 Bm7 벌어먹고 살려고 온 건 아닐텐데 E/A 상처 주려고 온 것도 아닐 거야 A/G# 경멸하러 온 것도 아니겠지 Gm7 비참해지려고 온 것도 아닐 거야 C7 사람들의 눈 속에 각자의 아름다운 음악이 있고 Am7 파동이 있고 D7 우리는 어떤 장르로도 분류 될 수 없다 Gm7 우리가 이토록 아름다운 음악이라면 왜 여기에 온 걸까 A7 이렇게 아름다운 우리가 무엇을 위해 여기 있을까

Dm7 – FM7 – F/A – A7/C# – F/C – Dm6 – Dm6/A

알 수 없어서 조금 슬퍼질 때

나는 음악을 걷고 C7 나는 걷는 음악이 되고 C7 알 수 없는 내일이 오는 게 두려울 때 Gm7 – C7 열린 스피커 사이로 흘러나오는 따뜻한 수프 냄새 같은 유령들 F6

# 혼자 이루는 기적

꿈속을 헤매다 이제 막 도착한 눈꺼풀이 시선을 틔우면
밤새 바다를 끌고 온 새벽의 푸른 발이 문틈으로 보인다

아직 잠든 숨이 어둠을 문지르며
목적 없이 둥둥 떠다니는 동안

해변에는 사랑받은 사람들과 상처받은 사람들이 뒤섞여 넘실대고
서로를 침범하는 미움과 두려움이
해안선을 바꾼다
백사장의 모래들은
밟을 때 마다 까르르 웃음소리 터지고

바다 반대편에 늘어선 상점 간판들
살 것도 팔 것도 없는 내게만
이상하게 읽히는 그 간판들

'무덤을 박차고 나왔습니다'
'나에게 실증 난 불치병이 떠났습니다'
'외계인한테 담배를 건넸습니다'

연약하지

이따금 일광욕을 즐기러 수면 위로 올라오는 삶의 공포들
영靈의 옷자락처럼 잠시 내려앉았다가 이내
사라지는 희망들

사실은 저 질긴 태양빛이, 바람이, 파도가 모두 사랑인 걸
아무도 모르는데
태양과 바람과 파도는 절대로 멈추지 않고

멀어지는 입술들이 나를 향해 벌어지고
더 이상 무슨 말인지 들리지 않을 때

온다
홀로 된 내 자취를 들으러 바짝
반짝
모여든 귀와 귀鬼


| **전수오** 2018년 『문학사상』으로 등단. 시집 빛의 체인』.

# 나의 별들이 떨고 있을 때 외 1편

## 홍인혜

우리는 별자리다
서로의 숨소리에 안도하는
파리한 문장부호들

너와 나는 파동이다
고작 한 문장을 잇기 위한
부들거림들

왜 약한 우리는 모든 말을
선언하듯 해야 할까

가슴이 탈수록 목소리가 젖는다
단어와 단어 사이가 너울지고

나의 별 하나가 자리에서 희박해진다

내 귀에 고이는 너의 맑은 말
"혀가 번거롭고 옷자락이 성가셔
이제 그만 매끈해질래"

감히 버텨 달라 말할 수 없는

나는 내 고독의 왕
우주에서 가장 넓은 틈

말없이 푸른 소매를 연다
네가 헤엄쳐 들어오도록

너는 네 고독의 왕
함부로 달랠 수 없어 잠기게 한다

체온과 똑같아서
경계가 투명해지는 수온 속으로

# 불완전연소

<br>

— 나는 너를 훔쳐서
얼굴이 나부끼는 거리를 달린다
사람의 말을 하라던
단호한 네 앞에서 자꾸만
말끝을 흐렸던 게 부끄러워
마침표처럼 발을 찍으며 달린다
심한 불행이 닥칠 때마다
함부로 떠오는 너의 눈동자
그 빙판을 쩍쩍 쪼개며
얼어붙은 발목을 분지른다
달리다 총에 맞아 머리통이 날아간 병사처럼
아직 죽음을 전해듣지 못해
지나치게 생생한 다리를
분별없이, 헛되게 구른다
머플러를 개조한 오토바이가 밤을 찢을 때
그 배기음에 올라타
도시가 타는 냄새를 맡으며
새벽녘 자판에 꽂히는 소설가의 손가락과
곧이어 쏟아질 그의 기침을 구경하고
그 찰나의 황홀로 잔뜩 붉어져 달리다 보면
심장이 달리고 허파가 달리고 숨이 달리고 힘이 달리고

마침내 다리만 달린 나는
아직도 네가 붙인 불을 매달고 달리고 있다

홍인혜 2018년 『문학사상』으로 등단. 저서 『고르고 고른 말』, 『우리의 노래는 이미』 등.

# 정원 외 1편

## 권누리

—  멍든 수목

플라스틱 요정이 세레나데를 부른다
모니터 안에서 반짝거리고 있다

보이는 뼈와 보이지 않는 뼈

들리는 불안과 들리지 않는 불안

내 어깨에는 내 머리카락이 아닌
머리카락

옷깃에 붙어 있어

바람이 불면 빛 냄새가 난다

푹신하고 부드러우며 조금 더워질 예정

리코더 소리

우르르 뛰쳐나오는

아카시아와 라일락의 곁에서

향수 냄새
뼈가 묻힌 정원

산책자는 이 땅에 주인이 없는 줄 알고
이따금 이곳을 방문한다

소란스러운 우주 속에서
손에 만져지는 탄소

누군가의 —뼈

나일론 천사는 매끄럽고 친절하다

# 비동시성 인벤토리

책을 찢으니 빛이 든다
그럼 커튼과 볕을 엮어 종이별을 만들까?

진실한 후원자께는 편지를

남긴 희망을 모두 섞어 한술 뜨는
미래를 그리워할 때
드디어 다들 나를 포기했다

그래요, 나를 미워하세요

그러나 나는 똑똑한 여자애를 키웠어
그 애는 단정한 소년 슬픈 비단뱀 침착한
란마— 그들을 키웠어

그 애들이 하나가 되어 나로 살아가고 있다
우리는 무한히 슬프네

여름이 더 길어져도 좋겠다고 생각하던 참
시키지 않아도 살아가는 일처럼

우리를 사랑했던 여자애는 몇 살쯤 되었을까
나는 그의 헤일로를
손이 가는 대로 마구 오려 보네


다 녹기도 전에 새롭게 쌓이는 죽음을
봐


시작하고 있다


요한과 요한나의 이름을
함께 쓰며


우리 조각도를 훔칠래?


이음새가 울퉁불퉁한 저금통 속 동전처럼
친애하는 나의 빚 나의 사건


| **권누리** 2019년 『문학사상』으로 등단. 시집 『한여름 손잡기』, 『오늘부터 영원히 생일』등.

# 라하이나 눈 외 1편

## 한지산

—　삭제된 메세지입니다.
　삭제된 메세지입니다.
　저는 지금 하와이에 와 있습니다

　하와이 표준시로 12시 16분에서 43분 사이에
　태양직하점이 이곳을 지납니다
　이 순간에는 똑바로 서 있는 물체가
　바깥쪽으로 그림자를 드리우지 않습니다

　아, 잔인하다는 어원입니다
　그림자가 없어졌다는 말입니다
　과일의 내부처럼

　물에 잠기니 기억나지 않습니다
　감압에 필요한 건
　투명한 기억

　물 앞에 멍해지는 사람과
　사랑에 빠지는 일

　장마의 행과 열에 내가 딱 들어맞습니다

점심에 쥐어짠 레몬 냄새가 남아있습니다

세계의 관심이 하나의 소실점으로 사그라들 때
어깨를 드러내면서

우산의 안은 참 덥군요
손만 뻗으면 시원한데
보폭이 이렇게나 다양해

농담 하나 주고받을 사람 없는
관계 바깥의 관조
다음의 summer time

시차를 거슬러 올라가면
내게도 한때 맹목적인 믿음이 있었던 것 같습니다
한 가지 반찬만을 고집했던 때도

인덱스가 많이 필요한 날입니다
옆구리에 낀 책을 펼치고
난반사되는 문장을 읽다가
2시가 되었습니다

# 무화과

남미의 아이가 찬 공이 골목을 헤집고
안데스산맥에서 시작된 바람이
혜성빌라 103호로 들어온다

이제 막
불가항력에 대해 고민하고 있던 참이었다
무인택배함이 있어도 택배가 문 앞에 있는 이유라든지
서울시에서 운영하는 층간소음상담실의 인력난이라든지

이런 것들이
거대한 합의를 이뤄 천천히
그러나 착실하게
가장자리에서부터 내게로 오는 중이었다

203호의 집에서 전시회가 열리는 날도 그랬다
양해를 구하던 저번주의 사람은 신사 같았고
소음의 발원지인 지금은 원시인 같은데

원시와 현대의 공존을 골몰하다
상하지 않는 것을 보고
그렇지 그렇지 끄덕이며
박제, 라고 괜히 한번 말해보기

동감보단
공감에 가까운


사랑이 현관문이 아니라 창문으로 들어오네
도저히 걸러지지 않는 것들을 데리고
한 가정을 데리고


티베트의 한 마을에서는 매년 기우제 행진을 통해
무언가를 잊고


나도 203호도
이 건물도
젖어버리고 나면


귀에서 눈으로
눈에서 가장 먼
눈으로


남미의 아이가 만든 목걸이가
시장 골목을 지나 안데스 언덕을 넘어
연신내 좌판에 오기까지

이제 막 그리운 누군가를 떠올리고 있던 참이었다

법원에 들어간 두 사람이
같은 현관문을 지새웠을 어느날처럼

가져본 적 없는 현실을 되새김질하면

맛을 느낄 수 있다
남미의 코차밤바에서 수확된
무화과를

속이 예쁘고 단
꽃이 피지 않는 무화과를

혜성빌라 203호가
신사처럼 내준 무화과를

저항 없이 받아들여야만 했던 103호의

| **한지산** 2021년 『문학사상』으로 등단. 시집 『유령, 도둑, 사랑』. 2024년 심훈문학상 수상.

# 박 차장의 지우개

## 이명훈

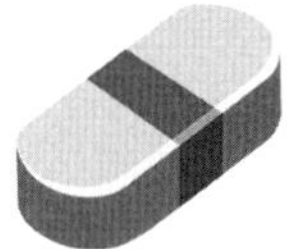

　박 차장의 꾀죄죄한 지우개를 별생각 없이 칼로 잘랐을 때 그런 사태가 일어나리라곤 생각도 못 했다. 어린 시절엔 먹고 싶은 생각도 들었던 지우개가 그 순간 전혀 다른 것이 되어 있었다. 서울에서 새로운 각오로 고향 청주로 내려온 내가 석유 창고 안을 뒤지기 시작한 것은 정오를 지난 무렵이었다. 이십 년이 훨씬 더 지난 일인데도 눈앞인 듯 선명한 것은 그 일이 내 마음의 인화지에 명징하게 새겨져 있어서이다. 인화지 자체가 칼로 베어지고 끔찍한 일들이 하루가 멀다고 일어나는 세상에 그것들에 비하면 아무것도 아니겠지만 나로선 어쩔 수 없는 일이다.

　석유 창고는 내가 초등학교 사 학년 때 화단을 없앤 자리에 지어졌다. 무궁화, 달리아, 사철나무, 장미, 채송화가 피어 있었는데 나는 채송화가 유독 끌렸다. 채송화. 이름이 마음에 들었을 뿐만 아니라 오종종하게 핀 꽃을 쪼그려 앉아 보는 동안 작고 기이한 우주를 바라보는 느낌이었다. 화단이 삽으로 파헤쳐지고 벽돌 건물이 지어져 드럼통들로 채워질 때 가슴이 아렸다. 채송화, 장미 같은 꽃들이 어떻게 버려지고 죽었는지 거기까진 미처 생각이 미치지 않다가 지금에야 드는 것은 아픔의 전도율은 때론 시간이 흐를수록 커져서 그런가보다.

석유 배달을 하는 만호 형이 있었는데 그는 초등학교도 못 나온 사람으로 수수한 얼굴에 늘 웃는 표정이었다. 배달이 없을 때면 짐 자전거 뒤에 나를 태워 소방서까지 돌곤 했다. 송판을 톱으로 자르고 망치로 뚝딱거려 토끼장도 만들어 주었다. 토끼장 속의 하얀 토끼는 하필 우리 집으로 팔려 와 안돼 보였다. 석유 냄새가 좋지 않을 거 같아서였다. 어느날 만호 형은 석유 창고 안으로 나를 불렀다. 오른손에 성냥이 들려 있었다. 성냥갑에 그어 불을 붙였다. 창고 안에는 드럼통을 반으로 잘라 석유를 담아놓고 있었다. 불붙은 성냥을 그 안에 톡 떨어뜨렸다. 성냥갑을 긋는 순간부터 오금이 저렸던 나는 공포에 사로잡혔다. 석유에 불이 붙고 나도 화닥닥 타버리고, 석유 창고를 활활 사를 불더미가 우리 집의 마루, 기둥, 지붕, 토끼장마저 순식간에 태워버릴 것 같은 환각에 몸이 덜덜 떨렸다. 반 쪼가리 드럼통보다 키가 고작 얼마 더 큰 나는 너무 무서워 눈을 찔끔 감아버렸다. 그러나 조용했다. 눈을 슬그머니 뜨니 화염에 휩싸여 활활 타오를 것 같은 집도, 석유 창고도 멀쩡했고 불씨 한 톨 보이지 않았다. 벌렁벌렁하던 가슴이 쑥 내려가면서 만호 형을 보니 씩 웃고 있었다. 그는 성냥 한 알을 또 꺼내 성냥갑에 그었다.

"잘 봐라. 정우야."

불붙은 성냥 알이 아래를 향하도록 해서 석유의 계면과 직각으로 만들었다. 그러고는 톡 떨어뜨렸다. 나는 다시 한번 공포에 휩싸였지만, 이번엔 똑똑히 볼 수 있었다. 불붙은 성냥개비가 석유로 쏙 들어가면서 불이 살그머니 꺼져버리는 것이었다. 성냥개비가 들어간 둘레엔 작은 동심원이 퍼졌다. 그 동심원은 평화스러운 마을 같았다. 화마에 먹혀 온통 소멸하여 버릴 것만 같은 곳에서 너무도 조용하고 평온하고 단순하기 그지없는 작은 동심원들이 사르르 퍼져나갔다. 그 동심원들은 물에 돌을 떨어뜨릴 때 퍼지는 동심원과 달랐다. 물보다 점도가 강하기에 끈적끈적함을 품은 채 다소 느릿하게 번졌다. 굉장한 파란이 일어날 상황에서 아무 일도 일어나지 않은, 다만 느릿한 그림 한 장이 지나가는 내가 겪은 최초의 연금술인 셈이었다.

집에서 하던 석유 소매 사업은 결국 망했다. 화단만 잡아먹은 채 마당에 휑뎅그렁하게 뎅그레 놓인 석유 창고의 녹슨 철문을 나는 몇 년 만에 열며 들어섰고 구석에 놓인 낡은 철제 캐비닛을 향해 다가갔다. 그러나 다다르기도 전에 가슴이 쿵쾅거렸다. 응당 닫혀 있어야 할 캐비닛의 문이 열려 있는 것 아닌가. 걸음이 빨라지고 호흡이 가빠졌다. 어두컴컴하고 됫박, 깔때기, 이것저것 걸리는 것이 많은 창고 안을 빠르게 걸어 그 앞에 섰다. 안에 든 트렁크를 꺼내려 했다. 그런데 그마저 열려 있는 것 아닌가. 다리가 후들대는 것을 느끼며 빼꼼히 열려 있는 트렁크를 활짝 펼쳤다. 텅, 비어있었다.

"엄마!"

가슴에 비수가 꽂히는 속도로 소리 질렀다. 트렁크를 발로 차고 캐비닛 문이 부서지라 발길질했고 바닥에 너저분하게 깔린 것들에 걸리면서 밖으로 뛰쳐나왔다. 수돗가에서 빨래하던 어머니가 손에 물이 뚝뚝 흘리는 채로 나를 바라보았다.

"엄마! 다 없어졌어! 다!"

어머니의 얼굴이 백지장처럼 변했다.

"뭐? 뭐라고?"

트렁크 안에 내가 소중하게 보관하고 있던 것의 가치를 어머니는 나만큼은 아닐지라도 알고 있었다. 하얗게 질려가는 어머니의 얼굴빛은 많은 의미를 담고 있었다. 내게 그 무엇과도 바꿀 수 없는, 목숨과도 같은 그것을 상실한 그것에 대해 안쓰러움이 엿보였고, 그것을 지켜주지 못한 미안함과 자책이 읽혔다. 어머니는 어느 정도 겁에 질려 있어 보였다.

심장을 깡그리 도둑맞은 느낌의 강렬 속에 경끼 같은 고함으로 서

슬 퍼렇게 울부짖고 있는 나는 무시무시한 폭발 직전의 압축 상태에 있었다. 백지장 얼굴이 풀리지 않는 어머니는 평소완 달리 말을 더듬 기까지 하면서 부엌 앞에 희멀겋게 웃고 있는 꼬마에게 말했다.

"혹, 혹시 너. 창고 안의 캐비닛 뒤, 뒤졌니?"

"응."

"어, 언제?"

"저번에."

"그, 그 안에 종이 뭉치 봤어?"

"엿 바꿔 먹었어."

우리 집의 셋방 꼬마와 어머니의 대화가 끝나기도 전에 나는 꼬마 앞으로 다가가 있었다. 귀싸대기를 날리고 싶은 충동을 참자니 손이 부 들부들 떨렸다. 그 자리에서 녀석의 몸을 베어버리고 싶었다. 녀석의 그 림자조차 없애 버려 내 눈앞에서 완전하게 사라지게 하고 싶었다.

살인, 살인 정도가 아니라 존재의 뿌리의 뿌리조차 순식간에 멸절 시켜 그에 관한 생각의 티끌조차 지니고 싶지 않은 마음. 내 안에 전혀 없던 감정이 팽배해 있었다. 희멀건 표정의 꼬마는 비실비실 웃기조차 했는데 그것은 내 가슴을 더 뒤집어 놓아 나 자신조차 찰나의 검으로 베어 그 자리에서 죽고 싶어지도록 만들고 있었다. 꼬마의 어머니는 사태의 실상을 파악하지 못한 채 아들을 두둔하지도 혼내지도 못한 자세로 어정쩡하게 서 있었다. 마음이 순식간에 송두리째 펑크나 모든 것이 아무런 의미 없음을 느끼고 "에이 쌍!" 비명 같은 단말마와 함께 "엄마!" 재차 불렀다. "고물상이 어디야!"

어머니는 떨리는 목소리로 "정우야. 가자. 나랑 청주에 있는 고물 상 다 뒤지자."라며 거들었다. 나는 굉장히 빠른 걸음으로, 어머니는 다소 뒤처져 골목을 걸어 나갔다.

서문 다리 앞에 있는 고물상에 들어서자 아찔함만이 기다리고 있 었다. 고철, 콜라병, 사이다병, 소주병, 찌그러진 알루미늄 샤시가 산더미를 이룬 곁에 폐지 더미가 있었다. 나는 그 위로 올라갔다. 미친 듯이 뒤적거렸다. 노리끼리한 신문과 폐지들은 서로 눌리고 맞물려 잘 빠지지 않았다. 겨우 들춰낼 때마다 퀴퀴한 냄새와 먼지만 올라올 뿐이었다. 나는 여기저기 화난 황소처럼 뒤지고 다녔다. 어머니도 나를 따라 하고 있었다. 들어설 때 인사와 사연을 나눈 고물상 주인이 저 아래에서 아무 소용이 없다고 소리쳤다. 종이는 수거된 지 이틀 만에 분쇄기에 들어간다고 이미 설명을 들은 터였다. 이 고물상이 맞는다는 보장도 없었다. 청주에는 이곳 말고도 수십 개의 고물상이 있으며 셋방 꼬마는 얼굴도 기억 못 하는 손수레꾼에게 주었을 뿐이었다. 나는 거의 울먹거리며 폐지 더미 위에서 물귀신처럼 허우적댔다. 내 눈물 속을 허우적거렸다고 말할 수도 있겠다. 절망인 줄 알면서도 그 안의 물에 들어가 꼭 거기에 코를 담그고 싶었다. 어머니는 내가 손을 거둘 때까지는 먼저 거둘 생각이 없어 보였다. 해가 떨어져 폐지 더미가 산그늘 덮인 것처럼 되어서야 내려왔다. 분쇄기가 쌔 앵 쌔 앵 돌았다. 저 속으로 나를 던져 아작아작 분쇄되어 버리고 싶은 충동을 참기 어려웠다.

　그렇게 그것은 내게서 사라졌다. 질곡 같았던 대학 시절. 최루탄과 페퍼포그. 도시 하나가 피로 물들고 쉬쉬하는 분위기, 무서운 뜬소문들, 명령, 뻔뻔한 거짓말, 도륙, 압살, 길들이기…. 그 파렴치한 것들에 맞서 짱돌을 던지고 대자보에 휘갈기고 저항의 스크럼을 짜고 더러는 옥상에서 뛰어내려 바닥에 흥건한 뻘건 피로서 진실을 웅변하고…. 그런 진혼곡과 다양한 암중모색이 뒤섞여 흐르던 시절에 나만의 판잣집에 갇혀 내 가슴 속의 목초지를 뜨겁게 흘렀던 숨결들을 적어놓은 원고 뭉치, 남들이 볼 땐 폐지에 불과할 수 있고 기회비용이 최고의 덕목으로 쳐지는 지금 시대에 비춘다면 방향을 잘못 탄 허섭스레기로 취급되기 딱 맞을 것이다. 몇 초면 찬란한 정보의 바다를 누빌 수 있는 이 화려한 시대에 고물딱지밖에 안 될 것이다. 그러나 나로선 목숨처럼 소중한 것이었고 무엇과도 바꿀 수 없는 것이었다. 대학 사 년 내내 휘갈겨 댄 그것들을 트렁크에 넣을 때는 눈물 이상의 절절한 감정이 흘렀다. 마치 염을 끝내고 입관하는 기분이었다. 사랑한 사람을 여의 어 관 속에 곱게 누여 뚜껑을 덮는 기분. 내 나이 스물세 살. 어리다면 어린 나이에 간절하고 절실했다.

그것은 문학을 포기한 결과였다. 내가 문학을 포기하다니! 있을 수 없는 일이었다. 생각지도 않은 일이었다. 어쩌면 화단 앞에 쪼그려 앉아 채송화를 바라볼 때부터 내게 문학은 시작되었는지도 모른다. 아 니 어쩌면 그 이전, 눈이 사각사각 내려 마당에 쌓이는 소리에 어린 귀 를 기울일 때부터 아니 그 이전…. 그처럼 문학은 나의 꿈이자 전부였 다. 아니 문학이라는 꿈을 꾸기도 전에 문학에게 먹혀 버렸다고 말하 는 것이 더 맞는 말일 것이다. 나는 문학이란 외발에 먹혀 버렸다. 문 학이란 놈은 질투심 강한 여자보다도 더 지독해서 자기 외에는 나의 시선을 거두어 갔다. 나는 좋든 싫든 외발에 의지해 살아야 했고 그 외 발이 외발이라는 사실조차 몰랐다(그 인지력조차 앗아갔다). 외발만 이 삶과 세상 전부인 양 여겼다. 그토록 문학을 치명적으로 사랑했고 불구이든 질투이든 황홀함이든 상관없이 문학과 나는 하나였다. 그러 던 문학이 어느 순간 상실된 것이다.

증발이라고 말하는 것이 진실에 더 가깝다. 감쪽같이. 그야말로 감 쪽같이 사라졌다. 내게 전부였던 것이 존재의 그림자조차 사라졌다. 마술 같은 일이 내게 일어났다. 거짓말처럼. 진짜 거짓말처럼.

그것은 P와의 우연한 만남 때문이었다. 내 운명을 제멋대로 휘저 어 백팔십도로 바꾸어 놓은 그 만남을 나는 그 후 오래도록 감당하기 도 어려웠고 해석하기도 벅찼다. 개미의 허리에 맷돌이 떨어져 찍힌 꼴인 그 사건을 내가 어떻게 헤쳐 왔는지 아찔하기만 하다. 나이 사십 을 넘어서야 그 사건이 내 운명에 필연적일지 모른다는 생각이 들곤 했는데 우연과 필연의 관계는 기막히고 복잡하고 신비롭기만 하다. 아무튼, P와 예상치 않은 만남으로 인해 문학은 내게서 증발하였고 전혀 엉뚱한 길이 열렸다.

　　몇 년 전에 대만에서 성추행 사건으로 인터폴에 잡힌 바 있는 P는 그 당시엔 삼십 대 중반의 나이로 진짜 순수했으며 영적으로도 탁월했다. 이란의 독재 군주 팔레비를 축출하고 종교혁명을 일으킨 호메이니 뺨칠 카리스마로 넘쳤다. 문학만이 전부였던 나는 그의 정신세계와 종교적인 황홀경에 서서히 젖어 들어 흠뻑 빠지고 말았다. 나뿐 아니라 80년대 초반 수많은 대학생이 저마다의 갈등을 겪어내며 매혹적인 그 피리 소리에 빠져들었다. 지금도 그렇지만 당시에도 신흥종교들이 극성을 부리고 있었다. 사회의 어둠이 극심하고 서민들이 도탄에 빠져 있을 때, 썩은 것들이 깨끗한 척하며 사회를 혼탕 잘할 때, 푸르른 불꽃의 저항 운동이 일어나는 한편으론 신흥종교 운동이 난립한다. 중국사를 봐도 그렇고 우리나라의 근현대사에도 그런 꿈틀거림이 숱하다는 것은 그 후 P의 교단을 뿌리째 해체하며 벗어나려 한 몸부림 속에 더욱 깊게 알게 된 사실이다. 그 무수한 난맥상들을 하나하나 다 알 수는 없지만, 그중에서도 가장 지독하다고 할 수 있는 P 교단의 선두그룹에서 활약한 나로서는 대강 짐작이 간다. 갈 곳 잃은 서민들이 출구인 줄 알고 빠져들어 또다시 모든 것을 잃는 일이 가슴 아프다. 사이비 신흥종교의 교주들은 절망의 도박 질에 걸린 그 심각하고 위험한 운명들을 슬슬 울리며 웃기는 사이 심장을 또 한 번 도둑질할 능력을 지닌 사람들이다. 중국의 태평천국의 난이나 동학처럼 민중들의 아픈 삶에 성스러운 향유를 부어주는 불꽃들도 있지만 거털 난 민중의 똥구멍을 또 한 번 찢어발기는 망동 역시 존재하는 것이 종교운동이다. 그 갈림길에 힘없고 아픈 서민들의 하염없는 희구가 놓여 있다. 어렵사리 마지막 움켜쥐고 있는 것을 순수하고 진실하게 인도하느냐 또다시 망가뜨리느냐 그것은 오로지 교주에 달려 있다. 예수도 그 사이비 교주 중의 하나였다는 사실이 모든 사이비 교주의 알리바이이다. 자기 최면일 수도 있으며 자기 일체감일 수도 있다. 사이비 교주들은 그런 것에 대해 아주 잘 아는 사람도 있지만, 전혀 모르는 사람도 있다. 그 사람이 더 위험하다. 자신의 설교에 자신이 감동하기 때문이다. 설교에 어떤 영적인 것들이 개입하는지 그 진위와 선악을 파악할 능력도 없이 자기 안에 흐르는 시냇물이 하나님으로부터 직접 흘러내린 거라고 여긴다.

P는 이 모든 것을 일시에 불식시킬 능력을 지닌 사람이었다. 순수와 영성의 끝이 안 보였으며 지적으로도 푹 빠져들게 할 정도였다. 당시의 대학생들은 요즘의 대학생들과 다른 면이 많았다. 지적인 치열성이야 비슷하다고 치더라도 낭만이 있었으며 시대의 모순을 온몸으로 혁파하겠다는 정의감이 강한 학생들이 꽤 많았다. 그런 대학생들을 지적으로, 감성적으로, 더욱이 영적으로도 감화시켜 나가니 놀랄 따름이었다. 그러나 그런 것이 중요한 것이 아니란 사실을 당시에 나는 잘 몰랐고 파악할 능력도 부족했다. 지도자가 이끄는 방향, 그 끝에 과연 무엇이 있는가가 진짜 중요한 것이며 그것은 종교뿐 아니라 정치, 시민운동, 노동 운동, 그 모든 분야에서 마찬가지일 것이다. 지도자에 관한 생각 자체도 바뀌어야 할 것이다. 누가 우리의 지도자인가. 지도자라는 사람들은 그런 자격을 갖추고 있는가. 속에 무엇이 들어 있고 무엇을 음흉하게 감추고 있는가. 누구 편인가? 자기 딴에 선의라 할지라도 거기엔 자신도 모르는 그릇된 광증의 신념이 달라붙어 있는 게 아닌가. 나는 무엇인가. 우리는 무엇인가. 누가 무엇을 어떻게 해야 하는가. 개인과 공동체는 어떻게 엮이는 것이 가장 좋은가. 이런 것들에 대한 근본적인 사유가 필요할 것이다.


지금에야 이런저런 생각들이 균형감 있게 나오지만 스물세 살, 대학을 갓 졸업한 인생 초짜의 나에게 P는 절대적인 존재가 되고 말았다. 그가 영적 감화를 베푸는 지하 교회에서 나는 순수하고 착하기 그

지없는 뭇 청춘남녀들과 감동의 눈물을 흘리며 병든 사회에 향유를 붓자고 절절한 아름다움의 찬가를 불렀다. 영혼이란 무엇인가. 언제부턴가 질문 자체가 어리석은 것으로 되어버린 그것에 눈을 뜨게 되었다. 내 영혼을 내 눈으로 직접 보았다. 현실의 세계와는 또 다른 차원인 피안, 영계를 어설프게 겪었고 나의 거짓 없는 친구들과 서로 증언하며 함께 전율했다. 종교란 무엇인가. 인간의 깊은 내면에 있는 영성에 눈을 떠 그 성화를 위해 온몸의 기도를 드리는 것. 나 자신과 뭇 중생들을 위하여 고요 속에 눈부시게 타들어 가는 것. 이런 식의 마음 흐름은 자연스럽게 흘러넘쳤다.

'종교 따위는 천민이 가는 길이다.'

'종교는 인민의 아편이다. 종교는 지배계급의 이데올로기를 정당화시키며 대중의 계급의식 형성에 방해만 될 뿐이다.'

'인간은 자신의 내적 잠재력을 그 주변으로 투사한다. 이런 투사물은 인간에게서 멀어질수록 신격화된다. 인간은 어리석게도 자기로부터 소외된 이 신격화된 것을 신으로 떠받들며 믿는다. 종교란 이 신격화된 현상일 뿐이다.'

P를 만나기 전에 익숙해 있던 그런 말들도 그 사회 역사적 의미는 살아 있었지만, 본질 면에선 영혼을 체험하지 못한 자들의 궤변으로 여겨지게 되었다. 무신론자였던 나는 신의 존재에 대해 알게 되었다. P는 실로 우리를 벅차게 하면서 어떤 경계 너머로 이끌었다. 기독교의 정점에 있는 메시아임을 느끼게 하고 있었다. 나는 의문으로 가득 찼다가 반신반의하다가 절대적으로 믿게 되었다. 나뿐 아니라 수많은 신도가 이 비슷한 절차를 따라 어느 정점에 다다랐다. 그곳에서의 기쁨과 황홀은 말로 표현할 수가 없다. 서로 부둥켜안고 울며불며 하나가 되는 영혼의 축제는 현대를 넘어 원시까지 아우르는 근원적인 힘이 있었다. 우리는 시간과 공간을 가로질러 영원의 신비한 바다에서 춤을 추며 놀았다. P는 우리 개개인의 고뇌와 시대의 아픔을 동시에 녹이고

도 남을 용광로였다. 우리는 소위 정통이란 간판 뒤에 숨은 위선자들을 향해 뜨겁디뜨거운 진리의 횃불을 들었다. 문학의 향기가 그득했던 내 안에 P는 그 모두를 거두어 내고 거룩한 예루살렘 성채를 지었다.

P에게 미치도록 빠져들고 나 자신이 어느 틈엔가 P의 지시에 따라 선교 활동의 선봉에 서던 어느 날 '신은 나를 강간했다.' 그 문장이 가슴 속에서 스멀거리며 흘러나왔다. 증발이라고 했지만, 거기에 이르기까지 내 마음의 바닥에선 문학과 종교가 서로 목을 물어뜯으며 싸워댔다. 문학은 추락하는 별똥별이어서 치명적으로 아름다웠고 새로 혜성처럼 나타난 종교는 절대성의 빛으로 나를 잠식해 들어갔다. 스물세 살이란 연한 습자지 같은 가슴엔 감당키 어려웠다. 누구와 상의할 성질도 아니었고 나 자신이 또한 상의할 성격도 아니었다. 상의가 무엇인지조차 모르는 독단적인 항아리에 갇혀 있던 시절이었다.

물론 그 나이에 세상을 제패해 들어간 알렉산더 같은 사람도 있고 시의 세계를 이미 완성한 후 버린 랭보 같은 사람도 있다. 하지만 나는 그런 사람이 아니었다. 작고 조용한 사람이었다. 그러니 운명인지 내가 어리석은 건지 문학과 종교 간의 전쟁은 내겐 정체성 간의 전쟁이자 온몸인 파멸이 일어날 것 같은 난투극이었다.

둘 사이의 조화도 가능할 것이다. 그러나 내 문학이 워낙 무신론에 뿌리 박혀 있던 터라 어려웠다. 치유될 수 없는 인간의 고독, 죽음 같은 질병은 그 자체의 심연으로 가속화되는 경향이 짙다. 기형도가 그랬듯 나는 어떤 병에 걸린 것 같았었다. 이유 없이 아팠고, 따분했고, 지쳐갔다. 데모 시위에 나가 짱돌을 던졌고 시위의 주동자들이 불러대는 모임엔 가지 않았다. 좋아하던 여자와는 이별을 밥 먹듯 하면서 나는 자멸과 마조히스트의 노예가 되어가고 있었다. 석류의 피처럼 붉은 진액이 가슴에 늘 흥건했다. 악취가 나는 세상에서 문학만이 내지를 수 있는 소리. 신의 모가지를 베어 인간적인 따스한 둥지를 엮어나간 진혼곡 식의 비장미. 그런 불투명한 물감이 P를 만나기 이전의 내 가슴에 혼란스럽게 흘러갔을 것이다. 그런 가슴에 원치도 않는 신神이 난데없이 들이닥쳤으니 강간이라고 할 수밖에.

'신은 나를 강간했다. 나는 울며불며 애원했다. 제발 나를 사랑하지 말라고. 이대로 우울하게 살다가 겁나게 아름다운 시詩가 되어 죽게 내버려달라고.' 나는 창호지 뚫린 틈으로 석유 창고가 바라보이는 방에서 휘갈기고 있었다. 물론 관 뚜껑을 덮은 다음의 일이지만, '내 더러운 치마와 속옷을 감싸 쥐며 발악했다. 나를 신이 범하고 떠났다. 이미 헤지고 둔해진 몸에 새로운 물을 받아도 아무렇지도 않았다. 신神은 그 후 몇 번이나 불 꺼진 내 창을 열고 들어와 나를 갖고 놀았다. 내가 갖고 놀던 나의 검은 영혼을 그의 손이 더듬으려 짓누르며 터뜨리며 데리고 놀았다. 제기랄, 그를 사랑하게 되었다. 그의 사랑 방식인 강간마저 사랑하게 되었다. 절망과 오기의 질긴 옷으로 완전무장 한 나를 강간이 아니면 어떻게 사랑하겠느냐?'


그처럼 성스러움의 극치인 종교, 구원의 유일한 출구라는 그것의 발판을 깨뜨리면서까지 지키고 싶었던 나의 문학.

문학에서 종교로 가는 것보다 종교에서 문학으로 가는 게 훨씬 어려울 듯하다. 나는 길을 잃었으며 되돌아가는 길도 잃었다. 앞으로 나갈 수도 없었고 뒤로 갈 수도 없었다. 죽을 것만 같았다.

그런 괴로움 속에 만난 사람이 김승옥이었다. 천재적인 소설가 김승옥은 감수성이 무르녹는 이십 대 초반에 무진기행 같은 주옥같은 작품을 썼다. 그러다가 어느 순간 인도로 가라는 갑작스러운 계시를 받는다. 종교인으로 변신한 후, 빼어나기 그지없던 그의 문체는 퇴색해 버린다. 무진기행 전면에 흐르는, 가슴을 스산하게 적시던 안개는 사라져 버린다. 구도의 삶을 살면서 문학에의 애착을 놓치지 못하는 그가 문학에 다시 애를 쓰지만, 종교 이전의 상태, 연둣빛으로 번져가는 봄날 같은 정취로는 다시 가지 못한다. 종교라는 열쇠를 얻은 대가였다. 내가 김승옥의 문학과 삶에 지독한 애정을 갖는 것은 그가 나의 대학 같은 과 선배이면서도 나의 운명 역시 어쩌다 보니 그와 비슷한 배를 타서이다. 비록 그의 문학성에 비하면 초라하기 짝이 없지만, 문학만을 사랑했고 어느 순간 종교에 부름을 받았다가 문학으로 회귀하면서 그 두 개의 다른 세계에 대한 분열적 사유와 함께, 상실되어 버린 문학적 감수성에 대한 뼈저린 아쉬움이 진하게 공감되기 때문이다. 그리하여 내 트렁크 안의 천연물감은 김승옥이 되찾고자 하는 원초적 감각만큼이나 중요한 것이었다. 손가락이 잘린 불우한 피아니스트의 손가락만큼 절박하게 소중한 것이었다. 내 친구들이 찬란한 훈장 같은 감옥에 들어가거나 법전을 뒤지고, 전자공학 서적을 뒤적거리거나 대기업에 입사해 앞만 보며 뛰어다닐 때 내게는 낡은 캐비닛 속의 케케묵은 원고 뭉치만이 중요했고 의미가 있었다. 어머니의 마음을 파먹은 아귀일지도 모르며 기형도의 시 한 줄보다 못한 넝마일 수도 있지만, 그것은 내게 거울이며 도그마에 의해 오염된 마음을 씻는 세탁기였다. '믿습니까? 믿습니까?' 동어반복의 앵무새 소리에 세뇌되어 버린 마음을 털어내고 원래의 색채로 돌아갈 수 있는 유일한 길이며 지도였다. 내 고장 난 자아가 회복되기 위해 필연적으로 마셔야 할 샘물이었다.

이십 대 초반 나의 풋풋한 가슴 속에 흘러간 천연물감, 그것을 트렁크에 넣고 닫을 때는 정말 입관을 하는 기분이었다. 내 청춘의 장례를 치르는 것 같았다. 차마 태워버리진 못하고 석유 창고 안에 깊숙이 묻어둔 그것을 미칠 듯이 다시 꺼내 보고 싶은 마음이 든 것은 P의 허상과 위선들에 치가 떨려 탈진의 시간을 보내다가 몸서리쳐지도록 문학이 그리워진 때였다.

문학. 강간을 당하기 이전의 내 마음의 풍경. 채송화가 오종종하게 피어 있는 겨울이면 흰 눈이 사각사각 내리는 소리. 화단 앞마당의 주춧돌에 지붕에서 낙숫물 떨어지는 소리. 시각 상실자가 풍경을 그리워하는 심정으로 청주행 고속버스를 탔다. 내리자마자 뛰다시피 걸어 집으로 뛰어들었다. 여장을 풀자마자 석유 창고를 향해 걸어갔다. 태양은 카뮈가 좋아하는 정오를 막 지나고 있었다.

"김정우 과장. 축하한다!"

박 차장은 얼굴만큼이나 큰 손바닥으로 손뼉을 치며 직원들 앞에서 웃고 있었다. 나는 기분이 좋았다.

나이 사십, 내게는 의미 있는 해였다. 시인으로 등단한 해이기 때문이다. 늦게나마 날개를 단 기분이었다. 그러나 직원들의 축하 박수를 받으면서도 마음 한편으론 통증이 지나가고 있었다. 내 시가 마음에 들지 않았기 때문이다. "뛰어난 시인 될 줄 알았는데." "옛날 대학 때 냄새가 안 나, 그때는 감각이 좋았는데." 불문과 동기들에게 말을 들을 때마다 가슴이 미어졌다. 분명 내 내면 깊은 곳에 대학 시절의 풋풋하고 선연한 정서가 살아 있음을 느끼긴 한다. 그러나 써놓고 보면 종교적인 기름기가 둘러 있는 데다가 어딘가 경직되어 있다. 어쩌면 내면 깊은 곳에 옛날의 정서들이 살아 있다고 말하는 것도 희망 사항일 뿐이다. 내면 자체가 바뀌었다는 절망감이 더 컸다. 세뇌라는 것은 정신의 최하단까지 뚫고 들어가 그곳마저 다른 색깔로 물들이는 것이라서 그 물감을 빼는 것은 불가능하다. 물감을 빼려는 노력 자체가 가미되는 일이라서 그런 노력 자체가 없던 텅텅한 허공 같은 시간에 닿을 수 없다. 김승옥도 아마 그런 불가능성을 온몸으로 느꼈으리라. 그에 따른 비애와 절망감은 매일 곱씹게 되며 곱씹을수록 원초적인 감수성과는 멀어진다. 내가 문학을 향해 뜨겁게 타오를 때인 스물세 살에 종교는 내게 지울 수 없는 물감을 들이부은 것이다. 강간이란 그처럼 미래까지 지배하는 것이다. 그럴수록 트렁크 안에 고이 넣어둔 나만의 거울이 그리웠고 거기에 내 모습을 비춰보고 싶었지만, 그것은 아득한 곳으로 영원히 사라진 것이었다. 그녀, 그녀마저 없었더라면…….

　내면적으론 그렇게 뒤처진 문학에의 꿈을 수습하느라 진통을 겪고 있었지만, 현실적으론 대우 증권의 논현동 지점에서 수익증권을 팔고 있었다. 박 차장과 한 팀이었는데 그는 나보다 두 살 위였다. 장생포 출신으로 부친이 고래잡이배 선장이었다는데 그 거칠면서도 투박한 애정이 표정과 말투, 몸짓으로 나타나고 있었다. 두툼한 얼굴에 뱃살이 나왔고 성격도 털털해 만호 형 느낌이 나는 사내였다.

　"내 신경 전혀 쓰지 마라. 니 하고 싶은 대로 해라."

　논현동 지점으로 발령이 나 그를 처음 만났을 때 그는 어수룩하면서도 편한 웃음을 지으며 말했다. 과장인 나보다 한 직급 높으면서도 전혀 내색하지 않았을뿐더러 도리어 거추장스럽게 여기는 성품이었다. 나뿐 아니라 논현동 지점의 지점장, 동급 차장들과 부하들, 여직원들 모두에게 붕어빵 하나씩을 아무 때나 안기는 아저씨 같은 사람이었다.

　실상은 나나 박 차장이나 좌천인 셈이었다. 나는 본사에서 꽤 잘나간다는 국제금융팀에 있다가 밀려난 것이었고, 박 차장은 그 지점에 있다가 대기발령 성격이 강한 우리 팀으로 밀려난 것이었다. IMF가 삼 년 지난 시기였다. 시대는 무섭게 변해가고 있었다. 문학이나 종교 따위는 고루한 냄새를 풍기는 시골 영감 같은 것으로 더 심하게 취급되고 있었다. 김승옥을 아는 사람도 드물었고 무진, 말을 꺼내면 민망한 얼굴로 바라보아 도리어 민망해지곤 했다. 종교는 과학에 더욱 밀려 퇴기 취급을 받거나 신자들은 대개 자기 안의 성에 유폐되어 메아리 없는 소리만 외치기에 십상이었다. 내게 격심한 풍랑을 주긴 했지만, 이스탄불의 아야소피아와 블루모스크처럼 아름다운 두 건축물-문학과 종교-는 중세적인 깊음을 지닌 채 시대의 채찍에 떠밀려 사라져가고 있었다. 그 자리에 번쩍거리는 주식 수익률이 모든 것들을 먹어치우고 있었다. 기업들은 직원들을 정리할 방법들을 더욱 다양하게 모색하고 있었고 대우증권에서도 그 방법의 하나로 지점마다 수익증권

판매 전담팀을 만든 것이었다. 대우증권 지점이 전국에 백여 개 되니까 백여 개의 팀이 신설된 것이고 한 팀에 두 명씩 배치되었다. 대우증권으로선 이백여 명의 감원 대상자를 미리 확보한 꼴이었고 박 차장과 나는 여차하면 퇴출당할 리스트에 오른 셈이었다.

그러나 박 차장은 그런 내막을 훤히 알면서도 전혀 신경도 쓰지 않을뿐더러 오히려 그것을 즐기는 표정이었다. 그는 대우증권에 오기 전에 모그룹의 무역회사에 근무했었다. 구매 관련 일을 보았다고 했다. 어떤 부스러기들을 긁어모았는지 아니면 선장이었다는 아버지로부터 물려받은 것이 있는지 꽤 많은 재산을 소유하고 있었다. 먹고 사는 것은 지장이 없다고 했다. 회사 나오는 것을 취미로 삼고 있었으며 그런 마음을 쉽게 표현하곤 했다. 회사에서 쫓겨날지라도 그에 대한 동요가 별로 없는, 유유자적한 행복 남인 셈이었다.

내 마음속에도 그와 비슷한 면이 있긴 했다. 빽빽한 일정, 빈틈없는 프레젠테이션, 정확한 출퇴근으로 꽉 차고, 미국 시각, 홍콩 시각, 취리히 시각에 맞춰야 하는 일정으로 사적인 여유라곤 한 치도 없는 국제금융팀은 체면을 차리거나 명함을 돌릴 때는 좋았지만 글을 쓰기엔 최악이었다. 그런 상황에서 벗어나 수익증권을 팔러 자유롭게 돌아다닐 수 있는 팀. 아침에 출근했다가 외출해 전화로 대강 둘러대면 현장 퇴근이 가능한 곳. 더욱이 나는 국제금융팀에서 법인영업을 해왔기에 법인의 자금이 들어오곤 했으므로 시간을 만들기는 누워 떡 먹기였다. 그렇게 생긴 여유로운 시간이면 나는 영화를 보거나 선릉 공원의 풀밭에 누워 책을 보곤 했다. 그런 점에선 박 차장처럼 여유로운 면이 있긴 했지만 가진 것 없이 빚만 수두룩한 처지였으므로 마음 한쪽은 늘 허덕거리고 부대꼈다.

논현동 지점엔 삼십 명의 직원들이 있었다. 우리 둘을 제외하곤 모두 주식 매매에 관련된 사람들이었다. 남자들은 차장이든 대리, 사원이든 주식을 매매했고 여자들은 대부분 업무를 맡고 있었다. 박 차장과 나만 별도의 신생 조직에 배속되어 그들과 겉도는 일을 하고 있었다. 지금은 수익증권을 비롯한 펀드니 랩이니 해서 증권회사 영업의 꽃이 되었지만, 그 초창기 모습은 이처럼 곁 살림 마냥 초라했다. 같은 기차를 탄 이백여 명 중에 사표를 낸 사람도 많았다. 나 역시 그런 기분에 휩싸이곤 했지만 그럴 형편도 안 되거니와 이제라도 제대로 꽃 피워보고 싶은 문학의 환경으로선 퍽 괜찮은 것이라서 그리 큰 불만은 없었다. 그러던 어느 날이었다.

주식 매매를 하는 과장과 점심을 일찌감치 먹고 자리에 돌아온 나는 무슨 서류의 초안을 작성하다가 지우개가 필요했다. 박 차장이 책상 서랍을 열 때 지우개가 있던 생각이 떠올랐다. 박 차장은 식사에서 아직 돌아오지 않았다. 거리낌이 조금 일었지만, 박 차장의 유달리 털털한 성격 때문에 그의 물건들을 무던히 써왔던 나는 그의 서랍을 열었다. 아주 꾀죄죄하고 손때가 묻어 새까만 지우개가 놓여 있었다. 크기도 보잘것없이 작았다.

그것을 꺼내 내 책상 위에 놓았다. 문구용 칼로 반을 갈랐다. 반 토막은 박 차장의 서랍에 도로 넣고 나머지 토막으로 연필로 쓴 서류의 틀린 곳을 지워나갔다. 얼마 지나지 않아 박 차장이 돌아와 자리에 앉았다.

“차장님. 서랍에 있는 지우개 있잖아요? 그거 제가 칼로 반 잘라 썼어요.”

대수롭지 않게 말했다. 그래? 괜찮아. 그 정도의 반응을 기대하고 있던 내게

“뭐!”

외치는 그의 목소리는 경끼에 가까웠다. 얼굴은 피가 급속히 몰려 시뻘게졌다. 혈압의 끝까지 다다른 듯한 표정으로 그는 평소 유들유들하던 말솜씨와는 달리 말도 더듬거리며 소릴 질렀다.

“그거 삼, 삼십 년 동안 써, 써오던 지우개다!”

그 순간 감당할 수 없는 감정이 차올랐다. 그와의 관계, 지금까지 형 동생처럼 지냈던 관계가 쭈그러드는 기분이었다. 그와 나 사이에 먹먹한 기류가 흘렀다. 그 자리에 있는 것 자체가 부담스러웠다. 박 차장은 그 자리에서 거의 얼어붙어 있었다.

하루 이틀 시간이 지나도 그 감정은 수습되지도 정리되지도 않았다. 죄책감이 강했기에 불편하기 짝이 없었다. 박 차장은 순간적인 경악 외엔 말을 꾹 눌러 참고 이렇다고 말하지 않았지만 아까워 어쩔 줄 모르는 체하는 속내가 숨겨지진 않았다.

삼십 년이라면 그의 나이 마흔둘이므로 오 학년 때이다. 삼십 년 동안 지우개 하나만 가지고 써온 사람을 나는 만나본 적이 없다. 하지만 박 차장은 그렇게 하고 있었고 그의 비명 같은 단말마 이후 나는 그가 평소와는 전혀 다르게 보이기 시작했다. 그는 헐거운 바지처럼 편하고 털털했지만, 지우개에 대한 그의 애정은 정밀한 반도체 칩처럼 빈틈 하나 없었다. 난 그가 그런 강력한 집중을 보이는 대상이 있을 줄은 생각도 못 했다. 그것도 손때에 절대로 절어 새까맣고 보잘것없는 지우개에 대해서 말이다. 나라면 그까짓 지우개는 이미 버렸을 것이다.

사실 고무지우개는 초등학교 시절의 내게도 아름다운 추억을 지니고 있었다. 고무지우개의 향긋한 냄새가 너무도 좋았다. 하얀 종이 위의 연필 글씨를 지울 때 나는 쓱 쓱 소리도 감칠맛 났다. 지우개의 다채로운 색깔 중에 분홍색을 좋아했고 연한 살구색도 좋아했다. 지우개라는 이름도 좋고 그 느낌도 마냥 좋아서 지우개를 먹고 싶은 생각이 든 적도 있었다. 지우개를 먹으면 내 안의 더러운 것, 보기 싫은 것, 지저분한 것들이 싹 지워져서 깨끗하게 될 것 같은 환상을 품고 있었다. 나의 그런 지우개에 비해 박 차장의 지우개는 너덜너덜하고 새까맣고 꾀죄죄해서 지우개라고 말하기도 그랬다. 그런 것을 무슨 유산이나 된다고 삼십 년을 지녀온 것이었다. 내가 칼로 반을 자르지 않았다면 일 년에 아주 조금씩만 쓰면서 평생을 가지고 갈지도 모를 일이다.

그런 것을 내가 싹둑 잘라버렸으니. 그 순간의 충격은 얼마나 클 것이며 나에 대한 증오와 분노는 얼마나 클 것인가. 나는 상상도 되지 않아 막막하기만 할 뿐이지만 평소와는 딴판으로 박 차장이 반응한 것에 생각이 다시 미치자 그에 대한 지금까지의 생각이 무너졌을 뿐만 아니라 그가 어떤 사람인지 도통 모르게 되었다.

일 년 정도 지나 대우증권에 사표를 냈다. 회사 분위기가 사납게 돌아가 무모한 낭만주의자처럼 버티기가 어려웠다.
박 차장도 몇 개월 후에 사표를 냈다는 소문을 들었다.
박 차장이 암 투병 중이라는 소문이 그 몇 년 후에 들려왔다. 가슴이 뜨끔했지만 가보지는 않았다.
그가 사망했다는 소식을 들은 것은 며칠 전이었다.
조문을 끝낸 나는 식탁에 앉아 있었다. 평소의 털털한 모습 그대로 인자하게 웃고 있는 박 차장의 영정 사진이 가슴에 어른거리면서 새삼 뭉클하게 떠오른 지우개는 내 안의 깊은 지층에 묵혀 있는 것들을 사정없이 흔들어 댔다.
그의 삶은 객관적으로 보면 유달리 내세울 것도 없고 평범 그 자체일 것이다. 생긴 것도 그렇고 살아온 것도 그렇고 노는 것도 그렇다. 주어진 얼굴이나 풍채대로 먹고 싶은 것 가리지 않고 먹고 놀다가 평범한 인생을 평범하게 끝냈다. 그러나 새까맣고 꾀죄죄한 그의 지우개에서 아릿한 향기가 계속 올라오고 있었다. 나는 그의 지우개의 반을 잘라 놓고도 이렇다 할 태도를 보이지 않았다. 그런 내게 아릿한 향기를 풍기며 지우개는 내 속이 미어지도록 곪고 있었다. 그의 지우개를 아는 사람이 지상에서 누가 있을 것인가. 소복 차림으로 저쪽에서 울음에 겨운 표정으로 서 있는 그의 아내가 알 것인가. 나는 그의 지우개에 대해 아는 것이 없다. 그가 애지중지하게 삼십 년간이나 지녀왔다는 사실 외에는. 그 애처로운 지우개에 박 차장은 무슨 사연을 가지고 있는 것일까. 나는 왜 그에 대해

한 번도 물어보지 않았을까? 울산 장생포에 포경이 금지된 후 술이 늘었고 결국 위암으로 세상을 떠났다는 그의 아버지가 사주신 것일까? 추억이 많다는 장생포 초등학교 때 어떤 여학생이 선물한 것일까?

대학 시절에 그는 데모하곤 했다는 말도 했었다. 동지의 이름을 수첩에 적을 때 볼펜보다는 지울 수 있는 연필이 적절했을 것이며 어느 막막한 시점에선 그 지우개로 그 이름들을 지워나갔는지도 모른다. 생각해 본 적 없는 것들이 돌연 떠올라 어지럽게 퍼져나갔다. 퍼져나갈수록 알 수 없었다. 조문할 때 바라본 그의 털털한 영정 사진의 잔상에 지우개가 자꾸 겹쳐 보이며 알 수 없는 상상 속으로 잠겨 드는 것을 제어하기 어려웠다. 그의 인생 같은 것의 절반을 잘라버린 가학 때문인지도 모르겠다. 그가 평생 간직해 온 고상함에 무식한 칼질을 한 데에 따른 대책 없는 미안함과 죄책감도 한몫했을 것이다. 문학을 한다는 내가 한 인간에 대한 이해와 애정이 고작 이것밖에 되지 않는가. 종교와 영성을 체험했다는 내가 이것밖에 되지 않는가. 소위 마음 세계에 대해 그토록 침윤되었다는 내가 타인의 마음 세계에 대해선 이처럼 무지한가. 나의 석유 창고만 중요하고 그 안의 원고 뭉치만 중요하고 남들의 지우개에 대해선 왜 이리 인색한가. 비록 새까맣고 꾀죄죄할지라도 그 안에 어떤 창고들이 숨어 있는지, 어떤 알록달록한 추억들과 연금술, 그들만의 우여곡절과 독특한 세계로 가득 차 있을 것들에 대해서 말이다. 내가 잘라버렸음에도. 내가 파괴했음에도, 나 자신이 고물상에 헐값으로 팔아먹은 죄인이라 할지라도.

영정 사진 속의 환하게 웃는 얼굴이 옛날, 내 원고 뭉치를 고물상에 팔아먹고는 희멀겋게 웃고 있던 꼬마를 살기 띤 눈빛으로 꼬나보던 나를, 위에서 아래로 내려 보는 것 같아, 섬뜩했다.


가슴이 도려지는 아픔 속에 떠오르는 것이 있었다. "나는 지워주는 여자야." 그렇게 말해주는 여자, 경희였다. 내가 시로 다시 돌아와 종교적 도그마로 인한 앙금과 사투를 벌이던 시절, 밤을 새워 퇴고를 거듭해도 세뇌로 인한 뻘건 물감이 내 무의식을 갉아먹으며 내 시에 죽으라고 박혀 있던 그 시절, 선물처럼 다가온 여인. 카페 파스쿠찌에 나란히 앉아 내가 연필로 쓴 문장을 한 줄 한 줄 읽으며 잘못된 곳들을 지우개로 지워나간 것은 그녀가 내게 베푼 무수한 감동 중 일부일 뿐이다. 어린 시절 향긋한 향기와 함께 쓱 쓱 소리마저도 똑같게 내며 내 시의 모난 곳들을 지워나가며 한 말이 그 말이었다. "나는 지워주는 여자야." 그 말에 나는 거의 눈물을 흘릴 뻔했다. 나의 오류, 언제부터가 기원인지 너무도 깊어서 잘 모를 오류에 대해 하나하나 지워주던 여자. 글뿐 아니라 내 삶의 그릇된 것들까지 자신이 지우개가 되어 지워주는 여자였다. 시를 나보다 더 잘 썼고 시인이 꿈이었지만 고장 난 나를 챙겨주느라 자신의 꿈마저 놓친 불쌍한 여자이기도 했다. 나는 지워주는 여자야. 그 말을 하는 순간의 경희는 정말 지우개 같았다. 내가 어릴 적에 향기롭게 맡던 지우개. 나의 속마저 깨끗하게 하고 싶어서 먹고 싶었던 지우개의 화신인지도 모른다. 어쩌면 나의 오류는 내가 그 종교를 만나기 이전부터 있었을지도 모른다. 대학 시절의 나의 원고지. 내 문학이 경직되고 화석화될수록 보고 거울인 양 싶었던 상실의 기록물. 거기에마저 오류가 있을 것이다. 물론 그 원고지엔 내 청춘의 숨소리들, 메마르거나 거칠거나 축축한, 고독의 빛나는 숨결들이 들어 있었다. 아니 무엇이 있었던 게 아니라 오염이 없었다. 길들지 않았고 흉내 내지 않았다. 천연의 우물에서 막 길러낸 천연수였다. 오류의 기원이 끝 간 데 없이 깊은 것이 본질인 이상 그 천연의 물에도 오류는 있을 것이었다. 그 부분까지 손을 대 지워주고 지워주며 온전히 사랑으로만 나를 치유해 나간 여자였다. 인간 지우개였다. 내 무의식 깊은 곳은 병이 들어, 그 위험한 곳까지 스스로 걸어 내려가 나를 위해 나의 오류를 지워나가다가 그녀는 점점 줄어들었다. 마음을 다 태우고 진을 다 빼앗겨 몸과 마음이 수척해졌다. 나를 그만 위하고 너를 위해 살라 해도 막무가내였다. 자신의 존재 자체를 줄이다가 가루로 훌훌 날려버린, 진정한 지우개였다. 박 차장의 지우개에도 그런 추억, 추억이라고 부르기엔 가슴이 시려 감히 그렇게 부를 수 없는, 자기 온몸 온 마음을 온통 지우개 가루로 소멸시켜 버린 그 소신공양에의 경외감이 너무 커 인간의 작은 입으로 함부로 말할 수 없는. 내 삶의 아주 고된 능선에 잠깐 왔다가 나를 깨끗한 원고지로 만들어 주고는 사르르 떠난. 그런 것이 녹아 있을까. 그의 꾀죄죄하고 손때에 절어 새까만, 삼십 년이나 애지중지 지녀온 지우개에도.

"그래서요. 그러니까 며칠 전에 그 박 차장님이라는 분이 돌아가셨고 그와의 지우개 사건이 선생님의 경험 중에 독특하다는 말씀이지요?"

B 잡지사에서 취재차 왔다는 미모의 여성 기자가 이야기를 다 듣더니 물었다.

"네. 그래요."

"저희 잡지사에서 서른 분의 시인들에게 각자의 독특한 경험을 들으며 한 권의 책으로 내려는 기획 아래에 선생님과 인터뷰를 한 것인데 지우개는 정말 생각지도 못한 것이었어요."

"어찌 보면 우스운 거지요."

"아니에요. 선생님. 상징성이 풍부하고 저는 좋아요. 선생님의 지우개 이야기를 들으면서 독자들은 각자 자기의 소중한 소품들 가령 성냥이나 골무, 장갑, 손수건, 스카프, 만년필 뚜껑, 계량기 덮개 등등에 대해 떠올릴 것 같아요."

"그러면 유 기자님은 뭐가 떠오르나요?"

"호호. 저는 소보로빵이 떠올라요. 사실 선생님의 이야기를 들으며 줄곧 떠오르고 있었어요."

"이따 취재 끝나면 먹으러 갑시다. 저 아래 좋은 빵집이 있어요."

"네. 좋지요. 그런데 지우개가 그 시점 즉 무심코 칼로 잘랐고 그에 대해 박 차장이 전혀 다른 태도로 돌변한 순간부터 달리 보이겠어요. 지우개의 의미에 대해 좀 더 설명해 주시겠어요?"

"그분의 지우개는 저의 석유 창고 같은 것이기도 하지요. 그 안에 누구도 흉내 낼 수 없는 순전히 개인적인 꿈과 무한에 가까운 것을 품은. 물론 동일시하지는 않아요. 서로 공통점도 있고 차이점도 있지요. 하지만 제가 자른 것이 그분의 삼십 년이란 세월이라고 느낀 순간 이후론 그 지우개는 단지 하나의 사물이 아니라 전혀 다른 것이 된 것이지요. 말하자면 하나의 우주이며 생태계입니다."

"멋진 말씀이네요. 확실히 시인들은 상상이 풍부하고 머나먼 수평선의 안팎을 자유롭게 왕래하는 존재들인 것 같습니다."

"사람들은 누구나 다 시인이죠. 동시에 그 시인을 가두는 감옥이기도 하고요."

"저를 꼬집는 것 같네요. 호호."

그녀의 미소가 상큼해 보였다.

"그분의 지우개 속엔 저의 푸른 시절의 원고 뭉치도 살아 있고 저의 어머니도 살아 계시고 제게 토끼장도 만들어 주고 공포와 평화의 연금술을 보여준 만호 형도 살아 있고 그 모든 것이 영원히 살아 있는 거죠. 저는 저로선 너무도 중요한 원고 뭉치를 상실했지만 제가 상실한 것은 이 아픈 시대에 비하면 아무것도 아닐지도 몰라요. 이 시대가 얼마나 많은 고통과 상실을 안겨줍니까? 그런 상실감 속에서도 사람들은 살아가지요. 그리고 저는 운이 좋은지는 모르겠지만 박 차장의 지우개에 가학하고 그것을 느끼면서 제가 받은 피해 또는 상처가 정리되었어요. 이해가 충분히 된 것이지요. 사실 제 원고 뭉치를 고물상에 팔아먹은 그 꼬마가 뭐 그리 큰 잘못을 저질렀나요? 철없는 나이에 허기가 졌고 엿 바꿔 먹기에 좋은 종이 뭉치가 눈에 띄었을 뿐이지요. 다만 그랬던 그가 나의 살기 띤 눈빛을 받으며 얼마나 무서웠을까요? 평생의 트라우마가 되었는지도 모르지요. 내가 째려보는 그 순간 영혼에 박힌 칼질이 지금껏 그의 삶에 악몽이 되어 있는지도. 그처럼 가해를 받았던 저의 폭력성마저 도드라지게 살아나면서 저의 상처가 정리되었어요. 상처가 지워진다는 것이 어디 쉬운 일입니까? 상처의 문제 즉 피학적 가학적 문제는 진짜 복잡합니다. 상처나 폭력은 일어나서는 안 되겠지요. 하지만 상처를 그렇게 단순하게 볼 수만도 없을 거예요. 장기적이고 깨달음의 차원에서 본다면 상처가 은혜가 되기도 하는 거지요. 물론 지워지지 않는 상처가 훨씬 더 많고 우리가 사는 사회는 그런 상처의 진물이 사람들의 가슴 속에 흥건히 배어 있지요. 게다가 지운다는 것이 꼭 좋은 것도 아니에요. 더러운 과거를 반성이나 수정, 사과 없이 지우는 것은 죄악이지요. 폭력이나 학대로 상처를 주면서 그로 인한 검은돈이나 권력을 챙기고 그 더러운 전력을 지우려는 돈세탁, 뻔뻔한 거짓말, 속임수, 이 사회를 분탕질하는 그런 행태들보다는 지워지지 않는 상처 속에서 신음하며 사는 것이 그나마 깨끗한 일이지요.”

“선생님 말씀을 들으니 이 시대의 풍경이 얼핏 보이기는 한 것 같은데요. 또 다른 말씀은요?”

“타인의 발견입니다. 저는 그분의 지우개를 자르고 난 뒤 그의 비명 한 마디에서 타인을 발견했습니다. 그 한 번의 타인은 무수한 타인들로 넓혀져 나가지요.”

“좋은 말이네요. 그렇다면 그 전엔 타인을 몰랐다는 말씀인가요?”

“그렇죠. 자아뿐이었죠. 타인들을 안다고 하지만 자아라는 항아리에 담긴 타인들이었어요. 그 항아리가 깨지면서 타인들이 보이게 된 거지요.”

“어렵네요. 이해될 듯도 하구요. 그리고 경희라는 분이 나오는데 선생님이 인간 지우개라고 부르신. 정말 그랬나요?”

“네 그래요. 그랬지요.”

“말씀을 보니 돌아가신 것 같은데 왜죠?”

"……."

"말씀하기 싫으시면 하지 마세요. 어쩌면 죽음이야말로 지우개라는 생각도 드네요. 시간도 그렇고요."

"그녀도 소보로빵을 좋아했지요."

"어머. 그러세요? 이따 선생님과 소보로빵을 같이 먹을 때 그 순간부터 그 빵은 어쩌면 제 인생에 다른 거로 보일지도 모르겠네요. 호호. 그럼 우리 이제 빵집으로 걸어가면서 얘기를 나눌까요? 저 배고파져요."

"그럽시다."

집을 나와 빵집으로 걸어가는 길에 쌀집, 복덕방, 철물점, 과일가게 등이 여느 때처럼 보였다. 내 눈길이 유독 더 가곤 하던 문방구도 그 사이에서 빛나고 있었다. 가슴 속의 이야기를 풀어놔서인지 그 안에 보이는 사물들 하나하나에 더 소담스러운 정이 가고 있었다.

"근데 그 바보 꼬마는 어때요? 아직도 미우세요?"

유 기자가 한껏 밝아진 목소리로 물었다.

"진짜 미웠지만 고맙기도 하지요. 어쩌면 그 녀석이야말로 지우개일 수도 있지요. 저의 한 시절을 그야말로 지워버린. 그 단절과 청소를 통해 새로운 그림을 그릴 수 있도록 해준."

"만약 지금 그 꼬마를 만나게 된다면 기분이 어떨 것 같아요?"

나는 순간 말문이 막혔다.

생각도, 시간도 다 지워진 듯 아무런 말이 떠오르지 않았다.

＊울산남구문화예술창작촌 기증 작품

---

**이명훈** 2003년 『문학사상』의 장편소설문학상 수상. 장편소설 『꼭두의 사랑』, 『Q』, 『소설 서유구』, 소설집 『수평선 여기 있어요』, 단상집 『수저를 떨어뜨려 봐』 등.

# 하얀 벌레

변미나

그는 야간 순찰 중에 놀이터에 웅크리고 있는 누군가를 발견했다. 그는 시계를 봤다. 왼쪽 손목 위의 시계가 11시 54분에서 막 55분을 알리고 있었다. 이제 곧 자정이었다. 아파트에서는 안전을 위해서 놀이터 이용시간에 제한을 두고 있었다. 저녁 9시가 되면 놀이터 주변에 가로등이 일제히 꺼져 어두웠지만 그 이후에도 놀이터에는 그네나 시소에 앉아 대화를 나누는 10대 후반, 20대 초반의 커플들이 있었다. 평소였다면 그냥 모르는 척 지나쳤겠지만 이제는 그럴 수 없었다. 보름 전 인근 아파트 놀이터에 사고가 있었다. 사람이 죽었다고 했다. 사십 대 정도 되는 남자였다. 사인은 알려진 바가 없었다. 뉴스나 신문에는 이 사건이 소개조차 되지 않았다. 다들 쉬쉬하는 분위기였다. 인근에 백화점 상업지구 형성 계획이 알려지면서 이곳을 비롯한 신규 아파트들은 상승세에 있었다. 다만 아파트 내부에서 민원이 빗발쳤다. 아파트 단지 내 사각 지대를 수시로 점검하여 혹시 모를 사고를 예방해 달라는 거였다.

거기 이쪽으로 나오세요.

그는 손에 들고 있는 손전등을 비추며 말했다. 처음에는 발 언저리 쪽으로 그 뒤에는 무릎 근처로 손전등을 비추며 재차 말했다. 여러 차례 이야기했음에도 상대는 아무런 미동이 없었다. 그는 결국 손전등을 들고 가까이 다가가 조금 더 강한 어조로 외쳤다.

이쪽으로 나오세요, 이쪽으로 나오시라고요.

바로 앞까지 다가가 불빛을 비췄을 때, 그는 놀란 나머지 헙— 하고 일시적으로 숨을 멈출 수밖에 없었다. 그가 당연히 사람이리라 여긴 대상은 사람이 아니었다. 그것은 커다란 벌레였다. 사람이 웅크리고 있던 것이 아니라 1미터 정도 크기의 벌레가 서 있던 것이었다. 벌레는 투명에 가까운 하얀색의 딱딱한 껍질로 뒤덮여 있었다. 얼굴은 하회탈의 눈처럼 웃고 있었고, 코는 납작하게 눌려 있었다. 입은 보이지 않았다. 머리에는 하얀 색 더듬이가 있었는데, 뭔가를 찾아내려는 듯이 왼쪽과 오른쪽을 번갈아 움직여대고 있었다. 그는 그 자리에서 달아나야 할지 아니면 모르는 척 가던 길을 가야 할지 아니면 비명을 질러야 할지 판단이 서지 않았다. 아니 판단할 수 없었다. 그는 그 자리에 서서 얼어버렸다. 그는 여전히 손전등을 벌레 쪽으로 한 채 서 있었다. 그렇게 그는 몇 분간 자신의 의지와 무관하게 벌레와 대치하고 있었다. 그때 벌레가 불현 듯 움직이기 시작했다. 한 걸음, 두 걸음, 마치 사람처럼 직립보행을 하고 있었다. 벌레는 그가 비춘 손전등 불빛을 무대 위 핀 라이트 조명 삼아 공연하고 있는 배우처럼 보였다. 그는 그 모습을 홀린 듯 보고 있었다. 그러자 불쑥 벌레가 그의 옆으로 다가왔다. 그는 눈을 질끈 감았다.

에이 씨발!

뒤에서 취객의 욕설이 들렸고 그 소리에 그는 눈을 번쩍 떴다. 그가 다시 앞을 바라봤을 때, 손전등이 비추고 있는 건 허공뿐이었다.


눈앞에 있는 것처럼 생생하게 떠오르던 그 알 수 없는 생명체의 모습은 새벽 시간이 지나자 점차 흐릿해졌다. 새벽 5시를 기점으로는 급속도로 밀려오는 피로감에 그는 초소에서 몇 번인가 졸았다. 그렇게 몇 번인가 졸다 깨다를 반복하다가 교대 시간을 맞이했다. 교대자인 윤과 그는 동년배였지만 교대시간에 10분, 20분 만나는 게 고작이라 딱히 깊은 대화를 나눌 기회가 없었다. 그들은 평소처럼 교대 시간 동안 짧게 전날 있었던 특이 사항에 대해 이야기를 나눴고 관리사무소나 입주민들로부터 들어온 민원 사항에 대한 정보를 교환했다. 그는 초소 밖으로 막 빠져 나오다가 초소 유리창에 비친 윤의 얼굴을 보게 되었다. 윤의 얼굴에서 그는 문득 전날 봤던 벌레를 떠올렸다. 그는 순간 전날 벌레를 봤다는 사실을 윤에게 불쑥 말하고 싶어졌다. 지금이 아니라면 또 누구에게 말할 수 있을까 싶었다. 그것도 잠시 그는 곧 입을 다물어버렸다. 의욕적으로 설명할 기운이 남아있지 않아서였다. 그의 몸은 빨리 집으로 돌아가 쉬라고 명령하고 있었다. 그렇게 망설이는 사이, 그는 그를 바라보는 어떤 시선을 느꼈다. 그것은 바로 초소에 앉아있는 윤으로부터 뿜어져 나오고 있는 것이었다. 윤은 그를 뚫어져라 바라보고 있었다. 그는 윤의 검고 탁한 눈빛을 바라봤다. 윤이 도리어 그에게 뭔가를 털어 놓고 싶은 눈치였다. 그는 일전에 청소용역 직원으로부터 들었던 이야기를 떠올렸다. 윤이 가벼운 우울증을 앓고 있다는 이야기였다. 약을 먹고 있다고, 거의 다 나은 거나 다름없다고 했다고. 그 이야기 뒤에는 지나치게 말이 많다며 불평했다. 자신을 잡고 놔주지를 않더라고. 윤에게 말하는 건 별로 좋은 선택이 아니다 싶었다. 그는 곧장 초소를 등지고 앞으로 걸어갔다.

그는 정확히 23시간 40분 만에 다시 초소로 돌아왔다. 하루 업무를 마치고 밤이 깊을 무렵 언제나 그렇듯이 그가 야간 순찰을 나왔을 때였다. 그의 머릿속에 벌레가 떠올랐다. 하얀 벌레. 까마득하게 잊고 있던 벌레의 생김새가 머릿속에 선명하게 그려졌다. 투명하고 하얀 거대 벌레라니. 잠시 소름이 돋았지만 그것이 진짜일 리 없다 싶었다. 헛것일 거였다. 경비 일이란 단순하지만 피곤한 일이었다. 꼬박 하루를 뜬 눈으로 지낸 뒤에 하루를 쉬었다. 나머지 하루는 사실 쉰다기보다 죽은 듯이 잠을 자는 데 모든 시간을 허비했다. 그가 퇴직 후 경비 일을 하겠다고 마음먹게 된 건 공교롭게도 그 이유 때문이었다. 하루를 꼬박 일하고 하루를 죽은 듯이 자야하는 일. 그리하여 하루하루를 아무런 상념에 빠지지 않고 보내고 싶어서였다. 그는 아무래도 피로회복제나 비타민 같은 것을 좀 더 복용해야겠다 싶었다. 자신도 모르는 사이 체력적으로 점점 무너지고 있는 건 아닐까 싶었고 그게 바로 환시나 환청의 원인이라고 결론 내렸다. 그렇게 여기자 마음이 한결 가벼워졌다.

놀이터에 다다랐을 때는 전날 있었던 일에 괜히 긴장되고 머리에 식은땀이 흘렀지만 그뿐이었다. 그곳엔 아무도 없었다. 아무도. 그는 이 일을 무척 다행스럽게 여기며 다시 자신의 초소 쪽으로 걸음을 옮겼다. 그렇게 초소에 거의 가까워졌을 때였다. 그는 가로등 뒤에 서 있는 익숙한 물체를 발견했고 하마터면 손전등을 떨어트릴 뻔했다. 그랬다. 그것은 벌레였다. 하얀 벌레. 그 벌레는 전날보다 조금 더 커져 있었다. 기분 탓이 아니라 정말 커져 있었다. 40센티미터는 더 자란 듯 보였고 몸통은 옆으로 더 넓어져 있었다. 그 벌레는 가로등을 사이에 두고 왼쪽과 오른쪽을 번갈아 보며 갸웃거렸다. 그 모습은 춤을 추는 것처럼 보이기도 했고 뭔가를 찾아 헤매는 것처럼 보이기도 했다. 웃고 있는 거대 벌레가 리듬감 있게 몸을 움직이는 모습은 어딘지 모르게 기묘했다. 그는 그 벌레가 자신을 향해 다가오지 않을지 긴장하며 지켜보고 서 있었다. 잠시 후 그 벌레는 가로등 뒤에서 훌쩍 뛰어 나왔다. 그러더니 그의 앞으로 다가오기 시작했다. 그는 천천히 뒷걸음질 쳤고 이내 반대편으로 달렸다. 앞만 보고 달렸다. 멀지 않은 곳에 그의 초소가 있었다. 그는 서둘러 초소로 들어가 문을 걸어 잠갔다. 그는 안쪽에 걸쇠까지 걸어 잠갔다. 그제야 제법 마음이 놓였다. 그는 자리에 앉아 자신에게 일어난 이 일들이 무엇을 의미하는지 생각했다. 그는 분명 헛것일 거라고 여겼다. 그리고 CCTV 모니터 옆에 놓인 물병을 집어 들고 순식간에 마셨다. 물은 더 없이 미지근했다. 평소라면 만족스럽지 않았을 물의 온도는 도리어 그의 이성적인 판단에 도움을 줬다. 그는 그 미적지근한 물을 마시며 이것이 꿈이 아니라 현실임을 깨달았고 자신에게 일어난 연속적인 일이 과연 무엇을 뜻하는 지 생각했다. 분명 우연일 수도 있었다. 그러나 우연이 아닐 수 있었다. 세 번째나 네 번째, 그 이상으로 지속될 수도 있는 문제였다. 그는 자신이 지난 1년간 익숙해진 생활패턴을 버리고 싶지 않았다. 하루를 일하고 하루를 쉰다는 것. 집은 그저 잠만 자는 공간이면 충분했다. 그는 정답을 찾아내고 싶었다.

그렇게 커다란 벌레가 있을 수 있나.

그가 던진 첫 질문은 그것이었다. 그는 이런 일을 알 만한 사람들이 있을까 생각했다. 그는 제일 먼저 다른 경비원들을 떠올렸지만 초소와 초소 사이가 너무 멀어 자리를 이탈하여 말을 거는 일은 쉽지 않았다. 낮 동안에도 분리수거나 아파트 환경미화 보조 및 화단 점검과 같은 업무가 많아 대화를 나누는 게 극히 드문 일이었다. 한밤중에도 왕왕 아파트 단지 내 주취자의 고성방가나 층간소음 관련 민원 인터폰이 울렸다. 두 번 이상 울리게 내버려두면 업무태만이라는 민원이 즉각 돌아왔다. 무엇보다 이렇게 큰 벌레가 있다는 사실을, 자신이 그 벌레를 봤다는 말을 섣불리 하는 건 좋지 않을 것 같았다. 그는 자신과 교대하는 남자를 떠올렸다. 그가 가지고 있는 일신의 문제에 대해 이따금 사람들은 말을 보탰다. 그는 그렇게 화제에 오르내리는 건 사회생활 하는 데 있어서 좋지 않다는 것을 알았다. 그는 생각 끝에 초소 모니터 위에 놓인 돋보기안경을 꺼내 썼다. 우선 자신이 겪은 일이 실제로 일어날 수 있는 것인지에 대해 누군가에게라도 묻고 싶었기 때문이다. 그는 콧대에 안경을 반쯤 걸친 채로 전화번호 목록을 뒤졌다. 그렇게 익숙한 이름들을 보던 그는 남아있는 이들보다 죽은 이들이 더 많다는 사실을 새삼 깨달았다. 그와 가장 가까운 친구는 바로 한 달 전에 죽었다. 평생을 힘들게만 살다가 간 친구였다. 사업실패, 이혼과 같은 일련의 일 끝에 병에 걸렸고 요양병원에서 지냈다. 전화를 하고 싶은 의욕이 완전히 사라져버렸다. 물론 시간이 늦은 것도 이유였다. 대신 그는 인터넷 검색 창에서 머릿속에 아직 사라지지 않은 벌레의 생김새를 적어 넣었다. 하얀, 투명한, 딱딱한, 거대한, 기다란, 과 같은 형용사들이 떠올랐다. 그는 벌레를 설명하려 하면 할수록 어쩐지 아득해지고 더 멀어지는 기분에 사로잡혔다. 어둠 속을 더듬는 것처럼 어렵고 불편할 뿐이었다.

　　이후로도 그는 몇 번인가 벌레를 더 마주쳤다. 그렇게 반복되자 놀랐던 마음이 진정되고 자신이 벌레를 보게 되는 정황에 대해 골몰하게 됐다. 시간은 자정이 넘어가는, 인적이 드문 시간이었으며 벌레를 목격하는 곳은 외진 곳, 시선이 쉽게 닿지 않는 어두운 곳이 대부분이었다. 완전한 어둠이 아닌 약간의 빛이 있는 곳에서였다. 가로등 불빛이 건물들에 닿아 부서지며 다양한 그림자가 나타나는 곳이었다. 그는 이것이 분명한 현실이지만 결코 실재하지 않는 일이라고 판단하기에 이르렀다. 피로가 절정에 달하는 늦은 시간이었으므로 환청을 듣거나 환시를 보는 일은 부지기수였다. 그는 젊은 시절을 떠올렸다. 트럭 운전을 할 때는 한밤중 터널을 걷는 여자를 본 일도 있었다. 대낮에는 결코 그런 일을 겪지 않았다. 여자도, 벌레도 본 일이 없었다. 오직 특정 공간, 시간대에서만 본 거였다. 의사는 특정 공간이 그에게 말 못할 피로와 스트레스를 주기 때문이라고 했다. 조금 쉬면 나아지는 거라고 그랬다. 따로 심리 상담을 받은 건 아니었다. 터널에서 몇 번인가 여자를 봤을 때, 무릎이 아파 방문한 정형외과에서 가볍게 던진 질문이었다. 그 의사는 정신과 전문의는 아니었음에도 친절하게 답변해줬다. 그 일은 그의 인상에 오래도록 남아있었다.

　　그래, 피곤해서야.

　　그는 자신의 집 거실에 누워 중얼거렸다. 그러고 나서 협— 하고 입을 다물었다. 즉시 달칵하고 안방 문이 열리는 소리가 들렸다. 그는 몸을 벽 쪽으로 돌렸다.

　　제형이니?

안방에서 바짝 마른 몸에, 헝클어진 머리를 한 그의 아내가 뛰어 나왔다. 그는 숨을 크게 고르고 자는 척을 했다. 아내는 머리를 긁적인 뒤에 다시 자신의 방으로 들어갔다. 달각— 문이 잠겼다. 방안에서 속삭이며 누군가와 대화하는 아내의 목소리가 들려왔다. 그들의 아이는 스무 살 때 죽었다. 여행 중에 일어난 실종 사고였다. 대학 친구들과의 첫 해외여행이었고 이 일 이후로 그들은 한동안 실의에 잠겨 있었고 서로를 비난했다. 10년쯤 지났을 때는 대화가 줄어들었고, 그 이후로 아내는 혼잣말이 늘었다. 한동안 관계를 회복하기 위해 노력했지만 어느 순간부터 이대로 살아가도 나쁘지 않겠다 싶었다. 어차피 하루걸러 하루 만나는 사이였고, 이곳에서 그가 하는 일이라고는 잠자는 일뿐이었으니까.

그는 이제 초소 바로 옆에서도 종종 그 벌레를 마주쳤다. 벌레는 여전히 그의 앞에 나타날 뿐 어떤 행동을 직접적으로 취하진 않았다. 어떤 날은 벌레를 마주쳐도 아무렇지 않았고 때로는 가볍게 웃어넘기기까지 했다. 그러나 어떤 날은 견딜 수 없이 두려워질 때도 있었다. 그는 점점 초소에 혼자 있어야한다는 것이 부담스럽게 여겨졌다. 밤이 오면 그는 누군가를 만나길 바랐다. 그는 친구들에게 전화를 걸었다. 사는 이야기에 대해 자신의 근황 혹은 가까운 누군가의 근황에 대해 이야기를 나눴다. 고등학교 시절 씨름 선수였고 건강 빼면 시체나 다름없던 친구가 갑작스레 폐렴에 걸려 죽은 이야기라던가, 누가 어떤 병에 걸려 투병 중이라는 소식이 대부분이었다. 그중에서도 반가운 이야기들이 있긴 했다. 친구의 자녀들이 결혼을 하거나 아이를 낳았다는 이야기들이 그랬다. 손주가 뒤집기를 처음으로 성공했다던가, 첫 걸음마를 떼거나 초등학교에 입학했다는 내용이었다. 그는 이런 이야기를 들을 때면 만면에 미소가 번지다가도 전화를 끊고 나면 마음 한쪽이 더 없이 스산해졌다. 분명 옷을 덧입고 있었음에도, 초소 안 창문과 출입구를 꼭 닫아놨음에도 그랬다. 그는 전화를 끊고 나면 괜히 초소 안에서 옷깃을 여미고 헛기침을 했다. 기지개를 켜고 잔뜩 움츠려진 자신의 어깨를 펴고 그 안에서 괜히 기운을 내보자고 맨몸 운동을 해보지만 그럴수록 초소 안에 감도는 냉기와 비좁은 공간의 크기를 인지하는 꼴이 되고 말았다. 그는 자신이 이곳에서 어떻게 하루를 꼬박 보내는지 놀랍기까지 했다. 그런 사실을 의식하기 시작하자 시간은 더디게만 갔다. 특히 밤은 낮보다 지루하기 짝이 없었다. 그는 누군가를 만나길 바랐다. 그런데 누굴 만난단 말인가. 그게 가장 큰 문제였다. 그는 생각 끝에 친구 하나를 불렀다. 일전에는 제법 이곳에 자주 오던 친구였다. 그가 일하는 아파트에서 한 블록 정도 떨어진 곳에 살고 있었다. 친구와 마지막으로 연락했을 때, 이제 자신의 아내가 요양원으로 가야 할 것 같다고 말했다. 이후에는 별 다른 연락이 없었다. 근황이 거기에서 끊기고 나서 몇 번인가 연락해야지, 했지만 쉽게 말이 떨어지지 않은 건 좋지 않은 소식을 듣게 될까봐였다. 전화를 했을 때, 친구의 목소리는 제법 산뜻했고 십 분 안으로 오겠다고 말했다. 그 목소리는 이상할 정도로 생기가 넘쳤는데, 그래서 그도 잠시 기분이 들떴다.

여―!

창문을 두드리며 익살스럽게 나타난 그의 친구는 익숙한 몸짓으로 초소 출입문을 밀고 들어왔다. 그리고 품에서 가져온 검정 봉지를 꺼내 모니터가 놓인 책상 아래 숨겼다. 보나마나 막걸리와 새우깡일 거였다. 초소에서 술을 마시는 건 금지지만 새벽 시간이 넘어서 인적이 드물 때, 몰래 마시는 일들이 있었다. 그는 술을 마시지 않았다. 절대로. 그저 친구가 가져온 새우깡을 몇 개 얻어먹으면서 대화를 나누는 게 다였다. 그런 그를 그의 친구는 꽉 막힌 놈이라고 하긴 했지만.

혹시 너 치매 아니냐?

친구는 다소 어렵게 꺼낸 그의 말에 불쑥 이런 답을 건넸다. 그는 치매, 라는 것을 상상해본 적이 없었다. 치매는 가족력이 대부분이라는 데, 가족 중에도 같은 병을 앓는 사람이 없었다. 그는 하루하루 정해진 일과대로 움직이고 있었기에 자신 있게 부정했다. 그러나 친구는 다시 한 번 너 치매일지도 모른다, 고 말했다. 다소 심각한 표정을 지으며 낮은 목소리로 말하는 친구의 말에 그는 조금 흔들렸다.

치매가 기억만 깜빡하는 게 아니야, 그게 증상이 많아. 나도 우리 애 엄마가 이 병을 앓고 나서 공부하게 된 거야. 헛것도 보인다더라. 너 일전에도 그런 적 있지 않았어?

그가 조심스럽게 고개를 끄덕였다. 친구는 그에게 보건소에서도 노인들을 위해 검사를 시행해준다고 했다. 무려 무료라고 시간이 될 때 가볍게 받아보는 것도 나쁘지 않다고 했다.

뭐든 지 미리 예방해야 해. 우리 나이가 있잖아. 그래서 말인데….

친구가 검정 봉지를 뒤적이며 뭔가를 꺼내 내밀었다. 그 표지에는 치매 완벽 보장 서비스, 라고 적혀 있었다. 친구는 넉살 좋게 웃으며 새로 일을 시작했다고 했다. 아내가 그렇게 되면서 보험에 관심이 많아졌고, 간병을 할 수 있는 일이라고 덧붙였다. 초록색 책상 매트 위에 놓인 하얗고 두툼한 보험 설명서를 보자 그는 다시 헛기침이 나왔다. 이후로 친구는 치매 보험의 필요성에 대해 늘어놓았다. 그가 애써 다른 화제로 돌리려고 했지만 결국 이야기는 다시 보험으로 돌아왔다. 그는 자신이 아니라 친구야말로 보험이 절실하게 필요한 건 아닌가 싶었다. 그는 친구가 돌아간 뒤에 그 보험 설명서를 쓰레기통에 처박아 버렸다.


치매? 웃기고 있네.

그는 그렇게 중얼거리며 걸었다. 그런 일은 일어날 수 없었다. 그의 할아버지, 할머니도, 아버지나 어머니도 치매를 앓진 않았다. 그들은 다만 각각 다른 병으로 죽었다. 위암이나 간암의 가족력이 있었는데, 그의 아버지는 생소하기 짝이 없는 병으로 돌아가셨다. 담낭 암이었다. 어디에 붙어있는지도 모르는 그 기관은 엑스레이 상에서도 작디작았다. 그 작은 암세포는 몸 전체로 퍼져 그의 아버지를 집어 삼켰다. 그런 일을 생각해보면 일어날 수 없는 일이란 없었다. 그에게 삶이란 살아갈수록 확신하기 어려운 것이었다. 그는 조금 불안해졌다. 그의 머릿속에 아내가 떠올랐다. 그는 자신의 아내가 지금과 같은 모습이 될 거라고 상상하지 못했다. 아내는 무척 밝은 사람이었다. 쉰 살이 다 되어갈 때까지도 소녀 같은 구석이 있었다. 낮고 작은 것들을 사랑하고 사람을 배려하는 그런 이였다. 교회에서 봉사도 도맡아 하고 좋은 일에 앞장섰다. 신실한 기독교 신자인 아내는 어느 날 밤 조용히 무슨 큰 비밀이라도 되는 듯 조심스럽게 그에게 이런 고백한 적이 있었다.

여보, 나는 지금 이대로 살 수만 있다면 다시 태어나고 싶어. 천국에는 가고 싶지 않아.

그 말을 하던 날 밤은 아이가 막 스무 살 생일을 넘겼을 때였다. 아이가 원하는 대학에 합격하고 기쁨에 들떠 있던 날 밤에 그들 부부는 말할 수 없이 가슴이 벅차올랐다. 두 사람은 자신들의 남은 인생은 이대로 흘러 갈 거라 생각했다. 그러나 그렇게 되지 않았다. 그에게 오래전 묻어뒀던 기억이 불쑥 떠올랐다. 막 태어난 아이의 말랑하고도 통통한 발을 만지던 기억까지도.

그는 어느 새 아파트를 벗어나 횡단보도 앞에 서 있었다. 건너편에 사람들 몇몇이 서 있었다. 그들 대부분이 아파트 주민들일 거였다. 그는 가만히 서서 허공을 응시하는 사람들 틈에서 조금 이상한 형상을 발견했다. 때마침 신호가 바뀌고 마주 오던 사람들과 그가 중간 즈음에서 만났다. 그는 바로 옆으로 자신을 스쳐가는 그 벌레를 발견했다. 분명 그가 알던 벌레였다. 그는 횡단보도 건너편에 도착해서 자신이 제대로 본 것인지 확인하기 위해 돌아봤다. 그것은 다시 봐도 하얀 벌레임에 틀림없었다. 그런데 어딘가 달라 보였다. 그가 마주쳤던 벌레와는 달리 조금 체구가 작고 옆으로 넓었다. 무엇보다 움직이지 않고 가만히 쪼그리거나 서있던 그 벌레와 달리 누군가의 뒤를 쫓아 부지런히 걷고 있었다. 벌레 앞으로 웬 여자가 잰걸음으로 앞서가고 있었다. 기분 탓인지 몰라도 여자는 얼핏 뒤따라오는 벌레를 곁눈질로 바라봤는데, 그것은 두려워하기보다는 잘 따라오고 있는지 확인하는 눈빛이었다.

미쳤어.

그의 입에서 빠져나온 그 말은 등 뒤로 멀어져가는 여자를 향한 것인지 자신에게 하는 것인지 모호했다. 그 하얀 벌레는 이제 뛰기 시작했는데, 몸통 아래 하얀 실타래 같은 더듬이가 빠져 나와 보도블록 위를 미끄러지듯 달려 나갔다. 불현 듯 벌레가 멈춰서더니 뒤를 돌아봤다. 그리고 잠시 동안 그를 바라봤다. 벌레는 눈을 꼭 감은 채로 웃고 있었다. 벌레는 분명 그를 바라보고 있었다.

미쳤어!

그는 그 상태로 앞으로 달려 나갔다. 그리고 이따금 뒤를 돌아봤다. 그러나 벌레는 앞선 여자를 따라 모퉁이 너머로 사라진 뒤였다.


환한 낮에도 벌레를 본다는 사실은 그를 보건소로 이끌었다. 그는 직원의 호명에 따라 검사실로 들어갔다. 검사실 내부에는 넓은 원형 탁자가 있었다. 총 여덟 명 정도가 앉을 수 있는 탁자에는 이미 두 명의 노인이 서로에게 멀찍이 떨어져 있었고 그 모습을 바라보는 중년 사내가 있었다. 그는 그 중년 사내와 자신의 연배가 크게 다르지 않을 것 같다, 생각하면서 자리에 앉아 검사용 설문지를 받았다. 시간은 15분 안에 32문항의 설문지를 완료해야했다. 기억력에 관한 내용이 많았다. 사람의 이름이나 전화번호, 결혼기념일 같은 것들을 묻는 것이었다. 최근에 와서는 외울 필요가 없는 기억들이거나, 너무 오래되어 흐릿해진 것들이었다. 그는 그 답에 일부는 네, 라고 했고 또 다른 일부는 아니오, 라고 답해야만 했다. 너무 많은 부분을 기억하지 못하고 있다는 사실에 좌절했고, 몇 가지 문항은 거짓으로 답변해야만 했다. 그것은 치매가 두려워서가 아니라 누구라도 기억할 수 없는 일이기 때문이었다. 그렇게 검사를 마친 뒤에 보건소 직원이 점수를 체크할 동안 그는 괜히 마른침을 삼켜야만 했다.

치매는 아니지만, 최근에 평소랑 다른 점이 있어서 오신 거겠죠?

보건소 직원이 맞은편 자리에 앉아 물었다. 보건소 직원은 검사 용지를 하나 더 내밀었다. 만 60세 이상 이제 막 노년기에 접어든 이들에게 나타나는 우울증에 대해 검사를 시행하고 있다고 했다. 이번에는 15분 안에 45문항을 체크해야 했다. 질문들의 내용은 이러했다. 혹시 죽음에 대해 생각해본 적이 있는가, 헛것을 본 적이 있는 가, 과거에 충격적인 일을 직접 경험한 적이 있는 가와 같은 것들이었다. 60년을 살아온 사람이라면 누구나 피해갈 수 없이 네, 라고만 대답할 법한 문항이었다. 60년을 살면서 충격적인 일을 겪지 않은 사람이 있을 수 있나. 죽음에 대해서 생각해 보지 않았다면 거짓말일 거였다. 그는 문항에 하나, 하나 체크하면서 이런 것들이 우울증의 전조 증상이라니 말이 안 된다며 고개를 저었다. 빼곡하게 답변을 한 뒤에 점수를 매긴 보건소 직원의 얼굴은 다소 심각했다.

원하신다면 검사의뢰서를 적어 드릴 수 있어요. 아니면 보건소에서 무료로 시행하는 심리 상담 프로그램이 있으니까 참여해보시겠어요?

반복적인 일, 지나친 노동, 여유 시간이 없음, 가지고 있는 자산의 규모, 학력, 개인사와 같은 이유들이 개인의 심리적인 부분에 영향을 준다는 건 있을 수 없다고 생각했다. 돈이 많으면 슬프지 않다는 건가, 노년에 충분한 여가 시간을 주면 더 행복하다는 건가. 그는 결과지를 손으로 구겨 주머니에 넣다가 문득 아파트에 살고 있는 사람들을 떠올렸다. 그가 일하고 있는 그곳 아파트는 지역에서 두 번째로 값이 나가는 곳이었다. 백화점 부지 바로 옆에 지어진 주상복합 아파트의 가격을 무서운 기세로 따라잡고 있었다. 그가 듣기로는 사람들의 생활수준도 높은 편이고 교육 수준도 평균 이상이었다. 사람들은 대부분 웃고 있었고 상냥했다, 30대에서 40대가 가장 많았고 아이들의 다수가 단지 내 어린이집에 다니고 있었다. 인근에서 일어난 사건 사고가 어린이집 차량을 기다리는 부모들 사이에서 화제가 되긴 했지만 그건 그들에게 그리 와 닿는 문제가 아니었다. 문제가 생기기 이전에 올라와 예방을 촉

구했는데 그런 일들을 맡아하는 건 그와 같은 직원들이었다. 생각해보면 그는 늘 다른 사람의 안전을 보호 하는 일을 도맡아했다. 젊은 시절에는 트럭 운전도 하고 이후에는 태권도장을 운영했다. 이후에는 사설 경호업무도 했다. 나이가 더 들어서는 경비를 보고 있었다. 그는 언제나 성실하고 모범적이며 든든하다는 평가를 받았다. 그러나 그는 아들을 잃었다. 당시에는 놀랍게도 덤덤했다. 슬펐지만 어쩔 수 없는 일이라 생각했다. 자신마저 슬퍼하면 아내가 더 힘들 것 같아서였다. 그는 그 이야기를 아내에게 하지 못했다. 어떤 식으로 말을 꺼내야 할지 몰랐다. 그 영향이 지금까지 오는 건가. 생각하다 혼자 중얼거렸다.

어쨌든 나는 아니야. 어쨌든 나는 아니라고.


교대를 하러 나타난 윤의 이마가 벌겋게 부어 있었다. 딱지와 같은 상처가 너무도 눈에 띄었다. 윤의 얼굴은 아파 보였는데, 이상하게 생기가 돌았다. 눈에 안광 같은 것이 돌았다. 윤은 희번덕거리는 눈으로 뭔가를 찾으려는 형사와 같은 눈빛으로 그를 바라봤다. 그 집요한 눈빛을 피하려 해도 피할 수 없었다. 그는 안면이 없는 사람도 아닌, 일면식이 있는 동료로서 (물론 함께 근무하는 날은 일 년 중 하루도 없지만) 예의상 한마디 정도는 해야겠다 싶어 입을 열었다.

어디서 넘어지기라도 한 거예요?

네. 저는, 저는 알고 있습니다.

그는 윤이 자신의 질문에 대답대신 이상한 말을 내뱉은 것을 듣고 괜히 물었나 싶었다. 사람들 말로는 윤이 점점 말이 많아진다고 했다. 통 말이 없다가도 누가 안부라도 물어보면 쉬지 않고 말을 한다던 말이 떠올랐다.

만나신 거죠?

무슨 말이에요?

보여요. 저는 보입니다.

그러더니 윤은 물끄러미 그의 어깨 너머를 바라보았다. 그는 그런 윤의 시선에 괜히 고개를 돌렸고 막 뒤편을 바라봤을 때, 거기에는 하얀 벌레가 웅크리고 앉아 있었다. 그 벌레는 출차 하는 곳 왼편에 있는 삼각형 형태의 땅에 앉아 여전히 웃는 얼굴로 그를 바라봤다. 그리고 얼핏 그는 꼭 닫힌 옆으로 길게 늘어진 벌레의 눈이 (눈으로 추정되는) 살짝 들썩이는 것을 봤다. 살짝 들썩이는 그 벌레의 눈꺼풀 아래로는 촘촘하고 가느다란 실타래 같은 것이 보였다. 그는 재빨리 고개를 윤 쪽으로 고개를 돌렸다. 윤의 어깨 너머로 경비 초소 바깥에 붙어 있는 기다란 거울 속에 사색이 된 자신의 얼굴이 있었다.

보입니다. 보여요. 아직은 얌전한 녀석이에요. 이미 봤으면 제 것도 보이시겠네요. 다들 어느 시기가 되면 보이기 마련이죠. 잘 모르겠지만. 그냥 각자 다 가지고 있는 거죠.

평소라면 횡설수설하는 윤의 말을 무시하고 그만 가볼게요, 했을 그였지만 지금은 달랐다. 그는 윤의 말에 어느 때보다 귀를 기울이고 있었다.

그래서요?

그는 계속해서 윤에게 질문을 했다. 그렇게 질문을 할 때마다 돌아오는 윤의 대답은 어떤 면에서는 해답이 되기도 했고 어떤 면에서는 더 큰 의문으로 돌아오기도 했다. 그렇게 두 사람이 대화를 나누는 사이, 아파트 주민 하나가 그 두 사람을 묘한 눈빛으로 바라보며 지나갔다. 일전에 아파트 내로 진입하는 외부 차량을 제대로 저지하지 못했다며 경비원들에게 욕설을 퍼부은 사람이었다.

저 사람.

윤이 그에게 말하며 입주민의 등을 검지로 가리켰다. 그는 윤이 가리키는 방향을 바라봤다. 한참 그렇게 바라보고 있는데, 저 멀리서 길고 가느다란 벌레가, 삼각형의 뾰족한 뿔을 가진 녀석이 그를 향해 달려갔다.

보셨죠?

윤이 손가락을 거두고 그를 바라봤다.

누구나 다 가지고 있는 거라니까요. 특별히 겁먹으실 필요 없어요.

보이다가 안보이다가 그러는 거죠. 뭐 평생 안 보이는 사람도 있지만 한번 보이기 시작하셨으면…….

그랬으면요?

본인이 미쳤다고 생각했죠?

그는 윤의 말에 고개를 끄덕였다. 어느 때보다 열성적이었다.

미친 게 아니에요. 보세요.

윤이 그의 어깨를 잡고 앞으로 돌려세웠다. 초소 밖으로 종종걸음으로 가는 수많은 사람들이 보였다. 몇몇 사람의 뒤에는 벌레들이 따르고 있었다. 얼핏 곁눈질로 서로의 벌레를 의식하는 모습도 볼 수 있었다.

‘그게’ 보여도 그냥 말하지 않는 것뿐입니다.

왜요? 왜?

다 보는 게 아니에요.

그래도 보는 사람이 있다는 거잖아요.

왜냐고요?

윤이 손짓으로 그에게 가까이 오라고 했다. 그는 천천히 그의 입가로 귀를 가져갔다. 뜨거운 입김에 약간 소름이 돋았다.

이상하잖아요.

그렇게 말하며 윤이 웃었다.


돌아오는 길에 그는 윤의 말에 안심이 되었다.

나는 미치지 않았어.

그만 이런 일을 겪는 게 아니라는 것 그 사실은 큰 위안이 되었다. 그는 자리에 서서 횡단보도 맞은편에 걸어오는 사람들 몇몇의 뒤를 따르는 벌레들을 봤다. 사람들은 개의치 않는 듯 보였다. 그들은 어딘가에서 걸려온 전화를 받고, 시계를 봤다. 시시한 농담을 건네기도 했고, 활짝 웃기도 했다 그러나 그 웃음 뒤에는 분명히 어떤 쓸쓸한 미소 같은 것이 뒤따랐다. 신호가 바뀌고 이내 걸음을 옮기자 순식간에 얼굴에서 지워진 그 표정을 그는 알아볼 수 있었다.

그래, 나는 미치지 않았어.

지루하기만 했던 그의 근무시간은 이상한 활기가 돌기 시작했다. CCTV를 보거나 초소에 놓인 소형 텔레비전을 보는 게 다였던 그의 시선은 이제 창밖으로 향해 있었다. 그는 오가는 사람들의 뒷모습을 쉼 없이 눈으로 쫓았다. 그는 그때마다 사람들 등 뒤편에 가려 보이지 않던 벌레들을 찾아냈고, 그것이 자신의 벌레보다 큰지 작은지를 따져보기도 했다. 어느 날은 커다란 벌레를 등에 업고 다니는 남자를 봤다. 예순 정도 될까 싶은 남자였는데, 그는 언제나 굳은 얼굴로 느릿느릿 아파트 단지 안 을 산책하던 사람이었다. 그 남자는 등이 굽었고 낯빛이 좋지 않았다. 그는 이제 그 남자의 등이 왜 그렇게 굽었는지 알 수 있었다. 그 보이지 않는 벌레가 (이제 그의 눈에 보이는 그 벌레가) 남자에게 찰싹 붙어있 었기 때문이었다. 때로는 유모차를 끌고 가는 아이 엄마의 등 뒤에서, 회 사에서 퇴근하는 사람들의 등 뒤에서 벌레를 발견했다. 어린아이들에게 서 발견할 때도 있었다. 그가 본 중에 가장 어린 아이는 다섯 살 정도 되 는 아이였다. 아이는 한 여름에도 긴팔을 입고 다녔다. 잔뜩 주눅 든 얼굴 이었다. 아이 엄마와 아빠는 이따금 아이와 함께 산책을 나오기도 했지 만, 대부분 아이 혼자 먼발치에서 그네를 타거나 짝 없이 홀로 시소를 탔 다. 아이의 몸이 너무나 가벼워서 시소는 오르락내리락 하지 않았다. 아 이는 그저 그 자리에서 닿지 않은 다리를 버둥댔다. 그때, 어디선가 벌레 가 나타나 아이의 맞은편에 앉았다. 벌레는 아이와 체구가 비슷했다. 벌 레가 나타나자 아이는 싱긋 웃었다. 아이는 웃으며 벌레를 가리켰다. 그 바람에 시소 손잡이를 벗어난 한쪽 손이 미끄러지며 그대로 넘어지고 말 았다. 아이는 그 자리에서 크게 울었는데, 그의 부모는 한참이 지나서야 터벅터벅 걸어와 앞에 섰다. 그러고 나서 아이의 손을 거칠게 잡아채 안 으로 들어갔다. 벌레가 아이의 뒤를 따랐다. 그는 아이의 작은 등이 들썩이는 것에 마음이 쓰였다. 마음이 쓰인 건 그뿐이 아니었다. 거칠게 아이의 손을 잡아채던 아이 부모의 모습도 마찬가지였다. 그는 그 모습이 머릿속에서 쉬이 지워지지 않았다. 그랬다. 그는 마음이 쓰였다.

저렇게 가까이 있으면 좋지 않은데.
그가 이른 시간부터 밖으로 나와 단지를 거니는 아이를 바라보고 있을 때 뒤에서 불쑥 낯익은 목소리가 들려왔다. 윤이었다. 윤은 그렇게 말하면서도 정작 심각한 표정이 아니었다. 아이는 여전히 긴팔을 입고 있었고, 그런 아이의 뒤를 벌레가 따라다니고 있었다. 벌레는 물구나무를 서기도 하고 공중에서 한 바퀴 돌기도 했다. 아이의 파리한 얼굴과 달리 벌레는 점점 더 생기가 넘쳐보였다.
친근감을 느끼면 게임 끝이지.
가서 말해야 할까요?
뭘요?
윤이 도리어 물었다.
아니, 게임 끝이니 뭐니 그런 말. 저 아이에게 무슨 일이 생긴다는 거잖아요.
그래서 뭐요? 그럼 또 어쩌게요. 아는 체 해도 이상하잖아요.
윤이 초소로 들어가 벽에 걸린 모자를 쓰며 중얼거렸다. 중간 중간 아이의 곁을 스쳐지나가는 사람들이 있었는데, 어느 누구도 아이에게 오래 시선을 두지 않았다. 그들은 각자 가야할 곳을 가느라 바빴다. 아이가 꼬박 삼십 분 동안 단지를 거니는 데도 그랬다.

그는 교대를 끝내고 바로 정문 쪽으로 나가지 않고 단지 안을 한 바퀴 돌았다. 그대로 돌아가려고 할 때, 화단에 쪼그리고 앉아있는 아이를 봤다.
거기서 뭐하니 애야.

아이는 괜히 식은땀만 흘리고 있었다. 그가 다가가자 뒤편에 있던 벌레가 슬쩍 멀어졌다. 그는 벌레를 한번 쳐다보고 아이를 돌아봤다. 가까이 다가간 아이의 몸에서는 지린내가 났다. 손을 내밀어 가까스로 잡아끌었을 때, 바지 사이로 누런 덩어리가 쑥 하고 빠져 나왔다. 똥이었다. 그러자 아이는 더 크게 울었다. 그는 아이의 손을 잡아끌었고 그럴 때마다 바닥으로 똥 덩어리가 점점이 떨어졌다. 그는 아이의 부모를 본 적이 있지만 몇 동 몇 호에 사는지 몰랐다. 아이에게 묻자 고개를 가로 젓기만 할 뿐 답이 없었다. 그는 하는 수 없이 아이를 데리고 관리사무소로 갔다. 들어서자마자 직원들이 코를 말아 쥐고 자리에서 일어서 아이를 굽어봤다.

울고 있지 뭡니까.

그가 멋쩍게 웃으며 말했다. 곧 안내 방송이 아파트 단지로 퍼졌다. 몇 번인가 방송을 해도 아이의 부모 되는 사람들은 찾아오지 않았다. 아이는 그 상태로 어정쩡하게 아파트 관리사무소 구석 간의의자에 앉아 있었다. 점점 기온이 오르는 탓에 관리사무소 안이 더웠고, 그러자 아이의 몸에서 지린내가 더 심해졌다. 아이는 잔뜩 주눅들어있었고, 그는 그런 아이를 두고 바로 갈 수가 없었다. 그 와중에 민원 차 방문한 한 입주민이 아이를 알아보고 동호수를 알려줬다. 아이는 직원들이 부모에게 전화를 걸 때 크게 울었다. 얼마 후에 느릿느릿 안으로 걸어 들어오는 남자를 봤을 때, 아이는 입을 꾹 다물고 땅만 쳐다봤다.

일어나.

아이가 그의 말에 자리에서 일어났다.

누가 찾은 겁니까?

남자의 말은 질문이라기보다 윽박지르는 것에 가까웠다. 직원들이 눈짓으로 그를 가리켰다. 남자는 그를 한번 무섭게 노려보고서는 관리실 밖으로 빠져 나갔다. 멀어져가는 아이의 뒤를 다시 벌레가 쪼르르 뒤따랐다.

그는 소장으로부터 경고를 받았다. 지나치게 입주민의 일에 관여하지 말라는 거였다. 이 소식을 전해들은 윤 역시 나서지 말라고 했다. 그는 윤의 말에 고개를 끄덕이면서 한편으로는 자신이 이상하다 여기던 남자로부터 조언을 듣는 게 우스웠다. 그런 생각을 하면서도 그는 윤에게 점차 의지했다. 그가 초소에서 보는 광경들, 특히 벌레에 대한 일을 말할 사람은 윤이 유일했다. 그는 일부러 느릿느릿 옷을 갈아입기도 했고 어느 날은 커피 한잔을 마시기도 했다. 사람들은 이제 윤 뿐 아니라 그런 그를 보고도 수군거렸다. 그러나 그는 크게 개의치 않았다. 그저 윤과 대화를 나누면 일시적으로 마음이 편해졌다. 그렇게 대화를 나누고 돌아보면 먼 발치에 있는 벌레를 볼 수 있었다. 그는 초소에 앉아 사람들이 등에 매달고 다니는 벌레들을 보며 저런, 저런, 이라고 혀를 차기도 했다. 사람들은 벌레에 시달리고 있었다. 보이지 않는 벌레들. 그러나 존재하는 것들. 동시에 존재한다고 말할 수 없는 것들을 지켜봤다. 그의 벌레는 여전히 그와 거리를 유지하며 초소에서 2미터 정도 떨어진 자리에 웅크리고 앉아 있었다. 그러나 사람들은 그 벌레를 데리고 집으로 끌고 들어갔다. 그는 벌레와 함께 사라진 사람들의 집이 어디쯤일까 궁금해하며 초소에서 나와 올려다볼 때가 있었다. 그럼 어디선가 흐느끼는 소리와 싸우는 소리 같은 것이 들렸다. 그는 어느 곳보다 아늑하고 멋지다고 생각하는 이 아파트 내부에 도사리는 어둠을 보고 있다고 생각했고 그럴 때면, 괜히 기분이 좋아졌다. 왠지 몰라도 그랬다. 그는 경비 초소로 다가와 악을 지르고 으스대는 사람들의 등 뒤에 달려있는 거대한 벌레들을 봤다. 한껏 차려 입고 우아한 태도로 말을 하는 사십대의 남자 뒤편에는 초라하고 볼품없는 벌레가 매달려 있기도 했다. 그는 자신도 모르게 피식 웃었다. 물론 남자가 알아차릴 사이 없이 순식간에 벌어진 일이었다.

며칠이 더 지난 오후, 그는 허공에 매달려 있는 벌레를 발견했다. 벌레는 베란다 난간을 붙잡고 한 바퀴 돌고 있었다.

별 지랄을 다 하네.

그는 작게 욕설을 내뱉었다. 지나가는 입주민 하나가 그의 얼굴을 빤히 쳐다봤지만 개의치 않았다. 그는 그저 벌레 하나가 지랄을 하고 있겠거니, 알면 알수록 이상한 놈들이다, 여기고 있었다. 그때 그는 난간으로 다가오는 아이를 봤다. 아이가 난간 밖으로 몸을 쑥 내밀고 있었다. 위태롭기 그지없었다. 아이는 난간 쪽으로 몸을 내밀었다가 다시 들어갔다 반복했다. 뭔가 망설이고 있는 눈치였고, 그는 그것이 결코 좋은 결과로 이어지진 않을 거라는 걸 직감했다. 그는 경찰이나 소방서에 신고할까 하다가, 이 사실을 소장에게 알렸다. 소장은 사실 관계를 파악하기 이전에 먼저 확인해야겠다며 그를 따라 아이의 집으로 추정되는 곳을 올려다봤다. 햇살이 지나치게 비추고 있어서 눈이 부셨다.

에이, 시발.

소장은 낮게 욕설을 하며 아무것도 보이지 않는다고, 그에게 요새 점점 이상해진다고 핀잔을 주고 들어갔다. 소장이 들어간 뒤에 그는 멋쩍은 얼굴로 초소 쪽으로 돌아가려고 하는데, 허공으로 번쩍하고 하얀 벌레가 뛰어 올랐다. 그리고 얼마 지나지 않아, 아이가 난간으로 발을 쑥 내미는 것이 보였다. 그 작은 아이가 웃으면서 허공으로 몸을 쑥 내밀었다. 그는 사지가 떨렸다. 그런 기분을 느낀 건 아이가 실종되었다는 전화를 받았던 수십 년 전 그날 이후로 처음이었다. 그로부터 얼마 지나지 않아 그는 허공에서 그 반짝이는 작은 몸이 떨어지는 것을 봤다. 그는 그 자리에서 주저앉았다. 구급대원이 찾아와 그에게 무슨 일이냐고 묻기 전까지. 구급대원이 해당 아파트 문을 열고 달려갔고, 곧이어 화단을 샅샅이 뒤졌다. 아파트 주민들이 나와서 이게 무슨 일이냐며 수군댔다. 뒤늦게 지역 신문사와 방송사가 찾아왔다. 아파트 안은 그야말로 어수선했다. 한참 후에 구급대원들이 나와서는 아이 시신이나 그런 정황은 찾지 못했노라, 고 했다.

진짜 보신 거 맞아요?

사람들이 그에게 질문했다. 그는 수많은 사람들이 그에게 마이크를 들이대며 묻는 이 상황이 당황스러웠고 마땅히 할 말을 찾지 못했다.

분명 봤는데.

그는 잠시 후에 수많은 사람들 사이로 불쑥 얼굴을 내민 윤을 찾아냈다.

그러니까, 그 벌레가 말입니다. 하얀 벌레가.

벌레요?

구급대원이 헛웃음을 지으며 말했다.

어이 윤씨, 그 벌레. 말 좀 해줘요.

그가 다급하게 손짓했지만 윤은 무슨 소린지 모르겠다는 듯 어깨를 으쓱했다.


아이는 아이 부모와 함께 여행 중이라고 했다. 그가 아이를 봤다고 말했던 그 시간 즈음 해당 세대의 차량이 아파트를 빠져 나갔다. 소장과 아파트 입주자 대표가 그를 불러 면담을 했다. 이런저런 이유를 댔지만 결국 그를 해고하겠다는 거였다. 그는 해고됐다. 그는 초소에서 자신의 개인물품을 정리했다. 칫솔과 치약세트와 수건 그리고 물티슈 따위가 전부였다. 그는 그것들을 차곡차곡 작은 상자에 넣었다. 갈색 상자였는데, 그는 그것을 어디선가 본 듯한 인상을 받았다. 초소를 빠져 나왔을 때, 그는 윤을 돌아봤다. 윤은 그에게 그동안 고생하셨어요, 라는 말을 할 뿐 더 이상의 말을 하지 않았다. 그는 윤에게 진짜 벌레를 봤다고, 아이가 정말로 바닥으로 추락했다는 말을 하고 싶었지만 그러지 않았다. 그는 윤의 말을 떠올렸다. 이상하잖아요, 라는 그 말을.

집까지 이십여 분이면 걸어갈 수 있는 거린데 이상하게 멀게만 여겨졌다. 그는 한참을 기다려 버스에 올라탔다. 버스는 한산했고 놀랍게도 승객은 그 혼자였다. 그는 어디 앉을까 하다가 기운이 없어서 그냥 버스 맨 앞자리, 운전사의 뒤쪽에 앉았다. 버스가 흔들릴 때마다 상자 안의 물건들이 움직였다. 작게 들려오는 그 소음들. 꼭 닫힌 상자를 보던 그는 오래전 죽은 아들을 떠올렸다. 아들이 가지고 있던 유품들을 담았던 상자도 꼭 이만했다. 어디서나 살 수 있는 칫솔과 치약과 양말 속옷 여분 그리고 여행 중 부모에게 꾹꾹 눌러쓴 편지가 있었다. 아내는 유품들을 태우지 말자고 매달렸지만 그는 모두 버리겠다고 했다. 그리고 대부분 다 버렸다. 편지는 보지도 않고 태워버렸다. 그러나 그가 아내에게 말하지 않은 것이 있었다. 바로 아들의 칫솔을 버리지 않았다는 거였다. 아이가 몇 번인가 썼을, 아이의 체취가 남은 그 칫솔만큼은 버리지 못했다. 그는 그 칫솔을 얼마간 품에 가지고 다녔다. 그리고 아이의 방에 아내의 시선이 닿지 않는 곳에 숨겨 놨다. 비록 상자 안에 담겨있는 것이 그 칫솔은 아니지만 그는 그때를 떠올렸다. 차가 신호에 멈추고 조금 떨어진 인도에서 움직이는 사람들 뒤에 매달린 벌레들이 보였다. 기분 탓이겠지만 그들의 등에 매달린 벌레들의 얼굴이 일제히 그를 향하고 있었다. 그가 다시 확인하려고 쳐다봤을 때 버스가 출발했다.

그는 실로 오랜만에 피곤하지 않은 채로 집에 도착했다. 그는 대문 앞에서 집을 천천히 바라봤다. 그가 신경 쓰지 않는 사이 대문이며 벽돌이며 모든 곳이 빛바래 있었다. 정원의 잡초가 무성하고 벌레들이 끓었다. 그는 상자를 들고 집 안으로 들어왔다. 방 안에서 아내의 목소리가 들렸다. 그는 방 가까이 다가갔다. 굳게 닫힌 문. 한참 동안 노크하지 않은 그 문에 다가가자 어색하기 그지없었다. 안쪽에서 제형아, 하고 낮게 웅얼거리는 아내의 목소리가 들렸다. 그는 슬며시 손잡이를 돌렸다. 방문은 그의 예상과 달리 열려 있었다. 언제부터 잠그지 않고 지냈던 거지 싶었다. 침대 프레임에 등을 기대고 바닥에 앉아 있는 아내의 뒤통수가 보였다. 우뚝 솟아 있는 머리를 보고 방 안으로 깊숙이 들어갔을 때, 그 자리에는 놀랍게도 아무도 없었다. 그는 자신이 잘못 들은 건가, 잘못 본 건가 생각하며 서둘러 밖으로 나왔다. 그는 대신 오랫동안 열지 않았던 아들의 방문을 열었다. 삐걱— 하고 열리는 방 안에서는 오랫동안 갇혀 있던 공기와 함께 먼지 냄새가 묻어났다. 그는 몇 번인가 기침을 했다. 꼭 닫혀 있던 방 안에는 아들의 체취가 그대로 남아 있었다. 그는 조심조심 천천히 방 안을 둘러보다 아이가 쓰던 책장 맨 위 꼭대기를 손으로 더듬었다. 그곳에는 마땅히 있어야 할 아들의 칫솔이 보이지 않았다. 마음 한쪽이 이상하게 무겁게 내려앉았다.

분명 버리지 않았는데.

그는 중얼거리며 아내에게 전화를 걸었다. 어디선가 웅웅—거리며 진동음이 들렸다. 그가 진동음을 따라 밖으로 나왔을 때, 거실에 벌레가 앉아 있었다. 어째서 벌레가 집 안까지 들어왔나 싶었다. 벌레가 웅크리고 앉아 있는 자리 옆에는 아내의 휴대폰이 놓여 있었다.

저기, 혹시.

그는 처음으로 벌레에게 말을 걸었다. 앞만 보고 있던 벌레가 그를 향해 고개를 돌렸다. 고개를 돌렸다기보다 목을 꺾었다고 해야 맞았다. 벌레는 목을 70도 가까이 돌려 그를 바라봤다. 곧 벌레의 두 눈이라 생각했던 것이 번쩍 뜨였다. 그것은 무한대로 커졌다. 커지고 커졌다. 그것은 눈이 아니라 입에 가까웠다. 그는 서둘러 달아났다. 그는 그의 앞에 펼쳐진 어두컴컴한 지하실로 들어갔다. 그곳은 습하고 역한 냄새가 났다. 꽤 오랫동안 닫혀 있던 듯했다. 그는 그곳에서 숨을 고르며 바깥에서 들어오는 희미한 빛을 바라봤다. 그는 그 빛을 보며 중얼거렸다.

우리 집에 지하실이 있었나.

얼마 지나지 않아 기괴한 소리와 함께 문이 닫혔다. 그는 완전한 어둠 속에서 바닥을 더듬다 익숙한 뭔가를 찾아냈다. 그것은 작고 딱딱한 아들의 칫솔이었다.


｜ **변미나** 2003년 『문학사상』으로 등단.

# 시집 네 권에 나타난 서정의 스펙트럼

고영민 시집 『햇빛 두 개 더』(문학동네)
김학중 시집 『바닥의 소리로 여기까지』(샘터)
이태관 시집 『어둠 속에서 라면을 끓이는 법』(한국문연)
장욱 시집 『태양의 눈 기억함을 던져라』(황금알)

## 한용국
시인

## 1. 고영민—밤의 '유족'遺族이 건네는 사랑의 기술

사유가 지극하면 감각에 이르고, 감각에 극진하면 여백이 펼쳐진다. 정성을 다해 시와 삶을 대하는 태도는 모든 시인의 필요조건이지만, 쉽게 충족되지 않는 조건이다. 마음을 내려놓는 자리가 달라서 기울기가 가파르기 때문이다. 그러나 고영민 시인의 시집에는 기울기가 없다. 마치 자연스럽게 나뉘어 두 갈래로 유유히 흐르는 강을 보는 듯하다. 그 이유는 다시 말하자면 시인이 가진 '정성'의 힘이다. 이 힘이 시집의 사유와 정감 그리고 여백에 힘 센 입자처럼 골고루 스며들어 끝내, "햇빛 두 개 더"의 간절함에 도달하고 있다.

삶에 대해 정성을 다하는 시인의 마음은 시편들에 따르면 죽음에 대한 시인의 태도에서 기원하는 것으로 보인다. 어느 날 흐름이 멈추는 것, 그것을 우리는 죽음이라고 부른다.

지난 밤이 흘리고 간 걸까/ 길가에 떨어진/ 저 넥타이// 밤의 한 마디./ 한 구절 같은// 슬픈 일이 생기겠지/ 나에게도 곧// 밤은 한 번도 늦은 적이 없으니// 아침은 길 위에 수습하지 못한/ 어둠 하나 올려놓고/ 보낸 적 없는 누군가를 조문하는데// 얼마나 울었느냐/ 밤을 건너느냐// 밤의 유족이나 될까

— 시 「검은 넥타이를 주워 목에 감고」 전문

　　시의 화자는 길 위에 떨어진 검은 넥타이를 보고 있다. 아마도 누군가 조문이 끝나는 길에 실수로 흘렸거나, 아니면 버리고 갔을지도 모른다. 이 검은 넥타이를 흘린 누군가에 대해 시는 "지난밤이 흘리고 간 걸까"라고 말하고 있다. "지난 밤"은 죽음의 세계에 대한 은유일 것이다. 생각해 보면, 사연 없는 죽음이 있을까. 넥타이는 "밤의 한 마디, 한 구절 같은"으로 변용된다. 이 구절 하나로 검은 넥타이가 품고 있는 어떤 사연이 배경으로 거느려진다. "슬픈 일이 생기겠지/나에게도 곧", 그 "곧"은 가까운 시간이기도 하고 먼 시간이기도 할 것이다. 하지만 오고야 말 것은 분명한 일이다. 그러니 "밤은 한 번도 늦은 적이 없다." 알 수 없지만 저마다의 예정된 시간에 정확히 도착할 것이다. 그리고 삶, 모든 존재들에게 시작되는 아침은 그 죽음을 조문하고 있는 중이다. 모든 삶은 모든 죽음에 대한 조문弔問의 형식으로 존재하고 있다는 전언일까. 그 죽음들에 대해 삶은 "얼마나 울었느냐/밤은 건너느냐"라는 무거운 질문을 건넨다. 여기서 시인의 죽음에 대한 태도가 드러난다. "울음"이다. 이 세계의 모든 죽음에 대해 진정으로 슬퍼하는 삶, 그건 죽음에 대한 태도이기도 한 동시에 시인의 삶을 근본적으로 지탱하는 태도이기도 하다. 그렇다. 시인이 살아가는 삶의 형식은 바로 "밤의 유족이나 될까"에서 드러나듯, '유족遺族'으로서의 삶이다. 이 세계에 존재하는 사람들 중 "유족"이 아닌 사람은 없다. 모든 삶은 "죽은 가지가 가져보지 못할 시간을 대신 살고 있는"(「뿌리의 심정」) 것이다. 어찌 울지 않을 수 있을까. "울음을 멈췄는데/그칠 수가 없"다. "기억할 수 있을 때까지 기억해야 한다/돌의 색깔까지"(「그날 입은 옷」)도. 이것이 남아있는 자들의 간절한 애도인 것이다.

시인의 이런 "유족"으로서의 삶에 대한 인식은 혈육의 죽음에서 기인하는 바가 커 보인다. 이 시집에는 혈육의 죽음을 모티프로 하는 시가 많이 등장한다. 타인이지만 거의 자신에 가까운 죽음들은 시인에게 어떻게 작용하고, 어떻게 세계를 바라보게 만드는 것일까. "쇠냄새", 비릿하고 불쾌한데도 자꾸만 "손바닥을 맡아보게 하는"(「쇠냄새」) 삶을 어떻게 건너가고 있는 것일까. 이 삶은 "다른 신발을 밟고 가 자기의 신발을 찾아 신듯"(「더덕」) 타인의 죽음을 딛고 나에게로 닥쳐오는 것인데, "반원의 울림통을 가슴에 대고 연주하는데 마음에 따라 늘 소리가 다르다"(「악기」)니, 어떤 마음이 되어야, "나보다 오래 울 수 있"(「그날 입은 옷」)는 나를 견딜 수 있을까.

시인은 몇 편의 시에서 일부러 어떤 경계에 서서 현상의 이쪽과 저쪽을 동시에 들여다보려는 모습을 보여준다. 어쩌면 스스로 경계가 되려고 하는지도 모른다. 삶과 죽음, 빛과 어둠에는 사실상 경계가 존재하지 않는다. 그러나 "동의 없이 무언가를 빼앗긴 사람들"(「그해 오늘」) 중 한 사람으로 살아가는 사람은 어쩔 수 없이 두 세계를 다 들여다보게 되어버린 사람이고, 그가 서 있는 자리가 경계가 되어버린 사람이다. 하나의 정체성으로 세계에 존재할 수 없게 되었다. 오히려 경계는 두 세계 사이의 거울이자 감옥이 되어버렸다. 이 관점에서 재미있게 읽어볼 수 있는 시는 「나의 감옥처럼」에 나타나는 존재의 다성성이다. 그래서 시 「형식들」에 드러나는 것처럼 타인과의 닮음에 대해서도 그토록 민감한 것인지도 모른다. 그 닮음에 대한 예민함은 끝내 시 「유령」에서는 "아름다운 청년"인 과거의 자신을 만나게 하고, 다른 시 「왕진」에서는 "눈은 푹 꺼졌고 등은 굽어 있"는 미래의 자신 "노인"을 만나게 하기도 한다.

회벽에/ 흰 빛이 어른거린다// 어디서 온 걸까, 너는// 대야에 담긴 물이 햇빛에 반사되어/ 요사를 떨고 있었다.

— 시 「흰 빛」 전문

세계에 대해서도 마찬가지일 것이다. 시인의 인식 속에서 세계는 잠시 나타나 빛나다가 사라지는 순간에 불과하다. 게다가 반사된 순간이니 기원조차 알 수 없다. 그것은 오로지 연속되는 흐름으로만 존재한다. 존재한다는 것은 그 흐름 속에 잠시 반사되어 나타났다가 사라지는 것일지도 모른다. 그러니 사랑과 이별에 대해서도 "사랑은 멈출 리 없고// 헤어짐은 누구의 잘못도 아니다/그저 만남의 시기가/끝난 것이다"(「사랑의 불가능」)와 같은 인식이 가능해지며, 시 「어항」에서 보이듯 "물고기가 아니라 "물"을 기르고, 얕은 어항에서 "깊은 곳"을, 세계의 역설적 깊이를 인식할 수도 있게 된다. 그래서일까. 이 시집에는 세계의 중첩이라고 할 만한 장면이 드러나고 있기도 하다. 시 「기어가는 기분」에서 "뱀"은 "꼿꼿이 선 채 걸어가"지만, 길에서는 "같은 보폭"으로 기어가고 있다. 어느 세계가 진짜 세계라고 할 것인가. 다른 시 「관람차」에서도 마찬가지다. 이 시에서는 시공간이 모두 중첩되는 현상이 드러난다. 시에 등장하는 연인들, 우리는 과연 관람차에 타고 있는 것일까 아니면 관람차 아래서 올려다보고 있는 것일까. 아니면 동시에 존재하는 것일까. 이런 시공간 중첩 모티브는 시 「꽃댕강나무」에 이르면 어떤 비의적 세계마저 드러내기도 한다. 그렇다. 시인을 포함하여 모든 존재는 "피었다 지는 것도 일부"인 "정원" 속에서 살고 있다. 어디에서도, "꽃"은 "아픈 이름"일 뿐이다. 그러니 존재들, 그 꽃들은 언제나 "그늘 속에서 피가 마르는 기분"(「정원」)일지도 모른다. 그렇지만 '유족'으로 살아간다 하더라도, "여기"서 살아가야만 한다. 어떻게든 "봄 쪽으로"(「4부의 소제목」) 마음을 향해야 하는 것이다.

　　이젠 단풍나무가 단풍나무로만 보인다/ 노랗게 물든 은행나무도/ 그냥 은행나무로만 보인다/ 예전엔 물든 나무에게서/ 의미심장한 시상詩想도 보이곤 했는데/ 이젠 그저 서 있는 나무로만 보인다/ 그동안 나는 너무 속아왔다/ 다 떠나버린 저 나무 주위를/ 철없이 나 혼자만 맴돌고 있었다/ 정작 상대는 기억도 못하는 일에/ 혼자 미안해하고 있었다// 바닥

을 쓸던 미화원이/ 빗자루를 들어 가지에 매달린 노란 은행잎을/ 왜 털어
내는지 이젠 알 것 같다/ 그는 낙엽을 커다란 자루에 담고/ 길가 여기저
기에 무덤덤 세워둘 뿐이다/ 그새 나는 너무 삭막해졌다./ 그렇다며 오늘
은 양손 가득 은행잎을 담아/ 머리 위에 뿌리며 부러/ 낙엽 샤워라도 즐
겨볼까/ 두고두고 꺼내 볼 인생숏이라도 한 컷/ 멋지게 찍어볼까

— 시 「황금빛 가을에」 전문

그 마음이 향하는 길에, "황금빛 가을"이 있다. "이젠"이라는 부사
어로 시작하는 것은 뜨거운 슬픔의 계절들을 지나왔음을 암시하는 것
이리라. 그런 뒤에야 "단풍나무가 단풍나무로만 보인다/노랗게 물든
은행나무도/그냥 은행나무로만 보인다"고 말할 수 있게 되었다. 이제
시인은 말한다. "그동안 나는 너무 속아왔다"고. "다 떠나버린 나무 주
위를 철없이 나 혼자만 맴돌고 있었다"고. 그동안 "속았다"는 것, "혼
자 맴돌았다"는 것은 그저 탄식이나 반성만은 아닐 것이다. 그것은 시
인이 어쩔 수 없이 택해야 했던 사랑의 방식이었다. 거의 투신에 가까
운 것이었고, 그만큼의 아픔을 동반하는 것이었다. 그 시간을 견뎌온
후에 시인은 새로운 사랑의 기술을 자신에게서 발명해 낼 수 있게 되
었다. 단풍나무, 은행나무 들을 드디어 "서 있는 나무"로만 보게 된 것
이다. 흐름이 아니라 '순간' 속에 분명하게 존재하면서 세계를 있는 그
대로 바라볼 수 있게 되었다는 것일까. 어떤 의미에서 현상학적 에포케
의 경계를 보는 일이기도 할 것이다. 그러나 단순히 "끝내 얼굴을 보여
주지 않고, 파문도 없는 고요"(「채광」)의 상태는 아닐 것이다. 어떤 계기
를 만나면 쉽게 다시 혼란의 상태로 돌아갈 테니까. 그래서 이 '순간'은
"부동不動"의 속성을 지난다고 할 수 있다. 뿌리의 상태라고나 할까. 생
각해 보라, 뿌리는 땅 위 봄, 여름, 가을, 겨울의 변화에 흔들리지 않는
다. 그것이야말로 진정으로 '순간'에, '순간'마다, 머무는 기술이고 새로
운 사랑의 기술일 것이다. 이 사랑의 기술은 "흰 돌이/검은 돌이 될 수
없"고, "검은 돌이 흰 돌이 될 수 없는" 세계에서 "내가 모은 당신의 돌

로 당신의 집을 메우는/당신이 모은 나의 돌로/나의 집을 메우는”(「안
부」) 삶을, 서로에게 “깊게 숨을 들이마시었다가 길게/숨을 밀어넣기를
반복하는” 삶을 우리 앞에 펼쳐 놓는다. 그 사랑의 기술은, “물”을 “피”
로 바꾸는 기술(「도자기새」)이다. 흐름에 떠밀려 남는 자의 견딤과 슬픔
의 기술이 아니라, 살아가는 모든 순간들에 흐름을 들여 높낮이를 이루
게 하는 사랑의 기술이고, 시인을 ‘밤의 유족’에서 다시 ‘사랑의 유족’
으로 바꾸는 힘이다. 그 두 유족의 삶 사이를 진자 운동하는 힘이, “울
음”과 “사랑” 사이에서 흔들리는 정서의 시계추가, 깊고 넓게 열어놓는
소리의 여백에 대해서는, 다른 눈 밝은 이에게 맡기고, 그 여백에 “덥
석, 다시 업히는”(「나는 그 저녁에 대해」) 것으로 나는 충만하려고 한다.

## 2. 김학중—“사람의 시간”을 꿈꾸는 “사도”의 순례

여기, 낯설고 심지어 기이하리만큼 시간으로 출렁이는 텍스트가
놓여있다. 존재들이 유령처럼 오고 가고, 사물들은 솟아올랐다가 가라
앉기를 반복한다. 세계는 분명한 윤곽을 드러내는가 하면 어느새 해파
리처럼 수면 가까이에서 투명하게 일렁인다. 시간이라는 단어가 이토
록 간곡한 텍스트를 본 일이 있었던가.

뭐랄까 우리에게도 제목이 있을까. 누구도 빌려갈 수 없는 날들을 우리
는 지나왔다고. 서툰 글씨로 편지를 써 봐도 너는 늘 어제이고 나는 누구
인지 말할 수 없는 사람이어서. 아무 언덕에고 서 있는 학교에 들렀으면
좋겠다. 다만 친구들의 연주가 틀려서 멈추길 기다리던 시절로... 조금 틀
려도 우리는 잘 웃었는데. 이제 그쳤니. 지나가는 비는 지나가는 비에 젖
어서 그치니까. 나는 그때의 표정들을 다 보내 버리고서야 여기에 설 수
있었어. 시장의 한가운데. 모든 것이 스쳐 지나가는 현재 인 시장. 가끔은
그래서 여기에서 너를 다시 보고 싶어. 너의 시간을. 다만 너인 시간. 이제
는 이름이 없는. 깨끗한 페이지의 어제. 우리가 늘 나머지였던 것을 기억
하고 있니. 조금 다른 것들은 왜 이름 짓지 못했던 것일까. 있어서, 그냥

있어서 다행이었는데 어제였다니. 이름이 없어서 아무도 빼앗거나 버릴 수 없는. 나의 가까운 이웃인. 여기의 막. 어제는 이름이 없는. 흘러간 그대로 주어 진 나와 너의 목소리.

— 시 「어제는 이름이 없는」 부분

인용시는 너라는 대상과의 만남과 이별에 대해 현재시점에서 진행되는 시적 주체의 회상을 큰 틀로 하고 있다. 이 시에서 반복되는 "어제"는 과거의 "너" 혹은 "우리"가 만났던 시간이며. 화자는 "너"와의 만남이 이제 과거가 되어버렸음을 비애 섞인 목소리로 중얼거리고 있다. 그러나 단순히 지나가버린 것에 그치는 걸까. 처음의 구절로 다시 돌아가 보자. "스쳐간다". 시의 주체는 분명히 현재형 서술을 선택하고 있다. 그렇다면 현재 나의 위치를 생각해 보자. 여기는 "중앙시장"이다. 그것도 "모든 것이 스쳐지나가는 현재인 시장"에 나는 서 있다. 내가 시장에 서 있는 것은 우연 또한 아니다. "그때의 표정들을 다 보내버리고서야" 이 시장에 설 수 있었다. 그것은 너와의 만남과 현재 사이에 상당한 시간이, 어쩌면 고통스러웠을지도 모르는 시간이 흘렀음을 암시하고 있다. 그렇다면 시간을 다시 재구성해 보자. "너와 만난 시간-이별 이후의 시간-현재"라는 구성이 성립한다. 과거에 또 하나의 과거가 삽입되는 것이다. 그렇다면 과거는 단순히 현재라는 시간을 기준으로만 성립되는 것은 아니다. 과거는 과거에 의해 끊임없이 재구축된다고나 할까. 얼핏 만남과 이별의 시간을 주제로 하고 있는 듯 보이는 이 시는 존재론적 질문을 던지지만, 그 시간 앞에서 우리가 늘 "나머지였던" 잉여라는 실존적 명제 또한 도출해 놓는다. 우리가 시간을 구획하는 것이 아니라 시간이 우리를 구축한다는 것.

이렇게 볼 때, 시 「여행지에 두고 온 가방이 있다」는 위의 시가 던지는 질문에서 중요한 자리를 차지한다. 시에는 "두고 온 가방"이 등장한다. 이제는 과거가 되어버린 가방이다. 그러던 어느 날 "가방의 소식을 전해준 사람"이 등장함으로 인해, 가방은 현재로 소환된다. 소식

을 전한 사람에 따르면 그 가방은 분명히 나의 가방이지만, 가끔 누군
가 그 가방을 들고 여행을 다녀오기도 한다. 소유자가 바뀌는 것이다.
그렇다면 그 가방을 나의 가방이라고 할 수는 없다. 과거에는 나의 가
방이었으나, 현재에는 나의 것이 아닌 그 가방은 이제 "바통"과도 같
다. 누군가에서 누군가로, 여기에서 저기로 건네진다. 하지만 그 가방
의 소유자는 과거의 나였으므로, "바통"과도 같아진 가방의 여행이 또
나의 여행이 아니라고 할 수도 없어진다. 이 시에는 두 시점의 현재가
존재하는 것이다. 가방을 잃어버린 나의 현재, 그리고 바통처럼 건네
지는 가방의 여행이라는 현재. 거기서 화자는 다시 질문을 만나게 된
다. 당연한 일일 것이다. 그런데 그 질문을 품고 있는 것은 과연 나일
까 가방일까. 생각해 보면, 가방이 나의 과거와 현재를 질문하고 있는
것 같지 않은가. 가방에 대해, 아니 시간에 대해, 언제나 지연되는 잉
여로서의 존재. 그렇다면 그 존재는 과연 시간의 안에 있을까, 아니면
바깥에 있을까. 만약 안에 있다면 그것은 진정한 시간이기는 한걸까.

그 도시에선 부모를 생산자라고 불렀다. 아이들은 태어나자마자 소독
된 상자 속에 포장되어 부모에게 전해졌다. 상자에 뚫린 작은 창으로 아이
의 얼굴을 확인한 부모는 아이들 들고 미소를 지었다. 우리 아이와 우리
는 거리를 잘 두고 있습니다. 이토록 잘 살아 있습니다. 기쁜 마음으로 상
자에 표기할 일련번호를 선택하고 사인했다. 상자에는 일련번호와 생산
자 표기 그리고 상자도시의 로고가 인쇄되었다. 아이들은 곧 도시의 생산
자들이 살고 있는 마켓으로 배송된다. 여기에 이르면 아이들은 이미 예비
생산자가 된다. 마켓은 상자로 가득한 기둥들이 도로에 잇대어 펼쳐져 있
다. 상자들이 쌓이면 거기에 도로명 주소가 생기는 방식이다. 과거에 우리
가 집으로 불렀던 것들은 이제 조립형 상자로 변화된 것이다. 그래서 사람
들은 이 도시를 상자도시라고 부른다. 각자 자신이 선택한 사이즈의 상자
에 포장된 사람들의 도시. 상자를 쌓는 모습이 달라질 때마다 도시의 모양
이 변하는 도시. 가볍고 빠르고 생산적이며 분해도 쉬운 혁신적인 도시
— 시 「상자도시」 부분

　　　　　　　　　　　　　　　　　　　　　　　　문사문학·1

　　그러나 질문은 사실 불가능한지도 모른다. 우리가 살고 있는 도시는 모든 존재를 생산, 유통, 소비라는 자본주의의 속성으로 존재하게 만들었다. 아니 '기능'하게 만들었다는 표현이 적절할 것이다. 상자도시에서는 "부모를 생산자라고 불렀다". 그리고 생산된 아이들은 마켓에서 유통된다. 그 유통이 성공적으로 달성되면 아이들은 "예비 생산자"가 되는 것이다. 그러니 집 또는 가정이라는 말은 더 이상 성립하지 않는다. 도시는 이제 하나의 마켓이 되었고, 모든 집들은 언제든 생산과 유통이 가능한 상자로 변해 버렸다. 이 상자도시에서 필수적인 것은 "거리"다. 거래의 공정성은 "거리"가 보장되어야하기 때문이다. 교환가치는 언제나 효율과 수익을 결과값으로 갖는다. 바로 그 효율과 수익을 위해 상자는 사각의 형태를 띠고 있다. 최대한의 효율을 위해 인류가 발명해낸 형태이다. 상자들을 수직으로, 수평으로 쌓고 덧붙이면서 수익은 늘어나고, 도시는 확장된다. 도시의 삶의 기본적인 양식은 오로지 "소비" 뿐이다. 다른 시 「마트」는 그런 도시적 실존을 잘 보여주고 있다. 현대에 이르러 자본주의는 이데올로기를 넘어서 종교가 되어버렸다. 자본의 얼굴은 신의 얼굴이 되었고, 신의 얼굴은 우리에게 '가격'이라는 교환가치로 간접화되어 드러났다. 자본주의라는 종교의 성전은 바로 '마트'인 것이다. 이 신은 고맙게도 '소비'할 수만 있다면, 동등한 자격을 우리에게 부여한다. 이 '생산-유통-소비'의 순환은 오로지 유통에 의해서만 보장되지만, 그 유통마저 균질화되어 버린다. 우리는 서로가 서로의 "가맹점"(「가맹점」)이 되는 양식으로만 존재할 수 있을 뿐이다. 그리고 그 유통의 핵심은 "서비스"다. 업데이트될 뿐, 흐르지 않는 시간이 도시에 가득 차 있다. 상자 안에 갇힌 영원이라고 할 만 한 것이 무한 반복될 뿐이다.

　　그러나 이 시집은 말한다. 여기 "인간의 도시에는 세울 수 없는 집"(「빈집」)을 세우고자 하는 사도가 있다. 그는 "여러 사람이 집을 부르는 말 중/가장 아름다운 말"(「빈집」)을 찾아, 진정한 시간에 대한 질문을 가슴 속에 품고, 사람과 사람들 곁을, 이 도시를, 나아가 이 세계를 순례(행려)하는 존재다. "누구에게나 도착한/흩어진 흔적"들을 찾아 "펼쳐본 일이 없는 메시지들을 찾아", "다만 몇 푼의 노자를 받아/다시 길로 나서"(「계시」)는 순례자, 어쩌면 행려行旅라는 말로 바꾸어야 할지도 모른다. 사실 모든 순례자는 행려자의 모습을 하고 있다. 드러나는 순간 박해당하기 때문이다.

이 사도가 선택한 일은 경전을 번역하는 일, 궁극적으로는 다시 쓰는 일이다. 우선 '신'의 텍스트를 보자. 시 「신의 텍스트」에서 "신"은 시가 전개됨에 따라 다성적으로 변주된다. 이 시에서 "신"이 의미하는 것은 아마도 역사 이전의 순수한 삶의 시간일 것이다. 그래서 "신"에 새겨진 문자는 "이 땅에 살기를 허락받은 모든 이들을 위한 문양"이다. 이 순수의 시간은 "사관"의 시간과 만난다. "역사가 되지 못한 날들을 쓰고 씻어낸", "사건의 결정권자가 아닌 그들"의 시간을. 역사는 사건을 지우고, 사건은 끝내 누락되고, 남는 것은 "그날의 빛" "텍스트의 빛"인 것이다. 순례자는 그 빛을 읽고, 어쩌면 다시 쓰고자 하는지도 모른다. 시 「수의 텍스트」에서도 마찬가지다. 오염된 수, 근대라는 양화, 물화의 도구로 전락해 버린 수의 텍스트를, "점토판이 몸인 나신의 여신들"이라는 기원적 이미지로 변모시킴으로써, 순수의 시간을 회복하고자 하는 것이다.

감시자들이 끌고 간 사람은 돌아오지 못했어. 입을 찢어 죽였다고 감시자들이 말하곤 했지만 그들은 계속 입을 맞추었지. 떠나간 이를 기억하는 울먹임이 입술에 주름을 깊게 했고 사슬은 바닥에 끌려 쇳소리를 냈지만 텍스트는 이어졌어. 들키면 안 돼. 그들의 텍스트는 그렇게 이어져 왔지. 자신들을 묶은 사슬이 늘 여기에 있었음을 기록하는 빈 텍스트의 입술. 입술로 이어 온 사슬의 춤. 춤이 빚어낸 사람과 사람. 사람의 텍스트. 너 구나. 바닥에서 바닥으로 바닥의 소리로 여기까지 왔구나. 어디에도 가두어지지 않고 여기까지.

— 시 「무력의 텍스트」 부분

　　근대의 시간은 규율에 의해 지배되는 시간이다. 규율은 텍스트가 되어 모두를 보이지 않게 감시하고 지배한다. 굳이 처벌하지 않아도 내면화되어 모든 개인들에게 자발적으로 작용하기까지 한다. 이 시간을 전복하려는 사도에게 처벌이라는 박해는 당연한 것이다. 오염된 시간의 규율에 저항하는 자들은 그들의 비의의 시간인, '순수한 시간'을 입에서 입으로 전한다. 왜 사도는 기록이 아니라 구전의 형식을 취하는 것일까. 구전은 진행될수록 기원을 은폐한다. "누구의 이야기인지 몰라서 우리인 텍스트"가 되는 것이다. 그리고 기원의 상실은 역설적으로 소멸되지 않고, 오히려 풍부하게 확산된다. 사라지는 것이 아니라 신화화되는 것이다. "시작이 건너와 숨겨진 춤을 입술에 풀어내는/ 아주 가는/가늘어 무력한 입맞춤의 소리", "자신들을 묶은 사슬이 늘 여기에 있었음을 기록하는 빈 텍스트의 입술. 입술로 이어 온 사슬의 춤"은 끝없는 박해에도 살아남아 "바닥의 소리로 여기까지" "어디에도 가두어지지 않고 여기까지" 와 있음을 증언할 수 있는 것이다. 이 구전의 텍스트야말로 "사람의 텍스트"이자, "사람의 시간"을 위한 텍스트일 것이다. 그렇게 수많은 사도들, 수많은 욥들은 "바다와 같이 우리를 포위한 시간의 모습"을 한 괴물인 "리바이어던"에 맞서서, "여럿의 이름"이 되어, "스물의 스물의 대를 넘어서 자신을 "사고 파는 시간의 밖"을 향해 순례의 행려를 계속할 것이다. 그리하여 "끝에서 끝으로 이어지는 길 위에서", 다시 "낯선 이의 목소리가 미지를 여"(「처음의 노래로 돌아가려 하네」)는 처음의 노래로 돌아가 부르고자 할 것이다. 그 처음의 노래는 아마도, "세계를 처음 열어냈던 힘은 어디로 갔을까"(김학중, 「문장의 소리 대담」 중에서)를 궁금해 하는 시인의 자문자답은 아닐까. 사도가 되기를 자처하는 이 시인의 순례의 길, 행려의 길은 앞으로도 험난하기만 할 것이다. 우리에게 그 순례를 증언할 수 있는 눈이 있기를 다만 바랄 뿐이다.

## 3. 이태관―정갈한 밥상에 펼쳐지는 '환대'의 우주

　　이태관 시인이 이번 시집을 통해 독자들에게 선보이는 것은 바로 '음식'이다. 개인과 사회 그리고 문화의 상징적 지층인 동시에 구체적인 질감으로서의 일상이 바로 음식이고, 먹는 행위라고 할 수 있다. 시인은 이 음식을 통해, 그리고 음식의 조리과정을 통해 자신과 자신 주변의 삶을 기억하고 성찰하면서, 질박한 서정의 밀도와 풍성한 사유의 심층으로 우리를 데려가고 있다. 시인이 내놓는 정갈한 성찬에 참여하면서, 함께 느끼는 우리의 감각적 풍요는 그 덤이다. 괴테는 말했다. 우주와 인간의 관계 뿐 아니라 우주 그 자체에도 적용될 수 있는 예술작품의 법칙은 바로 영원을 포착하되 '순간' 속에서 포착하고, 무한을 인식하되 '대상' 속에서 인식하는 것이라고. 이제 그 길을 시인과 함께 걷는다.

> 　　그대가 내게 한 아름의/ 사랑이란 이름의 꽃을 던져 주었을 때/ 난 들길을 걷고 있었네// 그래, 짧지 않은 삶에/ 간장 고추장 이런 된장까지 다 버무려/ 한 끼의 식사/ 한 잔의 커피// 하룻밤은 언제나 누추한/ 순간이란 걸 알고  있지만// 지금이 아니면 언제/ 만남은 허점투성이의 약속일뿐인데// 꽃이 터져 오르는 순간// 난 그대에게/ 눈길만 주었을 뿐이네// 바람은 불어가더군/ 꽃은 지더군// 지는 꽃들이 거름 된다는 걸/ 훗날, 알게 되었네
>
> 　　　　　　　　　　　　　　　　　　　　　　― 시 「순간」 전문

　　삶의 지혜는 언제나 늦게 우리에게 도착한다. "훗날, 알게 되는" 것이다. 시의 화자가 깨달은 것은 "지는 꽃들이 거름된다"는 자연 현상이다. 여기에는 하나의 사건이 있었다. "난 그대에게 눈길만 주었을 뿐이네"가 그것이다. 그 사건은 일회성으로 사라지지 않고, "바람 불고, 꽃이 지는" 시간 동안 지속된 것이다. 그렇다면 그 사건은 어떻게 일어난 것일까. 거기에도 기원이 있다. 내가 "들길을 걷고 있었을 때", "그대가 내게 사랑이란 이름의 꽃을 던져주었"기 때문에 일어난 일이

다. 도대체 그대와 나 사이에는 어떤 일이 일어났기에 함께 "바람 불고, 꽃이 지는" 시간이 두 사람 사이에 생성될 수 있었던 것일까. 그렇다. 두 사람 사이에는 정말 어마어마한 사건이 일어났다. 두 사람은 "간장 고추장 이런 된장까지 다 버무"린 "한 끼의 식사"를 하고, "한 잔의 커피"를 마셨다. 이것은 왜 놀라운 사건인가. 두 사람이 함께 하는 우주가 새롭게 발생했기 때문이고, 거기에 한 끼의 식사가 있었기 때문이다. 만약 그 식사가 "다음에 한 번 해요"라는 말로 미루어졌다면, 두 사람의 만남이라는 사건은 일어나지 않았을 것이다. "만남은 언제나 허점투성이의 약속"일 뿐이니까 말이다. 또한 그 "식사"는 "간장 고추장" 게다가 "이런 된장(어쩌면 이런 젠장)"까지 버무려 졌으니, "누추했을"지도 모른다. 그러나 그 누추한 "순간"은 "꽃이 터져 오르는 순간"이라는 광휘를 피워내고야 말았다. 시인은 "음식"을 만들었고, 서로 나누었다. 그 음식들은 두 사람 사이에 스며들어 강물이 되었고, 삶이라는 대지에 스며들었고, 끝내 서로에게 가 닿았다. "음식"을 나누는 순간이란 얼마나 사소하고도 위대한 순간인 것일까. 그 "총각무를 품은 청국장과 함께 하던 순간,"(「청국장」)들 같은, 그 모든 "프리즈 프레임(하나의 화면을 여러 번 인화해 화면을 정지상태처럼 보이게 하는 효과: 저자 각주)"들이 모여, 어쩌면 '영원'을 삶에 새겨 넣으니 말이다.

> 겨울이 완성되기 위해선/ 실한 무가 필요하지// 떨어져 내리는 상수리야/ 어디서든 멈춰 서겠지만/ 홍시가 바닥을 치는 날에 가을무와 함께 하는/ 고등어 조림// 추운 겨울을 견뎌 온/ 황태육수가 제격이긴 하지만/ 없으면 어때/ 그대와의 만남도 부족함뿐이었잖아// 바닥을 지키는 건 단단한 무/ 익으면 살캉거려/ 비린내 나는 저녁이 한없이 행복했다// 매콤한 시절을 견뎌 온 탓인지/ 고추장과 고춧가루, 매운 땡초와 함께/ 가을을 맞는다// 견딘다는 건 힘에 겹지만/ 그대와 함께라서/ 눈물 쏟을 수 있는 그런/ 저녁이라서

— 시 「고등어 조림」 전문

고등어와 갈치조림에는 반드시 무를 넣어 조린다. 그 이유는 생선이 눌어붙는 걸 방지하고, 무의 매운 성분이 비린내를 제거하며, 비타민c와 소화효소가 많아 영양분을 보충하고 소화를 돕기 때문이다. 그렇게 무는 고등어 조림을 돕지만, 양념과 고등어의 맛이 동시에 무에도 스며들어 무에 새로운 맛을 부여한다. 서로에게 스며들어 새로운 맛의 조화를 완성하는 것이다.

그 '무'는 때로 "홍시가 바닥을 치는 날", 그러니까 때로 삶이 바닥을 친다는 생각이 들만큼 절망 속에 있을 때, 함께 있어주고, 그래서 그 "바닥을 지키는" 든든한 힘이 되어준다. "매콤한 시절을 견뎌온", "무"는 혹독함을 오히려 혹독함으로 이겨내게 하는 힘을 주기도 한다. "고추장과 고춧가루, 매운 땡초"와 함께 다시 시작될 겨울을 견뎌나갈 수 있도록 해주는 것이다. "익으면 살캉거려/비린내 나는 저녁"을 "한없이 행복"하게 해 주는 "무"는 그러므로 "함께"할 수 있는 "그대"가 아닐까. 힘든 겨울을 함께 견뎌온 사람, 서로에게 "고등어"이고 서로에게 "무"인 존재 말이다. 이태관 시인의 음식들에 깊게 배어 있는 것은, 바로 "함께"하는 사람에 대한 사랑의 지극함이다.

> 너 알지/ 양푼에 고봉밥/ 고추장 넣고 참기름 톡/ 쓱쓱 버무린 바로 그 맛// 어우러져야 함께여야 맛난/ 그 밥
>
> — 시 「비빔밥」 부분

사랑하는 사람들과 함께 어우러지는 삶만큼 아름다운 맛을 내는 삶이 있을까. 시인은 말한다. "바람이 지나고 크리스마스가 다가옵니다 오늘은 일찍/들어갈게요 곁에 곁이 있고 곁은 언제나 곁이었음을/ 부디 그 곁을 놓치지 마시길"(「숨긴 것들, 혹은 슬쩍 던져두었던」)이라고. "빨리 가려면 혼자 가고 멀리 가려면 함께 가라"는 경구가 있다. 순간 스쳐지나가는 듯하지만, 삶의 길은 멀다. 그 함께 가는 길은 곁의 사람을 놓치지 않는, "마음 쓰지 않으면 아파할 일도 없는", "이만큼이라는 게 다행

이다/내 줄 수 있는 게 남아 있나 생각하는 즈음에/밥상 위로 바람은 불고 그래도/그래도 행복해, 생각하"(「겸상」)는 "겸상"의 길이다.

> 어둠 내리고/ 골목길에 발소리가 분주해질 즈음이면/ 멸치 한 줌에/ 밀가루 뚝뚝 떼어내어/ 수제비를 끓인다/ 길쭉해지는 국물처럼 밤은 깊어가고// 그 춥던 십이월/ 장터를 휘돌아온 비린내와 함께/ 서둘러 끓어오르던/ 그 시리고 따뜻했던
>
> — 시 「수제비」 부분

어른이 되어 시인은 "수제비"를 끓이면서 어머니의 겨울을, 어머니와 함께 했던 춥고 힘들었던 "십이월"을 떠올리고 있다. 여기서 중요한 것은 수제비가 아니라, 수제비를 끓이는 시간이다. 어른이 되어 어머니를 떠올리며 수제비를 요리하는 그 시간은 더 이상 우리가 알고 있는 시간이 아니다. 과거의 기억과 현재의 그리움이 함께 끓어오르는 동시에 미래가 열리는 신비스러운 시간이다. 과거, 현재, 미래가 동시에 지속되는 "순간"인 것이다. 그러므로 "황태포가 제사상에 오르는 건 그만한 시간을 견뎌온 탓"이고, "아직은 부족한/떠나보내지 못한 추억들과 함께 하는 시간"이기에, 다시 "짭조름하고 달착지근하게", "밥반찬이든 술안주"(「코다리찜」)라도 되어, 시인에게 아버지의 삶에 대한 기억과 함께 다시 미래로 나아가게 하는 시간이 될 수 있는 것이다. 그 시간들을 통해 시인은 알 수 있게 되었는지 모른다. "번지는 저 붉은 길들이 무엇을 보여주려 하는지"(「홀로 제사상 차리기」)를. 그 길은 "눈물과 한숨, 그리고/이승과 저승의 미처 못 다한 구구절절들이/색색의 갖은 양념으로 뒤섞인", "깊은맛"(「비빔밥 2」)과 함께 펼쳐지는 길일 것이다.

> 허공을 가르는 새처럼 날다/ 중력을 이기지 못해 떨어지는 공처럼/ 한 생이 저무는 거라면// 숭숭 뚫린 속이 얼마나 허하겠니/ 무언가를 자주 놓치는 아내가/ 서둘러 조려낸 연근조림/ 저 구멍을 어찌 메우나
>
> — 시 「연근조림」 부분

그 길은 인용시 「연근조림」에서처럼 곁에 있는 사람에 대한 깊은 사랑과 연민 그리고 공감으로 넓어지고 깊어질 것이다. 그리하여 "거실을 걸을 때도/화장실을 다녀올 때도/소리를 내어서는 안되"는 「어둠 속에서 라면을 끓이는 법」이라는 새로운 레시피를 터득할 수 있게 되었고, "사랑을 해야 한다/사랑을 해야 한다/사랑했으므로 사랑이"(「매콤한 음식을 먹는 법」)와 같은 강한 사랑의 의지까지 다질 수 있게 되었다. 누군가를 위해 차리는 밥상만큼 '환대'를 잘 드러내는 것은 없다. 그 '환대'의 순간들이 모여, 우리의 삶에 사랑의 '영원'과 '무한'의 깊이가 생성되는 것이다. 그러니 그 사랑의 '영원'과 '무한'은 우리 삶의 내부에 있고, 그것도 아주 가까이에, 바로 당신 앞에 놓인 정갈한 밥상에 스며들어 있다. "집밥이란/추억을 먹는 것/지나온 한 생을/오롯이 기억하는 것"(「닭볶음탕」)이니까. 그렇게 서로가 서로를 위무하며, 이 험난한 삶에 사랑의 '영원'과 '무한'을 새겨나갈 수 있을 테니까.

## 4. 장욱―생동하는 그늘, 심안의 깊이

이 시집은 격렬하다. 사물들은 난폭하게 연결되고. 이미지들은 상승과 하강의 극단을 오르내리고 확산과 응축 사이에서 펄럭이며, 리듬은 격랑과 고요 사이에서 출렁거렸다. 이런 텍스트가 가능했던 이유는 무엇일까. 장욱 시인은 "해체적 발상을 통하여 인간과 사물의 내면에 잠재하는 겹과 층 깊이에 심안心眼을 쿡 찔러 깊이 있게 성찰하고, 지상의 생존자(벌레, 풀 등)들과 우주의 관계 및 사후 미래 체험 등을 광폭으로 수용하여 통합적 경지를 추구"(「제4회 시산맥 창작기금 선정 수상소감」)하고자 한다고 밝힌 바 있다. 거칠게 요약하자면 존재와 세계의 비가시적 비의를 해체적 서정을 통해 성찰적 주체로 견인해내고자 하는 의지라고 할 수 있지 않을까. 그 의지에서 가장 중요한 것은 바로 "심안"이다. "인간과 사물의 내면에 잠재하는 겹과 층 깊이"에 머무르는 눈이자, 그 깊이에서 세계와 존재를 재구성하고자 하는 눈이다. 그것은 세계를 있는 그대로 바라보는 눈을 넘어서, 세계와 존재 그 자체와의 합일을 꿈꾸는 눈일 것이다.

마른 손가락 촉 끝이 막 닿는 찰나였다// 감나무잎 초록 너머 떨어진 쐐기벌레// 그곳에 그늘이 있다 목숨 하나 스며든// 저 낙법, 긴 순간을 받아낸 흑암 속엔 살다 죽다 피다 지다 모든 생의 고비마다 접고 편 빛과 그늘 고뇌의 그물층이 짜여 있으리라// 지상에 떨어져 부서지는 빗방울 한 톨도 다치지 않게 흰 흰 등을 내미는 고목나무 새 가지 끝 흔들림을 보라 폐활량 깊숙이 쳐내고 버린 상처 물그러진 붉은 옹이 모든 이들의 침묵을 끌어안고 들이쉬고 내쉬는 가시 숨 맑은 탄력 어깨 힘을 퍼득이지 않느냐 꿈꾸는 날개는 삶의 자전 바깥 더 큰 우주를 만나리라// 툭, 떨어진 쐐기벌레 한 점 초록// 두방 숲 고인돌 검은 태를 부수고 황금 날개 터 트려라 암수 꾀꼬리 사랑노래 되어라

— 시 「경계를 허물다」 전문

그 심안을 통해 바라보는 세계에는 경계가 존재하지 않는다. 아니 그 심안은 읽는 이로 하여금 경계를 허무는 것처럼 보이게 할 뿐이다. 시 「경계를 허물다」에 그 장면이 잘 드러나고 있다.

고목인 감나무 잎에서 쐐기벌레가 떨어진 장면을 보여주고 있는 이 시에는 세 존재의 층위가 섞여 드는 모습을 보여준다. 쐐기벌레와 감나무 그리고 흑암이 그것이다. 우선 첫째 장면은 쐐기벌레가 떨어지는 찰나다. 쐐기벌레의 "마른 손가락 촉 끝이 막 닿는" 순간 쐐기벌레는 초록 감나무 너머로 떨어져 버린다. 그 추락은 아마도 쐐기벌레에게는 끔찍한 높이에서의 경악일 것이다. 게다가 떨어진 자리는 흙 위도 아닌 바위 위였으니, 몸이 온전할 리 없다. 그러나 벌레로서는 아득하기만 할 그 높이에서 떨어졌음에도 불구하고 몸이 터지거나 하지 않고 그대로 유지되어 있다는 것에 시는 주목한다. 시에 따르면 "낙법" 때문이다. 그것도 "긴 순간" 서서히 떨어져 내리는. 아마도 쐐기벌레의 낙법일 텐데, 그저

생래적인 것일까. 혹시 어떤 다른 작용이 있었던 것은 아닐까.

　"흑암"과 "감나무"에서 그 답을 찾을 수 있을 것 같다. 먼저 "흑암"을 보자. '낙법'의 '긴 순간'이 가능했던 것은 "살다 죽다 피다 지다 모든 생의 고비마다 접고 편 빛과 그늘 고뇌의 그물층이 짜여 있"기 때문인 것이다. "흑암"이 받아냈던 것이 어디 "쐐기벌레"뿐이었겠는가. "감나무"는 또 어떤가. "지상에 떨어져 부서지는 빗방울 한 톨도 다치지 않게 흰 등을 내미는", 자신과 함께 살아가던 존재에 대한 배려가 쐐기벌레에게 긴 순간의 낙법을 가능하게 한 것이다. 그 낙법은 나무가 자신을 떠나는 혹은 떠나보내는 뭇 이파리들에게 건네는 인사이기도 하다. 또, "가지 끝 흔들림"은 존재의 순환에 대한 수긍이자, 자연의 이법에 대한 부드러운 순응이기도 하다. 그것은 "가슴 깊숙이 쳐내고 버린 상처 물 그러진 붉은 옹이"의 세월에서 발현된 것이다. 이 시에서 감나무는 자연 속에 존재하면서 자연에 대한 포월―감싸 안으면서 초월하는―의 행위를 실현하는 존재이기도 하다. 그러한 힘이 작동하면서 나무의 '낙법'과 쐐기벌레의 '낙법'은 서로에게 겹쳐든다. 그리하여 나무도 쐐기벌레도 "숨 맑은 탄력의 어깨 힘을 퍼득이"게 되고, "꿈꾸는 날개"가 "삶의 자전 바깥 더 큰 우주를 만나"기에 이를 수 있게 된다. 그 결과 "두방 숲 고인돌 검은 태"를 부수고, "황금날개"를 터뜨리며, "암수 꾀꼬리의 사랑노래"가 울려 퍼지는 것이다. 쐐기벌레 한 마리의 낙하를 중심으로 이렇게 경계는 허물어지고 세계는 넘나든다. 그렇다면 다시 "심안"을 생각해 보자. 모든 경계가 허물어진 사랑과 합일의 노래를 바라보는 눈은 어디에 위치해 있는 것일까. 이 사태의 바깥에 있는 듯이 보이지만 그렇지 않다. 시의 내부에 있는 동시에 사태의 내부에 존재한다. 그것은 바로 "그늘"이다. "목숨 하나 스며든" 그늘의 경계 없는 눈으로 바라볼 수 있을 때 이 모든 사태가 가능한 것은 아닐까. 그늘의 속성을 생각해 보라. 그만큼 큰 자연의 눈을 본 적이 있는가?

　이 "그늘"의 눈으로 보는 세계, 아니 물처럼 젖는 세계의 양감과

질감은 다를 수밖에 없다. 그것은 심안의 길인 동시에 물의 길인 것이겠다. 그러니 한 점 돌에서 "영원을 품은 심장"(「돌은 영원을 품고 있다」)을 볼 수 있고, 생명이 "우주의 저쪽 아침이었다가 노을이었다가 계수나무 숲 방아 찧는 옥토끼 방울 소리였다가…남과 여 꾀꼬리 울음"(「흔들림의 끝」)이었음을 알 수 있게도 된다. 이 그늘의 흐름은 "잇고 맺고 얽어진 삶의 겉과 속이 밀착되어 분리되지 않고 버팅기는 힘"(「빈통소리」)를 만나기도 하지만, 이 눈에게는 "편한 팔걸이와 등받이 높이"(「의자」)를 바라는 욕망이 존재하지 않으므로, "무게와 무게 사이 힘과 힘 사이 또 다른 무게 또  다른 힘 얇은 막과 막, 맑은 탄력이 해도 달도 별도 띄우"(「투명한 거리」)는 "사이"의 힘을 아는 지혜로 퍼져 나간다.

> 내 잔의 중심을 저 푸른 하늘에 붙매어야겠다//흔들리지 않는 이 땅 견고한 대지의 수평 위에/맑은 눈 깊은 호흡으로 외로운 생 기도하는 촛불 꽃 한송이 피우리라
>
> — 시 「수직의 고독」 부분

> 잘 가라 나의 시여, 시 같은 것들이여 뼈 쪼가리 쓸쓸함이여…지상의 아름다운 눈빛으로 치솟아 안녕이라는 허무의 집을 다 태우고 푸른 초장에 이르리라 지팡이 하나 꽂아 살구나무 살구꽃 피우리라 그 봄을 위하여 기도하는, 땅을 디디지 않는 불꽃 춤이 되리라.
>
> — 시 「다비」 부분

이 시집, 이 끓어오르는 텍스트가 과잉으로 넘치지 않는 것은, 지상의 포월적 격랑이 수직적 지향과 바람에 기반하고 있기 때문은 아닐까. "하늘의 뜻을 땅 위에서 똑바로 세우려고 중심을 하늘에 매어놓은" 그 의지를 수반하고, 수행하고자 하며, 나아가 내적으로 초월하고자 하는 어떤 의지를 가능하게 한 것이 그늘의 눈은 아닐까 생각해 본다. 이 시집의 여러 시편들은 태양과 빛, 어떤 초월적 신성에의 지향과 내재화를 함축하고 있다. "모란꽃 자주 그늘 너머/시간의 바깥… 빛의 빛이 되리라//물의

물이 되리라//흙의 흙이 되리라”(「시간의 바깥」)처럼 초월적 근원의 지향을 드러내기도 하며, 꽃 진 자리에서 “천사들의 하늘 나팔 소리”(「자귀나무 분홍꽃의 추억」)를 듣는 현현을 확인하기도 한다. 나아가 “나의 뜰 깊숙이 가늘고 긴 손가락을 뻗어 나무 나무 풀잎 풀잎 파르르 떨리는 심장을 주무른다”(「압화」)에서 보이듯, 신성과 세계가 일체화 되는 감각까지 드러내기도 하는 것이다. 과연 이 수직적 초월성과 수평적 포월성 사이에, 비유하자면 빛과 대지 사이에, 어떤 일이 일어났던 것일까.

그것은 바로 「다비」가 아니었을까. “뼈도 살도 하나되어 깡마른 나의 시, 시의 집을 불태우는” 일이 일어난 것이다. “살구꽃 피는 봄”을 위하여 기도하는 “불꽃 춤”, “땅을 디디지 않는 불꽃 춤”은, “공허”한 허공과 “허무”의 집을 다 태워버리는 불타는 “시의 집”이자, 스스로를 불태우는 “시안”인 동시에, 그 불빛으로 모든 존재자들에게 그늘을 드리우는 자기 봉헌의 행위이기도 한 것이다. 그로 인해 빛은 이제 두 개의 빛으로 타오른다. 하나는 “스스로 존재하는 빛”(「압화」)이며, 다른 하나는 바로 “다비”의 “불꽃 춤”의 빛이다. 그러므로 “그늘”은 그저 발생하는 위안의 그늘뿐만 아니라, 생동하고 실천하는 “그늘”을 함축하는 일이 가능해진 것이다. 이 “불꽃춤”이 인용시 「수직의 고독」에 등장하는 “촛불 꽃 한송이”와 지극히 상동하는 것은 아마도 우연이 아니니라. 그러니 이제 ‘그늘도 스스로 존재한다’는 비약이 가능하지 않을까. 지금까지 이 시집의 배후에 크기도 넓이도 깊이도 그 조망도 알 수 없는 눈, ‘심안’이 하나 있음을 읽었다. 여기서부터 시집 독해는 다시 시작되어야 하는지도 모른다. 그 실현불가능성으로서의 해체를, 그 해체적 서정의 시작을, 반질서와 반수사의 언어의 지경을 탐색하는 일은 또 다른 분에게 맡기며 부족한 글을 마무리하기로 한다.


| **한용국** 2003년 『문학사상』으로 등단. 시집 『그의 가방에는 구름이 가득 차 있다』.

# 우리we와 우리cage
## — 재난 일상화의 시대, '우리'를 묻는 시적 실험의 연대

정끝별 시집 『모래는 뭐래』(창비)
권박 시집 『사랑과 시작』(아시아)
손미 시집 『우리는 이어져 있다고 믿어』(문학동네)
김지윤 시집 『피로의 필요』(청색종이)

## 전소영
문학평론가

## Since 2023—딜레마

폭염의 조짐이 계절에 심상치 않게 내려앉았던 6월 무렵의 일이다. 강의를 듣는 학생들 중 학과 대표를 맡고 있는 친구가 면담 신청을 해왔다. 학부생들이 상담 신청을 하는 것은 종종 있는 일이어서, 그날도 큰 고민 없이 기쁘게 학생과 조우할 수 있었다. 그런데 의외의 이야기가 오갔던 것이다. "수업은 어떠세요?" 대개 이러한 물음의 발신자는 내 쪽이었는데, 그것이 뜻밖에 내게로 돌아오자 나는 답변을 망설일 수밖에 없었다.

그 친구가 곧 이런 말을 덧대왔다. "저희 학과 학생들 혹시 어때 보이시나요?" 그제야 나는 마주 앉은 친구의 진의를 어렴풋이 알아차리고 반문할 수 있었다. "혹시 학과 일 하기 힘든 부분이 있어서 그래요?" 학생은 잠시 말을 고르는 듯하더니 이내, 대학생의 삶에 대한 이야기의 올을 풀어내기 시작했다. 요는 소통이 잘 되고 있는지 가늠이 안 된다는 것이었다.

　　학과 친구들이 분명 공동체 구성의 의지를 지닌 듯 보이는데, 막상 함께 무언가를 시도하면 소극적이라고 했다. 그렇다고 집단 활동을 최소화하자니 그것은 그것대로 아쉬워하는 것이 이즈음 학생들의 성향이라는 것이다. 돌이켜보면 이들은 팬데믹 기간 중에 중고등학교 시절을 보냈고, 종식 선언 후 입시 서바이버 안에 진입을 했으며, 대입이 끝남과 동시에 다시 취업 경쟁 속으로 뛰어든 상태였다. 그 도정에서 친구란, 타인이란 어떻게 인식되어 왔을까? 나는 그 답 없는 질문을 학생과 함께 한참 붙들고 있었다.

　　추운 겨울날 고슴도치들이 얼어 죽지 않기 위해 서로 바싹 달라붙어 한 덩어리가 되었다. 그러자 곧 그들의 가시가 서로를 찔렀다. 그리하여 그들은 다시 떨어졌다. 그런데 추위에 견딜 수 없어 다시 한 덩어리가 되었다. 가시가 서로를 찔러 그들은 다시 떨어졌다. 이처럼 그들은 두 악마 사이를 오고 갔다.[1]

　　그날의 귀갓길에서 내가 문득, 느린 파도처럼 모여들었다 멀어지기를 반복하는 이 동물의 군락을 떠올린 것은 우연이 아닐 것이다. 비단 대학생들 뿐 아니라 근자의 우리 또한, 서로에게 다가서면 가시에 찔리기라도 할 것처럼 저어하면서도 홀로인 삶은 또 불행하다 여긴다. 이 고슴도치의 딜레마가 우리에게 새삼스레 도착한 때가 이태 전이었다. 정확하는 2023년 늦가을, 우리는 쇼펜하우어 철학의 유행에 기대어 절반의 기대와 절반의 체념이 담긴 질문을 던지기 시작했다. 과연 계속 '우리'로 살 수 있을까?

　　인류는 팬데믹 종식 선언 이후 삶이 어느 정도는 재난 이전으로 돌아갈 수 있으리라 기대했던 것 같다. 그러나 얼마 지나지 않아 그것이 공허한 낙관이었음을 실감하게 되었다. 고슴도치 우화의 부상이 그

---

1　아르투어 쇼펜하우어, 『쇼펜하우어 인생론 –여록과 보유』, 김재혁 역, 2024, 육문사, 367쪽.

증거였던 셈이다. 게다가 그 당시 발원하였던 이 공동체에 대한 의문은 바로 오늘까지도, 더 가열하게 이어지는 중이다. 근자에 급격히 빈발하게 된 폭염과 홍수, 초대형 산불이 가시화하듯 우리가 여전히 전 지구적 재난의 시대를 살고 있기 때문이다. 전염병에서 기후로 이름만 바뀌었을 뿐, 우리는 여전히 불확실한 위험이 일상에 스며든 '재난 상태의 일상화' 상태를 살아간다.

일상화된 재난의 시대는 저 고슴도치 딜레마의 압축된 실험실이다. 팬데믹 기간에도 그랬거니와, 기후 재난의 현실 속에서도 우리는 인간 사이의 물리적이고 심리적 장벽을 실감하고 있다. 도무지 끝날 것 같지 않았던 감염병의 어둠 속에서는 개인과 개인 사이의 의무적 거리두기를, 기후 위기 시대에는 자원과 생존을 둘러싼 국가, 세대, 계층 간의 갈등을 겪어내는 중이다.

2020년대라는 서로 다른 재난의 연쇄 위에서 쓰이는 하나의 긴 장章 속에서 우리는 서로와 얽힌 채로 상처를 입고, 상처를 주면서 이어져 살아간다. 거듭하지만 '우리'는 (불)가능한가? 그에 대한 대답은 단일하지 않아서, 예의 그 고슴도치처럼 관계가 내장한 인력과 척력의 역학 속에서만 고구될 수 있을 듯하다. 2023년부터 2025년 초까지 발간되었던 정끝별, 권박, 손비, 김지윤 시인의 시집은 그 문제를 가열하게 연구하기 위한 실험실로 읽힌다.

## 2023년 5월 4일,[2] 정끝별 시인의 실험 『모래는 뭐래』(창비)
### —사랑하며 상처받고 상처 입은 채로 사랑하는

팬데믹 종식 선언 일주일 전 도착한 정끝별의 시집은 '모래는 뭐래'라는 제목이 보여주듯 타자에 대한 탐구로 채워져 있다. 표제작 「모래는 뭐래」에서도 화자는 좀처럼 알기 힘든 타자(인 모래)에게, 아마도

---

2  이하 소제목에 적힌 날짜는 각 시집의 초판이 출판된 날임을 밝혀둔다.

답변을 듣지 못할 질문을 내내 던진다. "모래는 어쩌다 얼굴을 잃었을
까?// 모래는 무얼 포기하고 모래가 되었을까?" 이 시는 타자와 관계를
맺는 일이 불가해한 그의 존재를 조금이라도 헤아리기 위해 그에게 지
속적으로 말을 거는 일이라고 얘기해 주는 것도 같다. 자신이 모른다는
이유로 타자의 고유성과 이질성을 훼손하지 않기 위해서 말이다.

> 심장이
> 몸 밖에 달렸더라면
> 네 마음을 더 잘 보았을 텐데
>
> 뿔이
> 눈 아래에 돋았더라면
> 네가 덜 아프게 찔렀을 텐데
> 그 뿔에
> 손이라도 있었더라면
> 네 상처를 더 어루만졌을 텐데
>
> 아니, 생각이
> 나보다 먼저 잠들기만 했어도
> 너와 더 오래 한집에 머물렀을 텐데
>
> 그 집에
> 바퀴라도 달렸더라면
> 가출하지 않고도 달아났을 텐데
>
> 그니까 사랑을
> 볼 수만 있었더라도
> 서로를 안을 때 그리 파고들지 않았을 텐데
>
> 그랬더라면, 우리도 없었겠지?

— 정끝별, 「너였던 내 모든」 전문

시집에 진열된 시들 중에서도 「너였던 내 모든」은 고슴도치 딜레마의 서정적 변주처럼 읽힌다. 서로에게 다가가야만 생존이 가능하겠으나 그 다가섬은 필연적으로 상흔을 남기는 것이다. 화자는 이 역설을 가정법의 연쇄로 풀어내면서 사랑이라는 관계에 잠복한 불가피한 모순을 한없이 투명하게 드러내고 있다.

1연에서 화자는 "심장이 몸 밖에 달렸더라면"이라는 급진적인 상상을 한다. 심장이란 내밀한 감정을 상징하는 기호이자, 그 이전에 인간의 생명에 직결된 신체 기관이다. 그것이 몸 밖에 드러나 있어 심장 박동이 서로에게 쉽게 감각된다면 서로의 진심은 분명 더 쉽게 닿을지 모른다. 그러나 또한 심장이 돌출되어 있다면 단연코 쉽게 다칠 수밖에 없겠다. 이 양가성은 사랑의 배후에 도사린 불가피한 상처 가능성을 선명히 환기한다. 이어지는 2연의 시행은 "뿔이/ 눈 아래에 돋았더라면/ 네가 덜 아프게 찔렸을 텐데"는 딜레마 속 고슴도치의 이미지를 우리 앞에 데려다 놓는다. 고슴도치의 얼굴에는 가시가 없다. 즉 가시가 눈 아래 있었다면 상대를 찌르지 않는 거리를 곧잘 발견했을 것이다. 더군다나 고슴도치의 가시는 털이 변형된 구조라서 감각이 없고 단순히 제 몸을 보호하는 역할만 담당한다. 결국 자신을 보호하기 위한 몸부림이 타인을 찌르는 일이 되고 마는 것이다.

우리라고 다르겠는가. 우리는 보이지 않는 가시를 지니고 살면서 그것으로 자신의 마음을 지키고자 타인을 무람없이 찌르기도 한다. 이 딜레마가 3, 4연에서는 집의 이미지로 변주된다. "그 집에 바퀴라도 달렸더라면/ 가출하지 않고도 달아났을 텐데." 이 비유에는 타자와 함께 머물기를 갈망하면서도, 그 밀착이 버겁고 벅차 도망치고 싶어 하는 충동이 동시에 담겨 있다. 우리는 사랑에 안주하고 싶고 그로부터 탈주하고도 싶다.

서로에게 다가서지 않으면 고립된 채로 소멸할 테고 다가서면 반드시 상처를 입히겠다. 그러면 어떻게 해야 하나. 이 시에 따르면, 우리는 사랑이 필연적으로 수반하는 고통을 보지 못해 상대에게 더 깊이 뛰어들곤 한다. 허나 그렇게 하지 않으면 '우리'는 없을 것이다. 그리하여 이따금씩은 '우리'로 살기 위해 아무것도 모르는 것처럼, 못 보는 것처럼, 우리는 사랑을 향해 돌진하곤 한다. 팬데믹을 통과하며 홀로 살 수 없는 인간의 운명을 알아차렸던 까닭이다.

## 2023년 9월 25일, 권박 시인의 실험 『사랑과 시작』(아시아)
## ―사랑에는 세 개의 청이 필요해

팬데믹이 펼쳐놓은 뉴노멀―되돌아오지 않는 재난 이전의 일상과 관계에 대한 갈망과 불안이 우리를 장악하기 시작했을 때 도착한 시집이 권박의 『사랑과 시작』이었다. 권박 시인의 시는, 좀처럼 열리지 않는 타자라는 문을 두드리기 위해 다채로운 형식을 탑재하고 있다.

> 이동한다.
> 구름은. 바람은. 인가은.
> (…)

통계청에 의하면 2021년 1인가구는 전체 가구의 33.4%이며, 2050에는 39.6%에 이를 것으로 전망되었다.[3] (…)

> 열심히 오독했다
> 어찌됐든 당신도
> 구성된 인간이다
> 앞으로도 찬찬히
> 읽고 편찬하겠다
> ― 권박, 「통계청」 중에서.

---

3  통계청. 「2022 통계로 보는 1인 가구」, 2022.12.7.

가령 「통계청」은 1인 가구, 혼인 건수, 출생아 수, 사회적 고립에 대한 통계청의 발표를 교직시켜 만든 시이다. 한국 사회의 우리가 점점 개체화, 파편화되고 있으며 그 양상이 미래 쪽으로 갈수록 심각해질 것이라는 사실을 통계(숫자)의 직관적인 나열로 전달하고 있는 것이다. 그 정보의 나열 전후에 화자는 이러한 분석 또는 감상을 덧붙여두었다.

"이동한다./ 구름은. 바람은. 인간은." "열심히 오독했다/ 어찌됐든 당신도/ 구성된 인간이다/ 앞으로도 찬찬히 읽고 편찬하겠다." 형체가 없는 구름처럼, 바람처럼 나에게 타자란 변화무쌍한 존재이다. 때문에 그를 읽는 일은 아무래도 오독으로 끝날 확률이 높겠지만, 그럴지라도 '열심히', '찬찬히' 당신을 읽고 편찬하겠다는 것이 화자의 (또 시인의) 포부인 것이다.

사랑합니다.<br>
말했다.<br>
청합니다.<br>
들렸다고 했다.

같은가. 같은 건가.

한다. 좋아한다. 쌓아두는 것을 좋아한다. 안에 쌓여있는 귤. 청이 된다. 한다. 좋아한다. 스며드는 것을 좋아한다. 곳곳에 스며드는 나. 청이 된다. 문득 심장 박동. 그대로 둔다. 구르고 구르는 얼굴, 얼굴들. 나의 얼굴, 얼굴들. 너의 얼굴, 얼굴들. 청청하다. 나의 심장 박동, 너의 심장 박동.

— 권박, 「사랑과 같다」 전문

「사랑과 같다」는 그 포부를 펼쳐낸 시이다. 이 시는 사랑의 시작詩作을 통해 사랑의 시작時作 조건을 이채롭게 말해준다. 1연에서 '사랑합니다'라는 고백은 곧바로 '청합니다'라는 진술로 전환되었다가 '들렸다고 했다'는 상태에 도달한다. 이는 사랑이 일방향적인 감정이 아니며 사랑에 관한 나의 언어는 상대가 그것을 들었을 때, 즉 그에게 온당한 방식으로 도달할 때 완성된다는 사실을 알려준다.

그렇다면 나의 사랑이 타자에게 더 온전하게 닿게 하는 방법은 무엇인가. 3연이 그에 대한 답을 준다. "한다. 좋아한다. 쌓아두는 것을 좋아한다. 안에 쌓여있는 귤. 청이 된다." 여기서부터는 연과 행의 구분이 사라지며 각 문장이 산문처럼 이어지는데, 이것은 마치 귤청이 만들어질 때 귤과 꿀이 겹겹이 쌓이는 장면을 상기시킨다. 말하자면 사랑을 이야기하고 듣는 두 사람의 사이에 더 안온하게 머무를 수 있는 사랑은, 충분한 시간과 감정의 축적물이어야 한다는 것이다.

1~3연에 따르면 사랑은 상대를 향하는 나의 요청請이자, 상대가 가청聽해야 성립되는 것이며, 둘 가운데 온건하게 머무르기 위해 귤청처럼 오래 숙성되어야 하는 감정의 청淸이기도 하다. '청'이라는 하나의 단어를 매개로 사랑이 지닌 발화, 수용, 축적의 겹을 펼쳐 보이는 것이 자못 흥미롭다. 사랑이 이 세 개의 겹 위에 자리 잡는다면, 우리는 그로 인해 박동하는 심장을 그냥 두어도 무방하겠다. 관계 안에서 스스로가 변화하고 갱신되는 불안정한 과정을 기쁘게 견딜 것이다.

## 2024년 8월 29일, 손미 시인의 실험 『우리는 이어져 있다고 믿어』(문학동네) —그럼에도 이어지기 위한 혼잣말

2024년 8월은 기후 재난과 관련된 중요한 변곡점 중 하나였다. 이 시기에 전 세계 평균기온이 산업화 이전 대비 1.5℃를 처음으로 초과했는데 이는 파리기후협약에서 정한 한계선을 175년 만에 깨뜨린 것이다. 우리 또한 평균기온 27.9℃, 열대야 일수와 폭염일수 모두 역대 최다를 기록했던 여름을 처음으로 견뎌야 했다. (애석하게도 2025년에는 2024

년의 이상기후와 폭염기록마저 일부 경신되면서 '사상 최고', '역대 최
장' 폭염, '이상 기후'와 관련된 역사가 다시 쓰이는 중이지만.)

　이 시점에 거칠되 단단한 손을 맞잡은 기분으로 『우리는 이어져
있다고 믿어』를 읽었던 기억이 난다. 재난이 빚어낸 수다한 갈등 속
에서 우리의 이어짐을 말하는 일의 고단함에 대해 생각했고 '그럼에
도 불구하고' 그 고단함을 믿음으로 갱신하는 손미 시인의 강인한 다
정함을 떠올렸기 때문이다. 손미 시인이 빚어내는 그런 시들의 부제가
매한가지로 '그럼에도 불구하고' 같다고 느낄 때가 있다. (나는 그런
시편들의 오래된 팬이다. 가령 「사람을 사랑해도 될까」와 같은).

　　내가 묻어서
　　주전자는 깨질 것이다

　　너는 앉아 있고 나는 서 있다
　　나는 팔을 뻗어
　　너의 너머를 가리킨다
　　멀리서 보면 우리는
　　주전자 같다

　　여기서 몸을 웅크리고
　　기다리던 사람은
　　몸을 기울여
　　곧 쏟아질 것이다

　　침대에 누워 밖으로 뻗은
　　나의 팔이 공중에서 찾는 것
　　밖으로 나간 것
　　나를 이어붙이면서 만지려는 것
　　문지르려는 것

내가 묻은 주전자가
보글보글 끓는 밤


들썩이는 뚜껑이
부르는 것


주전자에 갇혀 있던 것들이
사방으로 튀어오를 것이다
(…)
깨진 너에게
나의 얼굴을 맞대고
문질러보는 것은
여기가 진짜인지
이렇게 확인하는 것은
쭉 뻗은 팔이 끝난 곳에서
더듬더듬 움직여 저쪽을 잡는 것


나의 소원은
다음 주전자
다음 주전자
공중에서 만나
이렇게 이어지는 것


너와 다시 이어지는 것


나는 기울어진다
이렇게 인사한다

— 손미, 「주전자」 중에서


　「주전자」를 그 같은 시의 대열 안에 두어도 좋을 것 같다. 시에서 "너는 앉아 있고 나는 서 있다/ 나는 팔을 뻗어/ 너의 너머를 가리킨다"고 묘사되었다. 둘은 단순히 나란히 있는 것이 아니라, 서로 다른 시선, 자세, 동작으로 사실상 비대칭적 관계를 이루고 있다는 것이다. 그런데 뜻밖에도 "멀리서 보면 우리는/ 주전자 같"이 꽤 대칭적인 한 쌍이다. 기실 '우리'란 그런 존재이다. 무결해 보이나 흠투성이인, 평온한 표면 아래 언제나 긴장을 품고 있는. 그런 측면에서 주전자의 비유는 탁월하다. 우리-주전자는 언제 터질지 모르는 압력용기 같아 곧 뚜껑이 들썩이고 통 안에 갇혀 있던 것들이 사방팔방으로 튀어 나갈지도 모를 일이다. 그러나 시에 따르면 그 파열조차도 '우리'를 실감하게 하는 단서라는 것이다.

나는 "깨진 너에게/ 나의 얼굴을 맞대고 문질러보"는 것으로 "여기가 진짜인지 이렇게 확인"한다고 했다. 네가 내게 남긴 생채기가, 깨어진 우리의 자국들이, 역설적이게도 우리가 우리로 살기 위해 노력했음을 방증하는 것이다. 손미 시인의 '그럼에도 불구하고'는 바로 이 지점에서 비어져 나온다. 관계는 우리를 피로하게 하나 그 피로야말로 내가 고독하지 않은 존재임을 알려주는 유일한 증표인 까닭에, 우리는 기꺼이 피로 속으로 다시 걸어 들어 갈 때가 있다. "나의 소원은/ 다음 주전자/ 다음 주전자."

나는 계속 말을 했다
공간을 다시 메우기 위해

연고처럼 끈적한 말을
계속 계속
어디에도 소속되지 못한 몸을 흔들고
혼잣말을 중얼거리는 사람이 공간을 찢으면서 걷는다

다시 오지 않을 것들에게
멀어지는 것들에게

말을 걸면서

빈 곳을 메우기 위해
혼잣말을 한다

— 손미, 「혼잣말을 하는 사람」 중에서

여기에 「혼잣말을 하는 사람」을 겹쳐 두기로 할까. 이 시는 일종의 시론처럼도 읽힌다. 시 곳곳에 분포된 "사람이 지나가고/ 잔이 깨지고/ 피투성이 바람이 지나가"는 등의 이미지는 생활과 재난이 뒤섞여, 재난이 일상화된 이 시대의 광경을 영사하는 듯하다. 확실히 지금-여기의 우리는 각자의 생존을 도모하기에도 분주한 나머지 "너와 나의 거리가 너무 멀어"지는 것을 목도하면서도 모른척 한다.

그런데 화자는 둘 사이의 "공간을 메우기 위해 계속 말을" 하겠다는 것이다. 그 말이 더 이상 어떤 유의미한 것들을 창출하지 못해도 괜찮다. 누구에게 닿지 못하고 공허하게 떠다닐 뿐인 혼잣말이어도 문제는 없다. 아무도 말하지 않는다면 관계 자체가 사라질 것이기에, 우리를 잇는 "연고처럼 끈적한 말을/ 계속 계속"해야 한다는 것이다. 어떤 독백은 방백이 되고 방백은 다시 대화가 되어 우리를 연결할지 모르니까.

'우리'를 지탱하는 것이 이렇듯 화려한 담론이나 거창한 기표가 아니라, 때로 무력해 보이기까지 하는 혼잣말일 수도 있다면 이 시대만큼 시가 의미 있는 시공간이 또 있을까. '우리가 이어져 있다고 믿게 하는' 시가 (설령 혼잣말이 될지라도) 우리 사이를 부유하다 보면, 아주 희미하게나마 우리 사이에 모종의 선이 생기지 않을까. 때문에 모질고 혹독한 삶 속에서 사뭇 멀어지는 사람들의 간격에, 또는 그저 인간人間을 향해 손미 시인은 쉼 없이 시를 내미는 중이겠다. "말이 끝나면 정말 끝이 날까봐/ 나는 계속 말을 했다."



문사문학·1

## 2025년 1월 3일, 김지윤 시인의 실험 『피로의 필요』(청색종이)
― 고통의 무게와 결이 다름을 인정하는 말

김지윤 시인의 『피로의 필요』는, 일상화된 재난의 세계에서 우리가 감당해야 할 부담이 가중되고 있는 올해 초에 세상에 당도했다. 수록 시 중 「스미는 숨」의 이런 구절들에 갈피끈을 끼워두었다. "이것은 다만/ 우리에게 남은 마지막 말/ 나는 너를 살리겠어", "같이 살고 같이 죽을 너,/ 라고 부를 때 내 입술에서 흘러/ 너에게 스미는/ 희미한 숨." '우리'의 현재와 미래를 한 폭에 갈무리한 시이다. 반복되는 재난 속에서 서로를 사랑하든 미워하든, 우리는 같이 살고 같이 죽을 운명 안에 속해있는 것이다. 그렇다면 공동운명체인 서로를 위해 각자의 자리를 되짚어볼 적기는 오늘이 아닐까.

다 그렇지, 라는 당연한 말

떨어지는 꽃에게 바람이 하는 말
그 꽃잎들이 짓밟히는 소리
새로 난 어린싹 위로 몸을 기울여
함부로 그늘을 쏟아 버리는 키 큰 나무가
남은 햇볕 한 점까지 거두어 가는 소리

다들 그래, 라는 말

어둠이 저 닮은 어둠을 감춰 주는 말
가고 싶은 곳들을 지도에서 지우고
끝없이 이어진 똑같은 집들을 그리며
날 선 펜촉이 종이의 연한 살을 긁어대는 소리
조용히. 쉿. 혹은 닥쳐, 같은 소리

하지만 함께 젖는대도 나는 추워,
남이 젖는 걸 본다고 따뜻해지진 않으니
젖은 사람들끼린 모여 앉아도 더 축축해질 뿐
하지만 그렇게 말해도 되풀이되는

다 그런 거지, 라는 말

상냥하고 무관심한 목소리
당연한 세상에 당연한 말은 왜 이리 많은지
바람결에 저절로 밀리는 문처럼
눈앞에서 무언가가 굳게 닫히는 소리
공기에 서서히 퍼지는 피 냄새

아니야, 아니야라고 해 봐
묘비 없는 봉분들처럼 무안한 얼굴을 하고라도
버려진 말들을 하나씩 주워 들고
어쩌면 가망이 없더라도, 우린 모두 닮은 어둠이라도
아니, 그런 게 아니야라고 있는 힘을 다해서.

— 김지윤, 「당연한 말」 전문

재난은 평등한가? 전염병이 한창 창궐했던 시기 몇몇 유명 인사들이 그와 같은 단언을 했다가 뭇매를 맞았다. 그도 그럴 것이, 재난은 완벽히 불평등한 것이다. 정확히 말하자면 그것은 이미 존재하고 있었던 사회적 불평등을 확대하고 심화시켜 같은 사건도 저마다 다르게 체감하게 만든다. 팬데믹의 시기에도, 불볕더위와 홍수 속에서도 그랬다. 누군가는 더 안전하고 누군가는 잇따라 위험하다. 그러한 측면에서 "다 그렇지"라는 말의 폭력을 응시한 이 시는 지금 시대에 더없이 유의미해 보인다.

화자에 따르면 꽃잎을 떨구는 바람이 꽃에게 하듯, 볕을 거두어 가는 큰 나무가 작은 나무에게 하듯, 우리도 종종 고통스러운 타자를 향해 "다 그런 거지"와 같은 말을 하곤 한다. 이것은 일견 상냥한 위로 같지만 타자의 통증을 납작하고 평평하게 만들어 무력화한다는 점에서 이만큼 무감한 말도 없는 것이다. 그러고 보면 우리 또한 "다들 그래"라는 대꾸 앞에서 종종, 상처를 고백할 용기와 가능성을 잃어버리지 않았던가.

뒤이어진 "함께 젖는대도" "추워"라는 시구는 공동의 불행이 자동으로 연대를 만들어 주는 것이 아니라는 사실을 역설한다. 재난의 시대를 물리적으로 같이 보낸다고 해서 심정적으로도 '우리'가 될 수 있을까. 분명 아닐 것이다. 그렇다면 어찌해야 할까. '다 그렇지', '다들 그래', '다 그런 거지'라는 무람없는 상투어를 어떻게 폐기할 수 있을까.

화자는 그에 대한 응답으로 "아니야"라는 말이 지닌 가능성을 돋을새김해 두었다. "아니, 그런 게 아니야"라고 믿는다는 것은 곧 나와 타자가 감지하는 아픔의 무게와 결이 다름을 인정하고 서로의 삶을 가벼이 여기지 않으려는 태도를 의미한다. 말하자면 누구의 고통도 당연하지 않다고 여길 수 있는 마음을 지속하는 것, 재난 일상화의 시대에 우리는 그 결심 위에 위에 '우리'의 출발선을 그어야 하겠다.

## After 2025 ― 우리와 우리

과학자 카를로 로베니는 팬데믹 안에서 쓴 글을 엮어 올해 『무엇도 홀로 존재하지 않는다』를 펴냈다. 그는 그 책에 '세계가 개별적 실체들의 집합이 아니라 관계의 그물망'이라고 적어두었다. 모든 존재는 고립된 상태로는 결코 완성되지 않으며 서로의 작용과 반작용 속에서만 의미를 갖는다는 것이다.[4] 2020년대 이후 우리의 삶은 그 자체로

---

4  카를로 로베니, 『무엇도 홀로 존재하지 않는다』, 김정훈 역, 쌤앤파커스, 2025, 47쪽.

이 관계론적 세계관을 극명하게 증명해온 것이기도 했다. 그리고 '우리'의 (불)가능성을 묻는 근자의 시적 실험의 연대기 안에서 시인들이 내린 결론 또한 카를로 로벨리의 말과 맞닿아 있다.

냉혹한 세계 안에서 느린 파도처럼 천천히 모여들었다가 멀어지기를 반복해야만 하는 우리는 자주 당혹스러워 진다. 추위에 떠밀려 서로에게 다가가려 하니 날 선 가시가 살갗을 파고들고, 물러서자니 얼음 같은 공기가 폐부를 찌르는 까닭이다. 그렇게 한참을 허정거리다 보면 우리는 끝내 적정한 거리를 발견하게 될까. 시인들에 따르면 아마도 그럴 것이다. 수없이 '두 악마 사이를 오고 가다 보면' 말이다. '우리'를 위한 문학의 자리도 거기에 있다.

추운 겨울날 고슴도치들이 얼어 죽지 않기 위해 서로 바싹 달라붙어 한 덩어리가 되었다. 그러자 곧 그들의 가시가 서로를 찔렀다. 그리하여 그들은 다시 떨어졌다. 그런데 추위에 견딜 수 없어 다시 한 덩어리가 되었다. 가시가 서로를 찔러 그들은 다시 떨어졌다. 이처럼 그들은 두 악마 **사이를 오고 갔다. 그러다 마침내 상대방의 가시를 견딜 수 있는 적당한 거리를 발견하게 되었다**(강조는 인용자).[5]

---

5  아르투어 쇼펜하우어, 앞의 책, 307쪽.

**전소영** 2011년 『문학사상』으로 평론 등단. 평론집 『비로소 사랑하는 자들의 노래가 깨어나면』, 연구서 『화두와 여정』 등. 충북대 교양교육본부 강의교수.

# 발아와 생장—
# 지속되는 이야기를 위하여

한지수 작품집 『나는, 자정에 결혼했다』(앤드)

성석제 작품집 『내 생애 가장 큰 축복』(샘터)

## 김지윤
시인·문학평론가

## 1. 숨어 있는 것들의 깊이

잔잔한 풀꽃처럼 보이는 민들레의 뿌리는 곧고 깊어 뽑기 어렵다. 어떤 식물들은 겉으로 보이는 모습과 달리 유난히 긴 뿌리를 가진다. 미모사는 이런 식물 중 하나인데, 흙 위쪽 모습으로는 그다지 크지 않아 보이지만 눈에 안 보이는 흙 아래쪽의 뿌리는 상당히 길고 굵다. 깊은 아래쪽 내부에서 진행되고 있는 움직임을 알지 못하면 여리고 예민한 미모사의 뿌리가 이렇게 굵게 파고들어 있음에 놀라게 될 수도 있다. 미모사가 미세한 접촉에도 반응하듯 소설은 현실과 사회의 작은 징후, 우연한 사건, 인간 내면의 미묘한 흔들림까지도 포착하여 반영하고, 보이지 않는 깊은 내면으로 뿌리를 뻗어간다. 글쓰기는 이러한 감각적 예민함과 끈질긴 탐구 없이는 이루어지기 어렵다.

한지수 소설 『나는, 자정에 결혼했다』(앤드, 2024) 중 「천사들의 도시」는 미모사 상징을 전면에 내세운다. 이 소설은 미모사의 기묘한 특징—잎을 건드리면 곧 아래로 늘어지면서 좌우의 소엽小葉이 오므라드는—성질에 주목한다. 시들어버린 듯 축 늘어져 있는 미모사는 사실 언제든 진짜 모습을 드러낼 준비를 하고 있다.

『나는, 자정에 결혼했다』는 한지수가 등단 이후 처음 선보인 작품 집이며, 섬세한 심리묘사와 현실과 환상 사이의 경계를 넘나드는 상상 력이 잘 드러난다. 이 소설집에는 숨어있는 삶의 비밀과 내밀한 진실 을 포착하는 일곱 편의 작품들이 실려 있다. 깊어진 소설적 시선과 관 계에 대한 성찰이 돋보이며 현실적이면서도 몽환적인 사유가 잘 녹아 들어 있는 작품들을 만날 수 있다. 교보문고 출판사 서평에서 언급하 고 있듯 서사의 영역이 두루 광범위하고 "등장인물의 내면과 환부의 고통 한가운데를 직시하는 끈질긴 산문정신"이 드러난다.

「천사들의 도시」는 이번 소설집에 실린 작품 중 가장 눈에 띄었던 소설이었다. 이 소설은 필리핀이라는 타국에서 제임스라는 가명을 쓰 는 한 남자의 삶과 내면이 파괴되어 가는 과정을 그려내고 있다. 소설 에 전면적으로 드러나는 미모사 상징은 인물이 자기를 둘러싼 세상과 대응하는 방식을 보여준다. 자아와 세계의 대결은 소설의 주된 방식이 다. 소설은 근대 이후 개인과 사회, 내적 자아와 외적 세계 간의 긴장 을 핵심적인 테마로 삼아왔다. 내적 세계와 외부 세계의 충돌을 통해 인간 존재의 본질을 탐구하는 것이다.

이 소설에서는 미모사로 상징되는 부끄러움, 상처에 대한 자기방 어를 통해 등장인물이 바깥세계에 반응하는 방식을 보여준다. 조금만 건드려도 즉각 오므라드는 미모사의 잎은, 등장인물들이 타인이나 사 회의 자극에 쉽게 움츠러들고 상처받는 심리를 대변한다. 주인공의 삶 은 집단에 동화되지 못하는 불안과 소외감으로 점철되어 있다. 필리피 노가 되어 이방인으로 나름 잘 살아가는 것처럼 보이지만 그의 삶은 어둠으로 전락하고 있는 중이다.

그의 아내는 필리핀에서 사는 동안 내적 불만과 고통, 남편에 대 한 실망을 키워가며 말버릇처럼 이곳은 저주받은 땅이라고 말한다. 주변세계와 자신들의 삶을 악의적으로 규정하는 "이땅은"으로 시작하는 그녀의 말은 그 멜로디가 항상 동일하다. 반복되는 이 말은 현실에 대한 아내의 환멸과 체념을 드러낸다.

아내는 "진화의 방법으로 웃음을 선택"했다고 설명되는데 기뻐서라기보다는 발작적으로 웃을 때가 있다. 이것은 아내가 표면적 평정을 유지하고 있는 듯 보여도 실상은 내면이 병들고 있음을 보여준다. 사실 그의 아내가 제대로 웃음 같은 웃음을 짓는 건 유일하게 하루 한 번뿐이다. 찌개가 끓을 때 늦지 않게 집에 도착하면 아내가 유일하게 그를 향해 웃음을 지어주는데, 이런 웃음은 아내가 무기력한 상태로 의례적으로 평범한 일상을 연출하고 있음을 짐작하게 한다. 주인공은 주변인들과 깊은 관계를 맺지 못하고 아내와도 제한적 소통만 하며 서서히 자기만의 세계로 후퇴한다.

주인공은 폐차 직전의 차를 뒤져 물건을 찾고 그것으로 전 주인의 스토리를 상상해서 짜 맞추는 취미가 있는데 이는 타인의 흔적으로 자신의 공허와 결핍을 메우려 하는 허망한 시도다. 이처럼 낡은 차를 뒤져 전 주인의 삶을 추리하는 행위에 탐닉하는 것은, 그 자신 인생도 폐차 직전의 처지나 다름없음을 암시하고 있다.

그는 화장실에서 여자귀신을 보지만, 아내한테 그 이야기를 했을 때 아내는 "사람이 귀신이다. 본 모습이 보이지 않는 악한 사람이 귀신이고 가스처럼 냄새로 구별한다는 것"이라고 말한다. 그리고는 "소리도 없고 보이지도 않지만 우연히 존재한다는 둥 그런데 대개 사람은 꽝 소리를 내고 터지면 그제야 가스였구나 한다는 둥" "헛소리"를 한다. 귀신과 '악한 사람'을 동일시하는 그녀의 말은 사회에 스며든 악이나 상실감이 귀신처럼, 가스처럼 떠돌고 있다고 느끼며 실체 없는 공포에 사로잡혀 있는 아내의 심리를 반영한다.

주인공은 한국에 가고 싶다는 아내에게 한국에 가면 필리핀에서의 삶의 수준을 영위할 수 없다고 말하며, '삶'이란 단어가 '살'과 '삼'

사이를 교묘하게 발음해야 하는 모호한 부호 같아서 싫다고 생각한다. 그가 '삶'이라는 단어에 대해 혐오감을 느끼는 것은 그에게 '삶'이 뚜렷하고 확정적인 개념이 아니라, 추상적이고 위태로운 것으로 인식되기 때문이다. 자기 존재의 의미, 방향성, 정체성에 대한 불확실성과 혼란으로 인해 그는 스스로를 제대로 이해하지 못하며 삶을 이루는 요소들도 분노와 상처로 다가올 뿐이다. 아내는 생리를 핑계로 그와의 성관계를 계속 거부하는데, 매주 생리를 하냐며 주인공이 항의하니 "정신적인 출혈"도 있다고 대답한다. 반복되는 '정신적 출혈'은 그녀의 심신이 모두 지치고 고통 받고 있는 상태임을 의미한다.

주인공은 예전의 자신의 누추한 삶을 필리핀에서 바꿀 수 있길 바라고, 이를 위해 폭력적인 말과 행동을 일삼는다. 그는 사람을 때리는 장면에서 "상한 자존심을 만회할 때까지 패기 시작한다. 어디선가 보고 들은 가해의 방법은 다 동원한다. 그렇게 한참을 때리다 보니 나도 언젠가 이런 식으로 맞은 적 같은 느낌이 들면서 내 주먹에 더 힘이 실린다"고 서술되는데, 이는 그의 학습된 폭력성, 그리고 가해와 피해 경험의 상호작용으로 인해 왜곡되어가는 윤리관과 정신세계를 반영한다.

그는 자기가 고용한 사람들을 "스"라고 부르곤 하는데, 아내는 그 칭호가 스페인 식민지 시절 노예 부르듯 이곳 사람들을 부르는 신호라고 지적한다. "스"라는 신호로 식민지-노예적 인간관계를 재현하는 행위는 그의 내면 깊은 곳에 남아있는 피해의식과 죄의식, 타자화된 자기 인식의 흔적을 보여준다. 그는 가디언 한명을 부당하게 해고하고 한 달 월급도 주지 않은 채 내보내는데, 그것 때문에 고발당해 감옥에 갇히게 된다.

그는 정의라는 것도 가격이 있다고 말하며 "어디 정의뿐이겠는가 기십만원짜리 사랑도 있을 테고 그보다 값싼 눈물도 있을 것이다."라면서 가장 싸구려는 "내 자존심"이라고 한다. 정의, 사랑, 눈물, 자존심조차 가격을 가진다고 선언하는 자학적 인식을 엿볼 수 있다. "사용시 주의사항" 스티커가 반복적으로 그의 몸에 붙는다는 소설적 장치는 주인공이 '사회적 가격표'에 의해 정의되는 비극적인 현대인의 초상임을 비유적으로 드러내준다. 끊임없이 스티커가 몸에 붙어 떨어지지 않는 것은, 스스로의 존엄과 개성을 상실하고 남이 붙여둔 이름에 휘둘리는 소외된 주인공의 존재에 대한 비유로 보인다.

아내는 주인공에게 미모사 꽃말이 부끄러움이라고 하고, 주인공은 자꾸 오므라드는 미모사 잎을 억지로 마구 펴다가 결국에는 강제로 뜯어내려고 한다.

자극을 받으면 잎이 오므라드는 미모사는 존재의 연약함과 위축된 정체성을 드러내는데 주인공이 미모사 잎을 힘으로 펴려고 하다가 결국 뜯어버리는 것은, 자기 안의 상처를 억지로 극복하려다 종국에는 자기 파괴적 결말로 이어지는 그의 허약한 정신을 보여준다. 현실과 자신 사이의 갈등이 해결되지 못하고 고착된 상태에서는 아무리 내면의 상처와 연약함을 극복하려해도 소용이 없을 수밖에 없다.

소설의 결말부에서 그는 부정한 방법을 동원하여 감옥에서 나오지만 골프를 치다가 총격으로 살해당하고 만다. 마지막에 들은 소리는 그의 이름인데, '제임스으'라고 길게 발음되며 마치 "스"가 길게 들리는 것처럼 들린다. 이처럼 주인공의 이름이 노예를 부르는 '스'처럼 들리는 장면은 결국 그가 자신을 완전히 상실하게 되었음을 의미한다.

주인공은 미모사 잎을 억지로 떼어내려 엎드리는데, 다시 그의 이름이 들리고 총을 맞게 된다. "이대로 일어서지 못한다면 이 자리에서도 이름 모를 풀이 자라는 건 아닐까"라고 생각하며 그는 쓰러진다. "이름 모를 풀"은 그의 자아가 완전히 붕괴되어 자기상실에 이르렀음을 의미한다.

『나는, 자정에 결혼했다』에는 이처럼 현대인의 정체성과 존재론적 위기를 잘 드러내고 현대적 삶의 어두운 면을 성찰하는 여러 소설들이 담겨져 있다. 다양한 삶의 모습과 그 안의 문제들을 독특한 방식으로 바라보고, 숨어 있는 깊이를 가늠하여 드러내려는 소설가의 세심한 시선이 엿보인다.

보이지 않는 깊은 심연을 향해 아래로, 아래로 뻗어가는 뿌리처럼 소설가의 관심은 인간 내면의 복합적 감정과 상처, 사회적 소외와 갈등의 근원에 가 닿으려 한다. 『나는, 자정에 결혼했다』에는 다양한 화자들이 등장하는데, 화자들은 여성과 남성, 여러 연령대를 넘나들 뿐 아니라 "당신이 지금처럼 배꼽에 손목을 대고 아래를 향해 주먹을 쥐어보면, 바로 그 위치에 주먹보다 조금 작은 크기의 내가 있다. 횡격막 아래의 골반 안쪽에서 당신과 더불어 39년째 살아왔다."라고 말하는 식으로 '자궁'이 화자가 되는 소설(「배꼽의 기원」)도 있다. 한국인뿐 아니라 외국인이 화자가 되기도 한다. 「열대야에서 온 무지개」의 주인공 사이란은 태국에서 이주해 한국 남자와 살며 소를 수입해서 3년간 기르면 '국내산'이라고 표기하지만 진짜 한우는 이 땅에서 태어나 자란 소를 말한다는 설명을 듣고 자신도 '한우를 낳고 싶다'고 말한다.

각각의 개성을 가진 소설들에는 현대 사회가 안겨준 존재론적 위기와 불안을 문학적 언어로 풀어내며 어두운 심층까지 내려가 뿌리를 내리는 예리한 시선과 묵직한 통찰이 있다. 작가는 삶의 무게에 짓눌린 현대인의 내면의 균열을 섬세하게 그려내며 어둠 속에서도 자라나는 생명력, 고통 속에서도 계속되는 삶의 끈질김을 이야기한다.

다시 미모사의 비유로 돌아가 보자. 미모사의 씨앗은 어두워야만 발아한다. 미모사에게 있어서 어둠은 반드시 필요한 것이다. 암흑과 적막 속에서 미모사의 싹은 생장을 개시한다.

인간 내면의 어둡고 숨겨진 심연, 상처와 고통, 그리고 무의식 깊은 곳까지 내려가야 비로소 삶과 세계의 본질이 모습을 드러낸다. 겉으로 드러나는 삶의 모습 너머에 감춰진 고통과 절망, 존재의 어두운 층위를 탐험하면서 작가는 변화의 씨앗이 바로 이러한 어둠 속에서 싹튼다는 사실을 포착한다.

## 2. 일상이란 그 자체로 축복

'호모 나랜스Homo Narrans'는 '이야기하는 인간'이라는 의미로, 인간이 이야기를 창조하고, 전달하며, 상상력을 펼치는 존재임을 강조하는 개념이다. 이야기는 아주 오랜 시간 인간과 함께 하며 인간 세상에서 숨쉬어왔다. 우리의 일상은 작고 소소한 이야기로 가득하고, 우리는 계속해서 이야기를 나누며 삶에 의미를 부여하고 그것을 확장시켜 나간다.

'이야기꾼'으로서의 재미난 입담이 잘 살아있는 성석제의 최근작 『내 생애 가장 큰 축복』(샘터, 2020)은 40편의 초단편 소설집이다. 일반적인 단편소설의 문법과 분량을 벗어나 새로운 형식을 도입한 것이 특징이다. 그간 출간했던 장편, 단편들에 비해 더 실험적이고 짧고 압축적인 이야기를 선보인다. 자전적 에세이와 서사문학의 경계점에서 일상을 기록하는 듯 느껴지면서도, 종종 비일상성이 돌출되는 흥미로운 전개를 보여주기도 한다. 길이는 짧지만 단순하지 않은 이야기들이 종횡무진 펼쳐진다.

『황만근은 이렇게 말했다』, 『위풍당당』 등 전작에서 보여준 평범한 인물들과 한국사회에 대한 풍자적 접근이 『내 생애 가장 큰 축복』에서는 잘 응축된 형태로 드러난다. 삶의 다채로운 단면과 생생한 인간 군상을 흥미롭게 바라보게 되곤 하는 성석제 소설 읽기의 즐거움을 잘 느낄 수 있었다. 짧은 글들이기 때문에 순간의 감정, 인물의 행동, 언어와 결말의 반전성에 좀 더 포인트를 주고 있고, 일상에 숨어 있는 낯선 순간을 붙들어 사람 사는 세상이란 무엇인가를 생각하게 하는 것 자체가 가장 중요한 목표로 보인다.

　그의 전작들에서 시대사회와 인간 군상, 공동체와 소외 등 시대성과 집단성이 강조되었던 것과 비교해 이번 소설집의 작품들이 다소 주제의식이 약하다고 볼 수도 있지만, 서민적 존재와 삶에 대한 애정, 역사와 사회 현실에 대한 풍자와 비판적 시선은 여전하다. 일상과 사회 현상을 유쾌하게 비트는 날카롭지만 따뜻한 시선을 보여준다. 극적인 인물보다 평범한 이들이 이야기를 이끌어가며, 보통 사람들의 애환과 웃음을 진솔하게 그려낸다.

　초단편이다보니 작품 속에 담아낸 일상성의 깊이에 보는 이마다 평가가 갈릴 수 있으나, '짧은 소설의 미학'을 성공적으로 구현했다고 할 수 있으며 성석제 소설의 매력인 재치 있는 언어와 입담도 잘 살아 있다. 문장과 이야기 모두 압축적이고 경쾌하며 한두 마디 대화로 인물의 성격이 잘 드러나곤 한다. 사소한 일상, 평범함 속의 재미, 감동을 포착하며 대화와 행동에 숨은 일상의 기묘함을 해학, 풍자를 담은 문체로 구현하고 있다. 특유의 활력 넘치는 문장, 유머와 이야기꾼의 매력이 드러나고 엽편 특유의 돌발성도 소설적 재미를 준다.

　맨 앞에 실려 있는 소설 「오, 하필 그곳에」의 등장인물 ○는 '화단에서 이름 있는 화가'인데 실제로는 "섬세하고 배려가 많은 사람"이지만 "덩치는 크지 않아도 강단이 있고 '한 성질' 하게 생겼"다고 묘사된다. 도로에서 비상깜박이를 켜며 위협적으로 접근하는 차는 일상에 갑자기 끼어드는 위기이며, 순간적으로 위협과 긴장감을 경험하는 심리적 장치로 기능한다. 그런데 이때 오함마라는 의외의 물건이 나타난다. 오함마는 건축 현장 등에서 쓰는 큰 망치로, 콘크리트를 깨거나 아주 강하게 두드려야 할 때 사용하는 도구다. 인물 O가 차에서 내렸을 때 길바닥에 놓인 오함마가 우연히 그의 눈에 띈다. 무거운 존재감을 가진 오함마는 인물과 상황 사이에 묘한 긴장감을 만들어낸다. 오함마는 길거리와는 어울리지 않는 이질적이고 투박한, 비일상적인 물건인데, 이런 것이 평범한 공간에 난데없이 놓여 있었다는 사실 자체가 지극히 소설적 설정이라고 하겠다.

"'한 성질' 하게 생"긴 주인공 O가 오함마를 들고 상대방 차량을 겨냥하며 "여차하면 때려부술 수도 있다"는 식의 장면을 연출하자 상대방은 주눅이 들어 도망쳐버린다. 오함마가 "하필이면 딱 그곳에" 놓여 있던 상황처럼 일상 속에 자연스럽게 '사건'을 만들어 이야기를 비틀고 확장시키는 소설가의 입담이 재미를 준다.

이 소설집의 몇 편의 소설들에 '○'처럼 기호로 대체되는 이름 없는 인물들이 나타나곤 하는데, 특정 개인이 아닌 '누구라도 될 수 있는' 보편적 인물로 확장되는 효과를 창출한다. 독자는 이런 인물들에 자신이나 주변의 비슷한 인물을 겹쳐 볼 수 있다.

「되면 한다」는 C군의 C읍에서 열린 출판기념회에 참여하는 화자의 시선을 따라, 동창들과 고향 사람들의 삶, 그리고 그 속에서 벌어지는 해프닝을 유쾌하게 그린다. 시골 읍내, 동네 학교, 평범한 중년의 동창들이 등장하고 짧은 소설 속에서도 각자의 드라마와 사연이 있는 인물들이 제시된다. 오랜만에 고향을 방문하여 열리는 출판기념회 준비와, 예상치 못한 인사, 정치인들의 등장, 해프닝이 이어진다. 계획대로 흘러가지 않는 행사를 통해 시골 출판기념회 풍경이 유머러스하게 펼쳐지고 동창들의 '사비 회만원' 식 말놀이 중에 "되면 한다"는 말이 등장한다. 누군가가 그것을 '스푸너리즘'이라고 설명하며 "말실수"에서 나왔음을 이야기한다. 말실수가 언어유희가 되는 데서 성석제 소설 특유의 재치가 느껴진다.

반려견 '산소'를 키우게 되며 내적 변화가 일어난 경험을 담은 「진정 난 몰랐었네」는 평범한 이야기로 보이지만 "같이 살아가는 동안 우리는 서로를 닮아간다"는 것과 "길드는 게 길들이는 것"임을, 삶에서의 소중한 만남과 사랑을 붙들어야 한다는 결코 단순하지 않은 삶의 진실을 우리에게 보여준다.

평범한 일상의 계속되는 이야기가 쌓여 우리 모두의 보편적인 삶의 모습이 된다는 것을 보여주는 것이 이 소설집의 큰 주제로 보인다. 제목에서 드러나듯 이러한 일상 자체가 "생애 가장 큰 축복"이라는 메시지로 포괄되는 것이 아닐까 싶다.

『아라비안나이트』에서 셰에라자드는 매일 밤 왕에게 이야기를 들려주고, 끝을 맺지 않은 채 멈춘다. 이야기가 이어지는 한, 삶도 이어지는 것이다. 매일 밤 이야기가 이어지고, 날이 밝으면 잠시 멈추는 구조는 계속해서 이어지는 이야기는 끝없는 생의 갈망과 맞닿아 있다.

성석제의 소설 또한 이와 닮아 있다. 작품 속에서 평범한 일상의 단편들이 끊임없이 새로운 이야기로 변주된다. 한 가지 사건이 다른 이야기의 씨앗이 되고, 다시 또 다른 이야기로 번져나가며, 무한히 확장되는 서사의 지형을 만들어낸다. 닫히지 않고 열려 있는 이야기의 구조는 성석제가 보여주는 세계의 특징이기도 하다. 그의 소설 속에서 평범한 삶은 무궁무진한 가능성과 예기치 못한 변주를 품은 채 무수한 이야기가 된다.

한 명 한 명의 하루하루가 개별성과 보편성을 가진 다양한 이야기로 거듭날 수 있다는 것은 사실상 이야기란 끝없이 계속되는 삶처럼 지속적인 생명력을 가진 것임을 의미한다. 성석제가 보여주는 일상적인 내용의 초단편들은 『아라비안나이트』의 셰에라자드처럼 매일 밤 끊임없이 이어지는 밤의 이야기처럼, 종결되지 않고 열린 서사가 곧 삶이고 세상이라는 것을 보여주기 위한 형식적 실험처럼 보이기도 한다.

대체 소설가란 왜 끝없이 이야기를 하는가? 어떻게 지치지 않고 이야기를 계속하는가? 만일 이것이 하나의 싸움이라면, 작가는 무엇과 끝없이 투쟁하는 것일까? 아마도 그것은 무의미, 침묵, 그리고 망각일 것이다. 성석제가 열어놓은 '끝나지 않는 밤' 속에서 우리 모두의 삶과 닮아있는 소소하게 이어지는 이야기를 듣는 일이 즐거운 것은, 세상의 깊은 곳에 숨겨진 많은 의미를 찾고 침묵을 깨뜨리며 망각을 기억으로 바꾸기 위해 오랜 자기만의 싸움을 벌이고 있는 소설가의 목소리가 계속되고 있음이 기쁘기 때문이다.

소설은 닫히지 않는 이야기의 장에서 우리에게 부단히 새로운 시간을 열어 보여주며 이미 익숙한 세계조차 낯설게 갱신하는 힘을 발휘한다. 오늘도 어딘가에서 누군가의 이야기가 태어나 싹을 틔우고 자라나고 있을 것이다. 매일 새로운 아침을 기다리듯 우리는 그것을 기대한다.

**김지윤** 2006년 『문학사상』으로 등단, 2016년 『서울신문』 신춘문예로 평론 등단. 시와시학상 젊은 시인상 수상. 시집 『수인반점 왕선생』, 『피로의 필요』 등. 현재 상명대 한국언어문화학과 교수.

## 편집후기

● 『문사문학』 창간호가 드디어 세상에 나오게 되었다. 1972년에 창간된 『문학사상』을 통해 등단한 문인들의 모임인 문사문학회에서 엮은 책이다. 최근 『문학사상』의 발행이 이어지지 않아 아쉬운 그 공백을 채우는 데 조금의 도움이 되기를 기대한다.

● 지난 4월 25일 대전문학관에서 문사문학회 '13인의 대전 콘서트'를 열었다. 『문학사상』 창간호의 표지를 장식했던 이상의 시 「오감도」의 '13인의 아해가 도로를 질주하오'에서 발상을 얻어 타이틀을 붙였다. 1990년대에 출발한 문사문학회의 새로운 도약을 위한 몸짓이었다. 함께해주신 회원과 관객 들에게 고마움의 인사를 전한다.

● 이어령 선생님이 훌쩍 떠나신 지도 3년 반이 지나갔다. 『문학사상』을 열고 펼치신 그분의 열정과 지성을 돌아보는 자리를 마련했다. 그리고 송수권 시인의 9주기가 지났다. 『문학사상』 출신 첫 시인의 시세계를 돌아보는 자리를 만들었다. 두 분을 되새기는 귀한 글을 보내준 분들께 깊은 감사를 표한다.

● 문사문학회 37인 시인이 보내온 시의 향기가 이 가을을 적신다. 신작도 있으며 시인이 직접 선정한 작품을 재수록한 것도 있다. 이명훈, 변미나 두 작가가 보내온 소설의 무게가 상당하다. 서평에는 시집 8권과 소설집 2권을 대상으로 3명의 필자가 수고해주었다. 함께해준 분들의 문운을 빈다.

● 글을 모아놓고 보니 창간호를 펴내는 뿌듯함도 있으나 아쉬운 부분도 없지 않아 송구한 마음이다. 그 빈 공간은 함께 채워나가기로 한다.

● 회원들의 마음이 모아져서 『문사문학』 제1호가 탄생했다. 우리 문사문학회의 저력이라고 자랑하고 싶다. 독자에게 사랑받는 책이기를 바라 마지않는다.


**문사문학 · 창간호 · 2025년 · 통권 1호**

발행일 2025년 11월 1일 | **펴낸곳** 시와정신사 | **펴낸이** 김창완 | **지은이** 문사문학회
**등록번호** 대덕 바 00007 1 | **등록일자** 2005년 10월 13일
ISBN 979-11-89282-83-7 03810

**문사문학회** | **회장 겸 주간** 김완하

**편집위원** 정이랑 · 박해람 · 문혜진 · 김지윤 · 손미 · 김학중 · 안채영 · 권박
**주소** 서울특별시 종로구 우정국로 45-11, 동산빌딩 4층 | **전화** 02-736-1218
**이메일** munsamunhak@daum.net

**공급처** ㈜북센 (**전화** 031-955-6777 | **팩스** 080-250-2580)

**값** 15,000원